高中國文古典文選

林聆慈　吳邱銘　周寤竹
吳美錦　邢靜芬　易理玉　李鈴慧
合著

目錄

三、記

四、寓言

五、祭文

六、史書

七、書信

八、賦

九、疏

十、傳奇

序

陳滿銘

臺灣近幾十年來，在教科書上作了最大改革的，算是開放民間來編輯，而由國立編譯館加以審定，這是適應時代潮流的明智作法。其中首當其衝的，是國小課本；接著就是高中課本，而國文一科當然也包含在內。

這樣自然就形成一綱多本的現象，對這種現象，有人會擔心造成升學考試或推甄的困難，使考生徬徨，莫可適從。因爲命題時，究竟要選擇那一種本子或那個部分，完全沒有準繩可循。其實，這是多慮的，因爲只要掌握學生學習能力的指標或標準，便可以超越課文來命題。而這種基本的指標或標準，在兩年前由教育部教育研究室委託國立臺灣師範大學教育研究中心，以專案研究的方式，分三年來進行研究，如今正進入第三年；而大學入學考試中心本身也針對著推甄，也作了一些類似的研究。經過這些研究，將高中（職）畢業生所該具備的「必需而重要」的國語文能力，加以全面掌握，再讓命題者熟悉各本在單詞分解、語句剖析、義旨探究、作法審辨上的訓練實況，這樣就是超越各本課文來命題，也照樣可以考出考生課內學習的成果。

因此如何提高學生整體的國語文能力，是當前，也是未來的最重要課題。有鑑於此，這次萬卷樓圖書有限公司，在梁錦興總經理的催促下，特地約請數位資深的高中國文教師，由林聆慈老師召集，將各本所選古文中比較重要或有代表性的，分體選錄，一一加以注釋、賞析、翻譯，並引導寫作，讓人很容易就排除學習的障礙，達到多看多讀，甚至多寫的目的，而收到學習的最大效果，以提昇整體的國語文能力。

很高興這本古文讀物，在大家全力配合之下，如期和大家見面。希望它可以充分適應新的希求，為增進高中（職）學生的國語文能力，盡一份心力。

民國八十八年九月二十五日序於國立臺灣師範大學國文系

編輯大意

林聆慈

八十八學年度開始，高中教材終於全面開放了，這是教育史上充滿生命力的新紀元。看著一本本插圖精美、解說詳盡的新課本，不禁爲現在的孩子感到幸福，有這麼多專家學者全力投入，爲了給孩子們更好的教材而努力著。但同時卻也聽到了孩子們的疑慮：未來的考試怎麼考？又要從何準備呢？

其實未來的考試，勢必朝語文能力測驗的方向，絕不再侷限於一本教材，所以同學必須改變舊有的學習習慣，要從多角度，多方面學習。換而言之，就是同學們除了由一本課本學習到基本能力外，更要開拓自己的閱讀面，並且加以融會貫通。

但以中國文學的浩瀚精深，同學們要從何著手呢？其實各家課本的選材就是最值得一讀的經典之作。但是這些作品散見在各家課本裡，同學們蒐集不易。於是我們有一個構想：如果能把各家選材集結成書，那不就是同學們的一本最佳課外讀物？這就是編撰這本書的動機。但因各家所選篇目不同，以至於總數太多，我們只好採用精選的方式，只收入有兩家以上選用的篇目，至於只有一家選用的，就只能保留其中最精采的篇目，其餘只好割愛了。

因為這本書是特別為同學們設計的，所以我們在解說及鑑賞的文字上，力求深入卻能淺出，讓同學們能在淺顯的文字說明中吸取中國文化的精髓。少部分較長且簡單，並具故事性的文章，我們不做翻譯，只在注釋上加强，讓同學試著練習自己閱讀，以加强閱讀古文的能力。為了方便同學閱讀，我們也特別採用隨段注釋及翻譯的方式。而且我們打破一般古文鑑賞類書以朝代編排的方式，改以文體的類別來編排，希望能給同學一個有系統的概念，並且更能和課本同類課文互相印證，觸類旁通。在鑑賞方面，除了一般的全文意旨、段落分析外，我們特別著重章法的分析及作文的導引，希望能藉由情意鑑賞和章法分析的雙重幫助，讓同學更能體會作者的節操、思想和作文技巧。精神上能達到尚友古人的境界；技巧上則是分析鑑賞能力的養成，並且能進一步運用在自己的創作上。

這本書的出版是一個開始，我們希望將來能陸陸續續將各朝各代的各種文體做有系統的整理，希望不只成為高中生的優良課外讀物，也能成為中國古典文學入門的最佳指引。這是一個長程的目標，但也是一個艱鉅的工程，或有不足之處，盼望各位先進不吝賜教指正。

一、序

春夜宴從弟桃花園序

李白

夫天地者，萬物之逆旅①；光陰者，百代之過客。而浮生②若夢，爲歡幾何？古人秉燭夜遊③，良有以也。況陽春召我以煙景④，大塊假我以文章⑤。會桃李之芳園，序⑥天倫之樂事。羣季⑦俊秀，皆爲惠連；吾人詠歌，獨慚康樂⑨。幽賞未已，高談轉清。開瓊筵以坐花⑩，飛羽觴而醉月⑪。不有佳詠，何伸雅懷。如詩不成，罰依金谷酒數⑫。

注釋

①逆旅　逆，迎。旅，客。迎客之所，即旅舍。

②浮生　人生如浮雲飄盪無定。

③秉燭夜遊　秉，執，拿。即拿著蠟燭在夜晚出遊，有人生苦短，當及時行樂之意。

④陽春召我以煙景　召，召喚。煙景，春天的美景。春日多溫濕，水氣上升，瀰漫於空氣中

如一層輕霧，使萬物憑添一股朦朧的美感。

⑤大塊假我以文章　大塊，即大地，亦可做自然解。假，借，此做提供之意。文章，指錦繡般的自然美景。

⑥序　通敍，有歡敍、暢敍之意。

⑦羣季　諸弟們。古人兄弟以「伯仲叔季」排行，季爲最小。

⑧惠連　即謝惠連，十歲能文，深爲族兄靈運所稱賞，後因以爲美弟之稱。

⑨康樂　即南朝宋大詩人謝靈運，以寫作山水詩而聞名。曾封爲康樂侯，故世又稱謝康樂。

⑩開瓊筵以坐花　開，擺設。瓊筵，指精美珍貴的酒席。坐花，圍坐在花叢中。

⑪飛羽觴而醉月　形容宴飲中之狂歡情態。飛，指斟酒傳飲之迅速。羽觴，古代酒器，作雀的形狀，有頭、尾、羽翼，故名。

⑫罰依金谷酒數　東晉石崇在洛陽有金谷園，常宴客園中，賦詩不成者，罰酒三斗。

翻譯

天地是萬物的旅舍，光陰是百代的過客。至於虛浮無定的人生，就像是夢境一般，眞正算是歡樂的日子能有多少時候呢？所以古人拿著蠟燭，在夜裡出去遊賞，實在是很有道理啊！更何況，和暖的春日以煙霧迷濛般的美景來召喚我，天地也提供我們錦繡般的自然景物賞玩。在桃花盛開的花園裡聚會，父子兄弟暢敍著天倫間的歡樂趣事。諸弟們各個英俊秀逸，都有謝惠連的傑出才華，而我賦的詩，卻自愧不如謝康樂。幽雅賞景還沒有結束，高談闊論轉爲清妙的論調。大家圍坐在花叢中，擺設著豐美的酒席。酒杯飛快的在坐席中傳遞著，衆人莫不酣醉於月色下。在這麼美好的情境裡，沒有好的作品，怎能抒發幽雅的情懷呢？如果有人作詩不成，就照金谷園的前例，罰酒三斗。

賞析

本文是李白與堂弟們在春夜宴飲賦詩爲之而作的一篇序文。

全文雖不分段，但深究內容，「歡」字實爲線眼，而「春宴」則爲主軸，所以依此可將文章分爲二部份。前半是說明設宴的緣由，後半則具體說明宴樂的情形。

前半「夫天地者……假我以文章」係以感慨發端，亦屬議論性質。起筆從天地萬物說入，已見李白胸襟之曠達超凡。初由空間之遼闊與時間之悠長，對照出人生虛浮不定、渺小短暫的實情。雖不免予人傷感惆悵之懷，然作者並不耽溺於無邊的愁緒，提筆一轉藉古人「秉燭夜遊」的事例，沖銷了「浮生若夢，爲歡幾何」的無奈，也道出了人生苦短，及時行樂的見解。此處扣住了題旨「夜」，也間接點出了「夜宴」的必要。而「況」字更進一層說明，平日且須及時行樂，更何況復有良辰美景——陽春以「煙景」召喚我，大地也獻給我萬象文采。天地既如此有情，又豈容我辜負呢？此處再次點題「春」。

「會桃花……」以下記宴飲之樂。開首道出聚會地點及目的，不僅呼應了前文「歡」字，復又點題「宴桃花園」。李白在此以謝惠連譬喻諸堂弟們，喻詞是「爲」，用的是隱喻手法。自慚不如謝靈運，表面上是自謙，其實也是夠自負的了。因爲謝靈運的成就及評價都要高於謝惠連，以惠連比諸弟，就是以謝靈運自比了。

「幽賞……」以下是具體描繪宴樂的情態，並切入賦詩的主旨。與會之人既是一時之選，復有「幽賞」、「高談」，作詩是再自然不過的事了。幽賞的是陽春煙景、大塊文章，桃花園的盛景；高談的是人倫樂事、淸妙之理。大家圍坐於花叢間，品賞著美景珍饈，夜已深長，酒興方濃。一個「飛」字尤其妙絕，把筵席間敬酒傳杯之熱絡、人物的熱血眞情都點化得鮮活靈動了起來。痛飲狂歡本是宴飲常事，李白等人卻酣醉於月下，此已別於一般俗人之樂。文末更以「不有……金谷酒數」作結，《古文觀止》編者吳楚材說：「末數語寫一觴一詠之樂，與世俗浪游者迥別。」這是很中肯的說法。

本篇以詩筆行文，在駢儷句中偶參散句，雖不照平仄限制，卻更見明朗、流麗；練字造句亦精工佳妙，隨處可得，益發凸顯李白的飄逸俊爽。

通篇讀畢，可知開首的「浮生若夢，爲歡幾何」不過是爲引出一個「歡」字，這才是本文的基調。「況」字以下寫景如畫，敍事亦明快淸暢，充滿了爽朗歡悅的氣氛。更見出李白熱愛自然，熱愛人生的情懷。

引導寫作

歷來詩家皆以李白為天縱英才，其飄逸不羣、曠達超凡的境界自非一般凡俗所能及。然「雖不能至，心嚮往之」，同學讀完本篇，宜反復諷誦，一則直入詩人的靈心慧眼，一則感染詩人的生命熱力，從而在生活中體現萬物的風姿情態，則下筆時自可有一番別出心裁的巧思了。

（吳美錦）

送董邵南遊河北序

韓　愈

燕①趙古稱多感慨悲歌之士②。董生舉進士，連不得志於有司③，懷抱利器④，鬱鬱⑤適茲土，吾知其必有合⑥也。董生勉乎哉！

注釋

①燕趙　燕，相當於今河北省北部地區。趙，相當於今河北省南部地區。

②感慨悲歌之士　指樂毅、荊軻、高漸離、田光等豪俠之士。《漢書・地理志》：「趙、中山地薄人衆，丈夫相聚遊戲，悲歌慷慨。」

③有司　古時設官分職，各有所司，故稱有司。此指禮部主考的官吏。

④懷抱利器　這裡指有學識才能。

⑤鬱鬱　心情鬱悶。

⑥合　遇合，即和燕、趙當地的人，情意相合，爲其所用。

翻譯

燕趙的地方，自古號稱多慷慨憤激的豪傑。董生應舉參加進士考試，接連幾次得不到主考官的賞識，因此懷抱英才，悶悶不樂地要到這個地方去，我知道他一定會遇到意氣相投的人，得到賞識任用的。董生呀，努力吧！

夫以子之不遇時，苟慕①義彊（ㄑㄧㄤˊ）仁者，皆愛惜焉。矧（ㄕㄣˇ）②燕趙之士，出乎其性者哉！然吾嘗聞風俗與化移易，吾惡（ㄨ）知③其今不異於古所云耶？聊以吾子之行卜之也。董生勉乎哉！

注釋

①慕義彊仁　愛慕正義，勉力行仁。彊：同「强」，勉力。

②矧　何況。

③惡知　怎麼知道。惡：何也。

翻譯

像你這樣遇不到好時機而懷才不遇，如果是愛慕正義、勉力行仁的人，一定都會愛惜你。何況燕趙的豪傑，本就具備了仁義的天性呢！但我曾經聽說一個地方的風俗是隨著教化而改變的，我怎能確定現在那兒的情形跟古人所說的沒有不同呢？姑且以你此行能否遇到意氣相投的人，來作個驗證吧！董生呀，努力吧！

吾因子有所感矣。為我弔望諸君①之墓，而觀於其市，復有昔時屠狗者②乎？為我謝③曰：「明天子在上，可以出而仕矣！」

注釋

①望諸君　即樂毅，曾為燕將，後歸趙，趙封之於觀津，號稱望諸君。
②屠狗者　隱藏在社會底層，從事屠狗一類職業的人，如荊軻於燕結交的朋友高漸離等。
③謝　致意。

翻譯

我因為你的北遊，而有些感觸。請你替我憑弔一下望諸君的墳墓，並且去那裡的市街，看看是否還有像從前那種隱於殺豬屠狗行業中的豪傑？請替我告訴他們：「現在有英明的天子在位，您們可以出來做官了。」

賞析

韓愈的這篇〈送董邵南遊河北序〉，是屬於贈序類的古文。贈序，專用於送給親友，表達敬愛、勉勵、依戀之情。

本文主旨，乃是以慕義彊仁勸勉董邵南，並暗示他應慎擇去留。董邵南是韓愈的朋友，是個孝親好學的讀書人，後來參加進士考試，連連失敗。韓愈對此頗爲同情，在〈嗟哉董生行〉的詩裡說：「……壽州屬縣有安豐，唐貞元時，縣人董生邵南隱居行義於其中。刺史不能薦，天子不聞名聲，爵祿不及門。門外惟有吏，日來徵租更索錢……」全詩在贊揚董生「隱居行義」的同時，也對「刺史不能薦」表示遺憾。董邵南於悲憤失意之餘，欲至河北，另謀出路，這是可理解的。然而當時的河北是藩鎮割據的地方，他們常常自己招賢納士，與朝廷對立。董邵南欲至河北，當然有求用於藩鎮之意。當他臨行之時，韓愈寫此序爲其送行。但這是一種兩難的情況，若贊成他去，豈不鼓勵他去「從賊」嗎？若疾言厲色地「曉以大義」，那又不是「送序」了！在臨別贈言裡不便反對朋友前去，但如果只是一般說祝福的話，又不能表達眞正的心意。韓愈運用了巧妙的寫作技巧，在短短的一百字中含蓄地表達了自己的意思。

全文先勉勵朋友要建功立業，再說自己送別時的感想，形式上與一般贈序無異，但就內容而言，卻完全不同。文張章共分三段：第一段「燕趙古稱多感慨悲歌之士……鬱鬱適茲土，吾知其必有合也。」言董邵南至河北可能會有所遇合，是送他去。第二段「然吾嘗聞：風俗與化移易，吾惡知其今不異於古所云邪？」此爲全篇之轉折，反疑今日燕趙之士未必全如古時之慕義彊仁，要以董邵南之行去驗證一下，還是送他去。末段委託董邵南爲弔望諸君之墓、勸諭燕趙之士「歸順朝廷」，婉勸董氏打消效力藩鎮的念頭，但仍然是送他去。全文表面上一直是送董生遊河北，而送之正所以留之，韓愈言外之意是不希望董邵南到河北的，所以在這篇文章裡，把自己的意思分成三層來說：第一層先說從古代的河北看來，董邵南這次去一定是合得來的，以此勉勵董邵南，肯定他的決定；接著語氣一轉，轉在風俗教化古和今不一定相同，於是董邵南這次去河北，是否必要則有待商榷，這是第二層，作者眞正的意思還是沒有透露；第三層要董邵南去弔樂毅的墳，勸「屠狗者」出來做官，暗示董邵南要愼擇去留，强調唯有聖明的天子在位，眞正的人才不會遭到埋沒，這才說出自己的眞意。在這三層中，古與今，合與不合，錯綜變化，如此欲擒故縱的用意才能層層遞進，顯得波瀾起伏。

這篇文章的結構很緊密。開頭的一句「燕趙古稱多感慨悲歌之士」是跟第二段裡的「望諸君」和「屠狗者」互相呼應的，「望諸君」就是樂毅，他是戰國時代傑出的軍事家，曾受燕昭王重用，爲燕昭王聯合五國諸侯打敗强齊。最後被迫離開燕國，逃到趙國，雖趙封其爲望諸君，但仍念念不忘燕國，終於鬱鬱而死。「屠狗者」指的是荊軻的朋友高漸離和不知名的「狗屠」，荊軻刺秦王以前，在燕國常跟他們一起喝酒唱歌。這些人正是燕趙的感慨悲歌之士。第二段裡還說到風俗的變化，古今可能不同，由於風俗不同，俠義之士在那裡也合不來了，所以要勸「屠狗者」出來做官。全篇就這樣緊密呼應，互相銜接。

這篇文章還善於用含蓄的手法。比如，韓愈本意要貶低河北藩鎮割據，可是他欲抑先揚，先讚美那裡古時「多感慨悲歌之士」，然後才說風俗會隨著政治教化改變，含蓄地貶低了當時的河北藩鎮。河北的藩鎮擁兵自重，與朝廷對立，儼然是一個個獨立的小王朝，不可能是慕義彊仁者了，董邵南前去投靠，不啻「從賊」，但韓愈隱而不發，僅以含蓄委婉的手法暗示。

文章最後，不說反對董邵南到河北去，卻希望董邵南去弔樂毅的墳，勸「屠狗者」到京裡來做官，也是一種含蓄的說法。要董邵南去弔樂毅墳可以與勸「屠狗者」來京城作官的話聯繫起來看。樂毅的才幹遠超出於「屠狗者」，連「屠狗者」都還勸其入朝爲官，那麼韓愈對董邵南此舉的態度也就不言而喻了！最後，韓愈更以含蓄的手法諷刺朝廷。「明天子」的「明」，反諷朝廷有司之不明，不知用人，使人「懷抱利器」投靠他人，這算是「明」嗎？

這篇序文短而氣長，層次分明，前後呼應，轉折出人意外，錯綜變化，脈絡又極分明。在一百幾十個字，而意在言外，耐人尋味，是篇內容深廣的散文。

引導寫作

孔子說：「忠告而善導之，不可則止，毋自辱焉。」對朋友的勸告是門學問，韓愈在本文中以委婉含蓄的手法，暗示董邵南遊河北之舉不可行。仿照韓愈含蓄委婉的手法寫一篇文章勸好友勿步入歧途。

（李鈴慧）

張中丞傳後敘

韓 愈

元和二年四月十三日夜，愈與吳郡張籍閱家中舊書，得李翰①所爲（ㄨㄟˋ）張巡傳。翰以文章自名，爲此傳，頗詳密；然尚恨有闕（ㄑㄩㄝ）者：不爲許遠②立傳，又不載雷萬春③事首尾。

注釋

①李翰　唐時人，進士及第，和張巡是朋友。李翰在戰亂時曾隨張巡於宋州，之後張巡在睢陽殉難，有人嫉妒張巡，又說張巡降賊，於是李翰寫了一篇〈張中丞傳〉上呈肅宗以表張巡之功，張巡的大節才得以彰顯。

②許遠　唐杭州鹽官（今浙江海寧縣）人。安祿山造反時，他正做睢陽太守。與巡共守睢陽，城陷被俘。械送洛陽囚禁，後被殺害。

③雷萬春　是張巡的猛將。當賊將令狐潮攻雍丘（今河南杞縣）時，萬春站在城上答話，不

及提防城下暗箭，面部中了六支箭，仍似無所動。潮以爲他是木刻的人，後來知情後不免大吃一驚。他也是爲國殉難者，韓愈在本文開始提及雷萬春，但後文始終未提及，卻詳述南霽雲事，令人費解，因此有人懷疑「雷萬春」三字是「南霽雲」之誤。

翻譯

元和二年四月十三日晚上，我和吳郡人張籍一起翻閱家中舊書，看到了李翰所寫的張巡傳。李翰以擅長寫文章而著名，寫這篇傳記十分詳細精密，但我仍覺得有點闕漏：既沒有替許遠作傳，也沒有記載雷萬春事迹的始末。

遠雖材若不及巡者，開門納巡，位本在巡上①，授之柄②而處其下，無所疑忌，竟與巡俱守死，成功名。城陷而虜(ㄌㄨˇ)，與巡死，先後異耳。兩家子弟材智下，不能通知二父志，以爲巡死而遠就虜，疑畏死而辭服於賊。遠誠畏死，何苦守尺寸之地③，食其所愛之肉④，以與賊抗而不降乎？當其圍守時，外無蚍蜉(ㄆㄧˊ ㄈㄨˊ)蟻子⑤之援，所欲忠者，國與主耳。而賊語以國亡主滅，遠見救援不至，而賊來益衆，必以其言爲信。外無待而猶死守，人相食且盡，雖愚人亦能數(ㄕㄨˇ)日而知死處矣，遠之不畏死，亦明矣。烏有城壞，其徒俱死，獨蒙愧恥求活，雖至愚者不忍爲。嗚呼！而謂遠之賢而爲之邪！

注釋

①位本在巡上　許遠守睢陽，形勢危急時，向張巡求助。張巡從寧陵（今河南蔡丘縣），領了部下兵士來睢陽和許遠合作。許遠官任太守，張巡只是縣令，因此說許遠的地位本在張巡之上。

②柄　指權力。

③尺寸之地　極言土地之小。此指睢陽。

④食其所愛之肉　睢陽城被困時，糧食都吃盡了，於是張巡殺愛妾，許遠殺愛僕，給將士充飢。

⑤蚍蜉蟻子　蚍蜉，體型較大，身有光澤的大螞蟻。蟻子，螞蟻之幼蟲。比喻極微小。

翻譯

許遠的才能雖然好像不如張巡，但他肯開了城門接納張巡，職位原本比張巡高，卻把軍事主權都交給了張巡，自己退處下位，毫無疑慮猜忌，最後又和張巡爲堅守睢陽城而犧牲，成就了功業和名聲。睢陽城被攻陷後而遭俘虜，和張巡一起爲國捐軀，只是時間先後有所不同罷了。他們兩家的兒子，才學智力低下，不能完全明白他們父親的心志，以爲張巡爲國殉難，而許遠卻做了俘虜，於是懷疑許遠怕死而向賊人投降了。試想：假如許遠眞的怕死，當日又何必辛辛苦苦地守著那塊小小的睢陽城，殺他們心愛的人來給將士充飢，用這種方法堅決地和賊人抗戰卻不在那時投降呢？當他們被圍攻困守之際，城外一點兒救援也沒有，他們所想效忠的，便只是國家和皇上罷了。但叛賊卻告訴他們：國家已經滅亡，皇上也不知去向了。許遠眼看援兵未來，而賊兵卻越來越多，這時一定會相信他們的話。城外已不會再有援助了，城內人肉也快吃完了，即使再笨的人也算得出還有幾天就要死了。由此明顯可見許遠的確是不怕死的。否則那裡會有城被攻陷，部屬都犧牲了，惟獨自己含羞忍辱地求活命的事？即使是最愚笨的人也不忍心這樣做。唉！更別說像許遠那麼賢明的人又怎會這樣做呢？

說者又謂遠與巡分城而守①，城之陷，自遠所分始，以此詬（ㄍㄡˋ）遠，此又與兒童之見無異。人之將死，其臟腑必有先受其病者，引②繩而絕之，其絕必有處，觀者見其然，從而尤之，其亦不達於理矣！小人之好議論，不樂成人之美如是哉！如巡、遠之所成就，如此卓卓③，猶不得免，其他則又何說？

注釋

①分城而守　二人各守城的一方，巡守東北，遠守西南。

②引　拉。

③卓卓　超羣，傑出。

翻譯

那些好議論的人又說：許遠和張巡是分城而守的，睢陽城被攻陷，是從許遠所分區負責的西南方開始的，用這個理由來詬罵許遠，這又和小孩子無知的見解是一樣的。人快死的時候，一定是他的五臟六腑先遭受到病害；把一根繩子拉斷，必定有斷裂的地方。有人看到情形如此，從而歸咎這個部分，這也未免太不通達事理了。小人愛好批評別人，不喜歡成全人家的好事，就像這種情形啊！像張巡、許遠有如此傑出成就的人，仍免不了受人批評，其他人更不用說了。

當二公之初守也，寧能知人之卒不救，棄城而逆遁①，苟此不能守，雖避之他處何益？及其無救而且窮也，將其創（ㄔㄨㄤ）殘餓羸（ㄌㄟˊ）②之餘，雖欲去，必不達。二公之賢，其講之精矣。守一城，捍天下，以千百就盡之卒，戰百萬日滋之師，蔽遮江淮③，沮遏（ㄐㄩˇ ㄜˋ）④其勢，天下之不亡，其誰之功也！當是時，棄城而圖存者，不可一二數，擅彊（ㄑㄧㄤˊ）兵坐而觀者，相環也。不追議此，而責二公以死守，亦見其自比⑤於逆亂，設淫

（一ㄣ）辭⑥而助之攻也。

注釋

①逆遁　事先逃走。

②羸　瘦弱。

③蔽遮江淮　蔽遮，保障。江淮，長江、淮水流域乃富庶之地，軍糧賴以補給，故須保障。當時有人建議放棄睢陽，巡、遠道：「睢陽者，江淮保障，若棄之，賊必乘勝長驅，是無江淮也。」

④沮遏　阻止。

⑤比　比附，阿比。

⑥淫辭　放誕不經的言辭。

翻譯

當他們兩位防守睢陽城之初，那裏知道別人始終不來救助，而必須棄城事先逃走呢？如果不能守住睢陽城，即使逃到他處，又有什麼好處？等到無人救援而且陷入困境的時侯，再率領那些受傷飢餓瘦弱的殘餘部隊，即使想撤退也必定無法達成目的。憑他們兩位的才智，想必已考慮得很精密了。守住一座城池，保衞整個國家，用千百位快被消滅的士兵，和與日俱增的百萬雄師爭戰，保衞了長江、淮河流域，阻止了賊人的攻勢。國家沒被滅亡，這是誰的功勞呢？在那時棄城而逃生的，不在少數；擁有強大兵力卻坐視不救的，四周都是啊！不去追究這些人，反而責備他們兩人不該死守睢陽，這正看出那些批評者把自己阿附於叛賊，製造一些放誕不實的言論，幫助叛賊來攻擊張巡、許遠他們啊！

愈嘗從事於汴、徐二府，屢道於兩府間，親祭於其所謂雙廟①者，其老人往往說巡、遠時事：南霽（ㄐㄧˋ）雲之乞救於賀蘭②也，賀蘭嫉巡、遠之聲威功績出己上，不肯出師救。愛霽雲之勇且壯，不聽其語，彊留之。具食與樂，延③霽雲坐，霽雲慷慨語（ㄩˋ）曰：「雲來時，睢（ㄙㄨㄟ）陽之人，不食月餘日矣。雲雖欲獨食，義不忍！雖食，且不下咽！」因拔所佩刀，斷一指，血淋漓，以示賀蘭。一座大驚，皆感激，為雲泣下。雲知賀蘭終無為雲出師意，即馳去。將出城，抽矢射佛寺浮圖④，矢著（ㄓㄨㄛˊ）其上磚半箭，曰：「吾歸破賊，必滅賀蘭！此矢所以志⑤也。」愈貞元中過泗州，船上人猶指以相語：「城陷，賊以刃脅降巡，巡不屈，即牽去，將斬之。又降霽雲，雲未應，巡呼雲曰：『南八⑥，男兒死耳，不可為不義屈！』雲笑曰：『欲將以有為也。公有言，雲敢不死！』即不屈。」

注釋

①雙廟　一廟兼祀二人，此爲肅宗下召贈巡爲揚州大都督、遠爲荊州大都督，於睢陽並祀之廟。

②賀蘭　複姓，指賀蘭進明，那時他以御史大夫身分，領重兵守臨淮。

③延　請。

④浮圖　佛塔。

⑤志　通同於「誌」，做標誌，記號。

⑥南八　唐代習慣以堂兄弟之排行稱呼，南霽雲排行第八，故稱之南八。

翻譯

我曾在汴、徐兩府做過事，屢次來往兩州之間，親自祭祀過二公合祀的「雙廟」。那兒的老人家常常談到張巡、許遠當時的故事，說南霽雲去向賀蘭進明求救時，賀蘭進明因爲嫉妒張巡、許遠的聲威功績高過自己，不肯出兵救援，可是他欣賞南霽雲的英勇壯偉，不聽他求救的話，強要留下他。並準備酒宴和音樂，請南霽雲上坐。南霽雲慷慨激昂地說道：「我來的時候，睢陽城的人已經一個多月沒吃東西了，我即使想獨自享用，站在道義的角度上卻有所不忍，即使吃了也嚥不下去！」於是拔出所佩帶的刀來，砍下一個指頭，鮮血淋漓，拿給賀蘭進明看。同座的人都大吃一驚，且感動得爲南霽雲流下淚來。南霽雲知道賀蘭進明始終沒有爲他出兵救援的意思，便騎馬疾馳而回。即將出城的時候，他抽出一支箭射在佛寺的塔上，箭身有半截深深的插進磚裏，他說：「我回去打敗叛賊後，一定來剿滅賀蘭，這支箭就是用來標誌我的決心的。」我在唐德宗貞元年間曾路過泗州，船上的人還指著中箭的地方告訴我：「睢陽城被攻陷時，叛賊用刀脅迫並招降張巡，張巡不肯屈服，叛賊便把他拉去，想宰了他。接著又招降南霽雲，南霽雲還未答話，張巡向南霽雲大喊：『南八，男子漢死就罷了，不能向不義者屈服！』南霽雲笑著回答：『我本來準備詐降以待來日有所作爲；您既然這樣說，我怎敢不死呢？』於是也不屈而犧牲了。」

張籍（ㄐㄧˊ）曰：「有于嵩（ㄙㄨㄥ）者，少（ㄕㄠˋ）依於巡。及巡起事，嵩常在圍中。籍大曆中於和州烏江縣見嵩，嵩時年六十餘矣。以巡初嘗得臨渙縣尉，好學，無所不讀。籍時尚小，粗問巡、遠事，不能細也。云巡長七尺餘，鬚髯（ㄖㄢˊ）若神。嘗見嵩讀漢書，謂嵩曰：「何爲久讀此？」嵩曰：「未熟也。」巡曰：「吾於書讀不過三遍，終身不忘也。」因誦嵩所讀書，盡卷，不錯一字。嵩驚，以爲巡偶熟此卷，因亂抽他帙（ㄓˋ）①以試，無不盡然。嵩又取架上諸書，試以問巡，巡應口誦無疑。嵩從巡久，亦不見巡常讀書也。爲文章，操紙筆立書，未嘗起草。初守睢陽時，士卒僅萬人，城中居人戶亦且數萬。巡因一見問姓名，其後無不識者。」巡怒，鬚髯輒張。

及城陷，賊縛巡等數十人坐，且將戮（ㄌㄨˋ）②，巡起旋，其衆見巡起，或起或泣。巡曰：「汝勿怖！死，命也。」衆泣不能仰視。巡就戮時，顏色不亂，陽陽③如平常。遠，寬厚長者，貌如其心，與巡同年生，月日後於巡，呼巡爲兄，死時年四十九。」

注釋

①帙　本爲古人裝書的布套。後借指「書卷」。

②戮　行刑。

③陽陽　若無其事的樣子。

翻譯

張籍說：「有一個叫于嵩的人，從小就跟隨著張巡。到了張巡對抗安祿山時，于嵩也常常在重圍之中。我在唐代宗大曆年間，在和州烏江縣曾見過于嵩，那時于嵩已經六十多歲了。因隨張巡有功，當初曾受封爲臨渙縣尉，極好學，什麼書都讀。我當時年紀還小，只是粗略的向于嵩問過一些關於張巡、許遠的事，並不夠詳細。據于嵩說：張巡高七尺多，鬍鬚長得像神仙一般，有一次看見于嵩讀漢書，便對于嵩說：『爲什麼你總是讀這一本書呢？』于嵩答道：『還沒有讀熟啊！』張巡便說：『我讀書不超過三遍，一輩子也不會忘記。』便背誦于嵩所讀的那卷書，背完了整卷，一個字也沒錯。于嵩很驚訝，以爲張巡也許恰巧能背這一卷書，於是胡亂抽取別本來試張巡，結果竟全都背得出來。于嵩又拿書架上的各種書籍，試著問張巡，張巡應口背誦，一點也不遲疑。于嵩跟隨張巡很久，也不常看見張巡讀書。張巡寫文章，拿起紙筆來馬上就寫好，從來不打草稿。剛守睢陽時，兵士差不多有一萬人，城裡的居民也有幾萬人，張巡只要見一次面問過姓名，以後再碰見，都能認識。張巡發怒時，鬚髯都張開。等到睢陽陷落，叛賊抓了張巡等幾十人坐在一起，即將行刑時，張巡起身繞行。部下見他站起來，有的跟著站起來，有的竟哭泣了。張巡說道：『你們不要害怕！死，是命運註定的啊！』大家都哭得無法仰視張巡。張巡受刑時，面容鎮靜，若無其事的好像與平時一樣。許遠是一個胸襟寬厚的長者，面貌和他的心地一樣寬厚。他和張巡同年生，生日比張巡晚，所以稱張巡爲哥哥，死的時候是四十九歲。」

「嵩，貞元初死於亳（ㄅㄛˋ）、宋間。或傳嵩有田在亳、宋間，武人奪而有之，嵩將詣（ㄧˋ）①州訟（ㄙㄨㄥˋ）理，爲所殺。嵩無子。」張籍云。

注釋

①詣　到、往。

翻譯

「于嵩，在貞元年初死於亳州、宋州兩州之間。有人傳說于嵩在亳州、宋州兩州之間有田地，有人以武力搶奪而佔有了。于嵩打算到州府衙門去訴訟，竟因此被殺死了。于嵩並無子嗣。」張籍補充說明道。

賞析

天寶十四年，安祿山造反，攻陷長安。玄宗出奔，太子即位為肅宗，天下紛亂，人民流離。人臣或擁兵自重、或觀望投降，唯少數守土殉節。其中以張巡、許遠苦守睢陽兩年，牽制江、淮亂賊，不屈而死，居功厥偉。李翰作了〈張中丞傳〉表揚張巡功績，韓愈讀此文後，覺得有所不足，於是寫下此文，補敍當時情形，為李翰〈張中丞傳〉作補充，所以稱為「後敍」。

本文大體可分四部分：第一部份以首段說明為文之緣由，將重心確立在補充許遠和雷萬春二人身上，只可惜全文對雷萬春事蹟仍付之闕如。

第二部分重點先為許遠辯誣。韓愈輕點數句，先以「開門納巡，位本在巡上，授之柄而處其下，無所疑忌。」勾勒出許遠無私為國之大賢風範，並以此為張本，針對後人所構陷之「畏死」與「降敵」二事，不平而鳴，將當時睢陽城之境況層層分析推衍，詰問其理，以

「外無待而猶死守」駁斥「疑畏死而辭服於賊」；既而以人病、繩絕二例强調任何事件皆其來有自，以此駁斥「城之陷，自遠所分始」之偏頗。一以指責世人之見「與兒童之見無異」，二以痛心「小人之好議論，不樂成人之美如是哉！」接著針對世人「責二公以死守」之淫辭，析以事況，並提綱挈領的以一句「守一城，捍天下」之關鍵性駁斥之。此部份夾敍夾議，能破能立，磅礡氣勢，一瀉千里，毫無阻窒。韓愈仗義直言，一如論語：「惡紫之亂朱也，惡鄭聲之亂雅樂也」，深慨「如巡、遠之所成就，如此卓卓，猶不得免，其他則又何說？」之餘，想來對自己一生亦多遭誣陷的仕途，也深有感慨吧！

第三部份韓愈以自身見聞之經歷，藉南霽雲之忠烈慷慨，水漲船高地烘顯張巡將士用命之不凡。愈寫南霽雲之壯烈，愈見張巡之忠義，如此以賓顯主之手法，與方苞之（左忠毅公軼事）中愈寫史可法之忠忱，愈見左光斗之忠毅，實無二異！

第四部分扣回首段，藉引起撰文動機的共讀之友：張籍之口，追敍張巡軍中瑣事，措辭如閒話家常，卻凜然見其生活態度與待人爲學之嚴謹，從容就義部分，更令讀者覺得：「但寫眞情與實性，任他埋沒與流傳」。韓愈文氣之收放自如，於此可見一斑。最後一小段補敍確有于嵩其人，以明作者之不妄說耳。

文天祥正氣歌中所載：「爲張睢陽齒」，正是這段可歌可泣的忠烈故事。設若讀者親見張巡、許遠雙廟中之對聯：「志士無雙雙國士　忠臣不貳貳忠臣。」體玩其忠貞爲國之赤忱之餘，是否隱隱然亦覺得有股「古道照顏色」的悲壯與寬闊感呢！

引導寫作

撰寫人物不妨交揉時、地、人、事、物，做多方位的馳想，最忌平鋪直述，不見眞情與個性。本文記傳所及，不僅倒敍，兼以補敍；翻案所及，更是載敍載議，情理並茂。請鎖定一位你想深入了解他的人（也許是學生事務處主任，也許是學生班聯會主席……）。你不妨事先先做好「市場」的「民意調查」，再草擬好一些問題請教當事人，讓他有機會澄清。嘗試把你前前後後獲得的資訊彙整一下吧！試著用韓愈這篇的筆法寫你的採訪稿，不過別忘了：寫「史」的東西，可要有憑、有據、有見識喔！

（易理玉）

送薛存義之任序

柳宗元

河東①薛存義將行，柳子載肉於俎（ㄗㄨˇ）②，崇酒③於觴（ㄕㄤ），追而送之江之滸（ㄏㄨˇ），飲食之。且告曰：「凡吏於土者，若知其職乎？蓋民之役，非以役民而已也。凡民之食於土者，出其十一④傭乎吏，使司平於我也。今我受其直⑤怠其事者，天下皆然。豈惟怠之，又從而盜之。向使傭一夫於家，受若直，怠若事，又盜若貨器，則必甚怒而黜（ㄔㄨˋ）⑥罰矣。以今天下多類此，而民莫敢肆（ㄙˋ）其怒與黜罰者，何哉？勢不同也！勢不同而理同，如吾民何？有達於理者，得不恐而畏乎！」

注釋

①河東　今山西省永濟縣。

②載肉於俎　把肉放在碗裡。載，放。俎是古代盛肉的器皿。

③崇酒　盛酒。崇，充滿。這裡做動詞用。
④十一　十分之一。
⑤直　俸祿。「直」通同於「值」。
⑥黜　罷黜，這裡當趕走的意思。

翻譯

河東薛存義即將要出發了，我柳宗元在碗裡盛上了肉，杯中斟滿了酒，追趕到江邊為他餞行，請他飲用。並且對他說：凡是做地方官的啊！你知道他們的職責是什麼嗎？他們應該是百姓的公僕，而不應是奴役百姓的人啊！凡是種田為生的人，他們拿出收入的十分之一來雇請官員，為的是希望那些官吏能公平地為民做事。現在官吏拿錢卻不好好辦事。放眼天下全是如此。而且這些官吏那裡只是懈怠而已，甚至還有人盜取貪污百姓的財物呢！假使家裡雇了一個佣人，拿你的錢卻不為你辦事，還偷你的東西，你一定會很生氣得趕走他、處罰他。如今天下很多官吏也像這些佣工，老百姓卻不敢盡情發洩他們的怒氣罷黜處罰這些官員，這是什們原因呢？這是因為官、民與主、僕的情況是有所不同的！然而情況雖不同，但道理卻應是一樣的。那麼究竟該如何對待我們的百姓呢？能通達明白上述道理的人，還能不有所恐懼而戒愼嗎？」

存義假令①零陵二年矣。蚤作而夜思，勤力而勞心。訟者平、賦者均，老弱無懷詐暴憎（ㄆㄨˋ ㄗㄥ）②，其爲不虛取直也，的（ㄉㄧˋ）③矣！其知恐而畏也，審④矣！

注釋

①假令　代理縣令。假，借代、代理的意思

②懷詐暴憎　心懷欺詐，面露憎恨。暴，暴露、顯露的意思。

③的　的確。

④審　詳細，詳審。

翻譯

薛存義代理零陵縣令已兩年了，兩年來從早到晚，爲縣民勞心勞力。凡是訴訟打官司的都公平處理，繳交賦稅的事也平均公正，無論老少對他都不會心懷虛詐或面露恨意。這些都足以證明他的的確確沒有白拿老百姓的錢啊！他顯然對官民之間的事，是很戒愼恐懼的。

吾賤且辱，不得與（ㄩˋ）考績幽明①之說。於其往也，故賞以酒肉而重（ㄔㄨㄥˊ）②之以辭。

注釋

①考績幽明　考察官吏政績優劣。幽，「暗」的意思，表示不賢明。

②重　加上一些

翻譯

我的身分卑微又遭貶逐，無法參與官吏政績優劣的評議。在薛存義要另行走馬上任之前，特別請他喝酒吃肉，並加上這篇序言相贈。

賞析

柳宗元在順宗皇帝時，與朝臣王叔文大刀闊斧地進行政治革新，八個月期間，嚴治貪官，使朝政煥然一新。當順宗過世，憲宗及位，反對派勢力抬頭，於是柳宗元以三十三歲的青壯年華，輾轉被貶謫爲永州司馬。「司馬」一職，名義上是官，事實上與流放的罪犯無異。有才華卻缺乏發揮空間的他，此時心靈的苦悶與抑鬱尤其可想而知。但柳宗元一生重要的作品，如本文及永州八記等，都是誕生於此時期的重要名篇。

薛存義是永州州治所在地——零陵縣的代理縣令，平日二人多所接觸，且是同鄉。柳宗元謫居永州時，故友千里，親族乖隔；如今同鄉舊識又將遠離，境遇殊別，情何以堪！於是演發出這樣一段追送至江邊餞別的情境。

此篇短短二百多字，鮮明的揭示出柳宗元前衛的民主思想。爲官者乃「民之役」的公僕觀念，雖是上承孟子「民貴君輕」的思想，在一千多年前中唐那樣封閉又傳統的社會裡，儘管也許只是個政治理想永難實現的夢，卻眞實的表達出人民強烈的願望與無力感。

文章以送別始，以送別終，中言吏治之道。一開始開門見山地以「將行」二字點明事件之源起，一個「追」字除表現出送行之急切與情誼之深篤，作者何嘗不是也急於表達其政治抱負和理念。然後先正面提出官吏是「民之役」而非「役民」者的觀念，只可惜一般爲官者卻反其道而行。接著借一般主僕的互動狀態，加强說明爲官者的欺人太甚，進而深究推繹出「勢不同而理同」的新思維。之後舉薛存義之政績典範，和之前所言之官吏映襯對照。最後以自謙之詞，化激直爲婉轉，呼應首段收筆。

全文整鍊雋潔，冷峭的筆調下，其實包裹著熱烈的政治情感。除了反映民生無奈之外，作者自己有志難伸的無奈感，也隱隱然溢於紙表。

引導寫作

本文主論之處先提出自己的中心思想，接著舉一般官員怠職瀆守的反例，和敬愼民事的薛存義的正例形成對比。如此一擒一縱，使文章饒富趣味。請你針對「二十一世紀的領導人物應具備的能力與素養」，從生活實例或新聞事件取材，嘗試以正說、反說之例佐言，發抒己見。

（易理玉）

金石錄後序

李清照

余建中辛巳，始歸趙氏。時先君作禮部員外郎，丞相①作吏部侍郎，侯②年二十一，在太學作學生。趙、李族寒，素貧儉，每朔望謁（一ㄝˋ）告出，質衣取半千錢，步入相國寺③，市碑文、果實歸，相對展玩咀嚼，自謂葛天氏④之民也。

注釋

①丞相　此指趙明誠的父親趙挺之，亦即李清照的公公。

②侯　原爲古代五等封爵之一（公、侯、伯、子、男），後也用以州府長官之統稱。此處指趙明誠，因其曾任萊州、淄州等知府。

③相國寺　故址在開封城內，是北宋汴京最大的寺院，每月有五次廟會。

④葛天氏　爲傳說中的古代帝王，相傳其時爲治世，百姓生活簡樸自由。

翻譯

徽宗建中靖國元年，我才嫁給趙氏。當時先父擔任禮部員外郎之職，公公在做吏部侍郎，我的夫君明誠年二十一歲，正在太學做學生。趙、李兩家本爲寒族，一向淸貧儉約。每月初一、十五，明誠會休假外出，典當衣服取得五百銅錢，再走入相國寺，買一些碑文、果實回來，我們夫妻相對坐著，一邊展示賞玩碑文，一邊吃著果實，自覺得像是古代葛天氏的百姓那樣自由快樂。

後二年，出仕宦，便有飯蔬衣練（ㄕㄨ）①，窮遐方絕域，盡天下古文奇字之志。日就月將，漸益堆積。丞相居政府②，親舊或在館閣③，多有亡詩逸史，魯壁汲冢（ㄓㄨㄥˇ）所未見之書。遂盡力傳寫，浸覺有味，不能自已。後或見古今名人書畫，三代奇器，亦復脫衣市易。嘗記崇寧間，有人持徐熙《牡丹圖》，求錢二十萬。當時雖貴家子弟，求二十萬錢，豈易得耶？留信宿，計無所出而還之，夫婦相向惋悵者數日。

注釋

①飯蔬衣練　飯、衣此處皆作動詞用。練，粗綢。

②政府　此指中樞、門下、尚書三省。

③館閣　宋代以史館、集賢院、昭文館爲三館，後改名祕書省，爲掌管圖書、編修國史的官署。

翻譯

其後兩年，明誠出仕做官，便有即使過著吃蔬菜、穿粗衣的生活，也要尋遍遼遠、邊陲之處，搜盡天下古文奇字的志向。在日積月累之下，收藏逐漸增多。丞相在宰相官署裡辦公，親友們也有在掌圖書，編修國史的祕書省任職的，因此常有詩經以外的逸詩、正始以外的史書、以及從孔子故宅的牆壁中、汲郡魏安釐王墓中挖掘出來的古文經傳、竹簡文字等過去不曾見過的書。於是就盡力的一部接一部地抄錄下來，漸漸地深覺趣味無窮，終至於欲罷不能。以後偶有見到古今名人的書畫，夏、商、周三代的特殊器皿，也會典當衣服把它們買下來。曾記得崇寧年間，有人拿著一幅南唐徐熙所繪的《牡丹圖》，開價二十萬錢要賣。在當時就算是富貴人家子弟，要籌出二十萬錢，又豈是容易得到的呢？我們把畫留了兩夜，終究想不出法子只好退還給他，夫婦兩爲此相向惋惜悵然了好幾天。

後屏（ㄅㄧㄥˇ）居①鄉里十年，仰取俯拾，衣食有餘。連守兩郡，竭其俸入以事鉛槧（ㄑㄧㄢˋ）②。每獲一書，即同共勘（ㄎㄢ）校，整集簽題。得書畫彝（ㄧˊ）鼎③，亦摩玩舒卷，指摘疵病，夜盡一燭爲率。故能紙札精緻，字畫完整，冠諸收書家。余性偶强記，每飯罷，坐歸來堂烹茶，指堆積書史，言某事在某書卷第幾頁第幾行，以中否角勝負，爲飲茶先後。中即舉杯大笑，至茶傾覆懷中，反不得飲而起，甘心老是鄉矣。故雖處憂患困窮而志不屈。

注釋

①屏居　屏，退避之意。此指退隱閒居。

②鉛　指鉛粉，可用以塗錯字。另有一說是鉛條，可書寫。槧，爲木板，可書寫文字。此處二字連用指書籍。

③彝鼎　彝，古代的酒器。鼎，三腳兩耳的器具，可用以烹飪。

翻譯

後來我們回到故鄉青州閒居十年，有什麼就吃什麼，生活十分儉約，衣食尚有餘裕。明誠又先後任萊州、淄州太守，幾乎把他所有的薪俸用來購買、校勘、收藏書籍。每當獲取一書，我們就共同校勘、整理成集並加上書籤，撰寫題跋。若得到書畫或彝、鼎等古器，也會拿來摩娑把玩或展開來欣賞，指出它們的瑕疵毛病，大抵每晚所花費的時間以燃盡一根蠟燭爲準。因此所收藏的古籍都能外觀精美，文字的筆劃完整，超過許多藏書家。我天性特別强於記憶，每當飯後，和明誠坐在歸來堂上煮茶，指著堆積的書史，說某一事件出在某書某卷的第幾頁第幾行，以猜中與否來較量勝負，作爲飲茶的先後。猜中的人則舉起杯子開心大笑，直到茶傾倒在懷中，反而飲不到才起身。我們情願終老於文字、書籍的天地裡，所以雖然處於憂患貧困的生活之中，內心的志向從不曾屈服過。

收書既成，歸來堂起書庫大橱，簿甲乙①，置書册。如要講讀，即請鑰上簿，關出卷帙，或少損污，必懲責揩完塗改，不復向時之坦夷也。是欲求適意而反取憀慄（ㄌㄧㄠˊ ㄌㄧˋ）。

注釋

①簿甲乙　分門別類，登記入簿。

翻譯

收書的心願既已有成，就在歸來堂建起書庫、大橱櫃，並把書籍分門別類，編訂目錄，放置其中。如果想要講讀，就拿鑰匙來開橱，登記於簿上，然後才能支領出所要的書籍。有時我把書籍稍微折損或弄髒，他一定會責備並要求我揩去汚垢，使之完好，不再像先前那般心情舒暢。收藏書籍的本意是爲求心境的順適，而今卻反倒使心情不安。

余性不耐，始謀食去重（ㄔㄨㄥˊ）肉，衣去重采①，首無明珠翡翠之飾，室無塗金刺繡之具。遇書史百家，字不刓（ㄨㄢˊ）闕、本不訛謬（ㄜˊ ㄇㄧㄡˋ）者，輒市之，儲作副本。自來家傳《周易》、《左氏傳》，故兩家者流，文字最備。於是几案羅列，枕席枕藉，意會心謀，目往神授，樂在聲色狗馬之上。

注釋

①重肉重采　重，指兩種以上的肉食和色彩。

翻譯

我的個性實在耐不住這種情形持續下去，於是開始想辦法在飲食上一餐不吃兩種以上的肉食，服飾上也不穿兩種以上的色彩，頭上沒有任何明珠翡翠的裝飾，家裡也沒有鍍金刺繡的家具。遇到諸子百家的書籍，只要字不殘缺，版本不假的，就立即買下來，儲存當作副本。又向來家傳《周易》和《左氏傳》之學，所以有關這兩家的相關書籍最爲齊備。於是書籍羅列在几案上，堆積在枕席之間，讀書時往往意念與作者相通，心思也不謀而合，令人充滿神往之情，這種樂趣遠遠超過聲色犬馬之上。

賞析

《金石錄》是一部記載金文石刻的著作，北宋趙明誠撰，凡三十卷。此書著錄自三代至隋唐五代的鐘鼎彝器款識和碑碣文字共二千種，考據精愼，後代學者對此評價很高。書中原有趙明誠的自序，宋高宗紹興二年，李清照重閱後作了後序，本文即節錄於此。

一般書序多就書論書，並談及作者人事，「金石錄後序」論及書籍本身的事卻不多見，反倒是以金石古籍的「得難失易」爲主軸，抒發了作者半生之悲歡離合，並從側面反映了時代的動盪離亂，當可視爲李清照的自傳，及研究其生平與思想的重要資料。

此序乃睹物思人之作，情眞意切，感人至深。尤其寫夫妻之間的相知相惜、關切憐愛，尤令人動容。但因全文太長，所以只節錄其中最具歡愉氣息的買書藏書部份，但已足以令人想見趙氏夫婦生活的品味及逸趣。

李清照在十八歲時嫁給趙明誠，兩人可說是志趣相同，情投意合。此點由趙明誠還是學生時，須質衣得錢方得購買碑文果實，兩人還相對展玩，自認定是葛天氏之民即可看出。物質上的匱乏並無損於這對夫妻精神上的愉悅，這等神仙眷屬甚是難得。

基於夫妻二人對於金石書畫的共同喜愛，一有收入之後，便不斷在這上面尋求，即使生活簡樸也不在意，所以日積月累之下，收藏漸多。遇到難得一見的珍本，更是盡力抄寫，並從中體會到無窮的樂趣而不能自已。收藏日久，範圍亦擴及書畫古器，對於無力購買的《牡丹圖》，夫婦則惋惜悵惘許久。尤其那段居鄉十載以及連守兩郡的歲月，想必是這對夫妻畢生最甜美的時光。這時他們有較餘裕的錢財可以大量買書，因此收藏日豐。而「每獲一書，即同共勘校、整集籤題」、「得書畫彝鼎，亦摩玩舒卷，指摘疵病，夜盡一燭爲率」，凡此種種，皆可看出他們對書畫文物的珍愛與投入，亦令人聯想到他們相互切磋、分享彼此心得的情態，這種亦師、亦友、亦夫妻的關係，著實讓人羨慕。

燈下校書賞畫已見生活情趣之一斑；而飯後煮茶，以指述典故正確與否來決定飲茶先後，而致舉杯大笑，茶傾懷中，更見生活之風雅及夫妻感情之和樂融融。至於建書庫，把書分門別類，登記入簿；還有因書稍損汚而致夫妻心情不暢，因而節衣縮食購儲副本，散置於几案、臥席旁以便隨時讀取，凡此敍述，在在把一個愛書人的形貌及癡態都傳神的勾勒出來。「意會心謀，目往神授」更是說出了自己沈浸於書中的快樂。而此樂何如呢？「樂在聲色狗馬之上」不僅點出了精神高於物質，也呼應了前文「自謂葛天氏之民」、「甘心老是鄉矣」，行文至此，可謂達歡樂之至極。

本文在敍事上並不繁複取巧，一切順著時間人事的經緯而成，筆觸細膩，眞誠而感人，文中夫婦恩愛之情尤令人印象深刻。

引導寫作

讀完本課，除了感動於作者的眞情流露，「藉事抒情」的表現手法也是我們的學習重點之一。此法不在强調章法的出奇，文字的富麗，而終須以感情眞摰、深刻爲依歸。同學們在日常生活中並不乏感人的經驗，必然也有珍愛的人與物，但是敍述起來多半浮泛空洞，欠缺感人的力量。我們要學習的是深入探索自己的情思，分析自己曾經歷過的各種經驗，並從中找出影響自己人生至鉅的人、事、物，再進一步歸納出他們的關聯性。經過如此深思且出於眞情的抒寫，才能有感人的作品產生。

（吳美錦）

送秦中諸人引

元好問

關中①風土完厚，人質直而尚義。風聲習氣，歌謠慷慨，且有秦、漢之舊。至于山川之勝，遊觀之富，天下莫與爲比。故有四方之志者多樂居焉。

注釋

①關中　今陝西省南部，春秋戰國時代，函谷關以西的秦國地域稱關中或秦中。

翻譯

函谷關以西的秦中，氣候良好，物產豐富，土地肥沃。當地的百姓，質樸直爽又崇尚義氣。當地的風氣習俗和激昂慷慨的民謠，仍然保有秦漢以來的古風遺韻，至於那山川的壯美，遊覽名勝的豐富，更是天下沒有地方可與之相比的。所以，凡有周遊天下之志的人，都喜歡居留在秦中。

予年二十許時，侍先人①官略陽，以秋試留長安中八九月。時紈綺氣②未除，沈涵酒間，知有遊觀之美而不暇也。長大來，與秦人遊益多，知秦中事益熟，每聞談周、漢都邑及藍田、鄠、杜間風物，則喜色津津然動于顏間。二三君多秦人，與余遊，道相合而意相得也。常約近南山③尋一牛田④，營五畝之宅⑤，如舉子結夏課⑥時，聚書深讀，時時釀酒爲具，從賓客遊，伸眉高談，脫屣世事，覽山川之勝概，考前世之遺迹，庶幾乎不負古人者。然予以家在嵩前，暑途千里，不若二三君之便于歸也。

注釋

①先人　亡父，指元格。元好問從小便過繼給叔父元格。

②紈綺　紈綺，指高級的絲織品。在此指富貴人家。

③南山　指終南山，位於西安市南面。

④一牛田　原指養官府之牛而供牧牛人耕用的土地。此指一小塊田地，即一頭牛所能耕的田地。

⑤營五畝之宅　此處用孟子典：「五畝之宅樹之以桑，五十者可以衣帛也。」謂經營五畝大的田園，指自食其力的平民生活。

⑥結夏課　此處指舉子在夏天邀集同學，讀書習文，以備秋季應試。

翻譯

我在二十歲時，曾陪侍在略陽作官的先父，因參加秋試在長安留居了八九個月。可惜，未能除去富貴子弟的習氣，成天沈溺於飲宴之樂中，雖然知道有許多值得遊覽欣賞的美景，竟然無暇去享受遊覽觀賞的美趣。隨著年歲日益長大，同秦地友人交往也日益增多，對秦中事物也更加熟悉，每當聽到或談到秦中周朝、漢代的古都以及藍田、鄠縣、杜陵等地特有的風光物情，便不由自主地流露出欣喜興奮之情。諸君大多是秦中人，彼此志同道合，一起交游，情趣相投。我常與諸君相約：有朝一日能在靠近終南山的地方，尋求一小塊可耕種的田地，經營五畝田大的庭園，就像學子結伴尋幽，一起溫習學業，聚積好書，精讀探研，常常儲釀美酒，陪同友朋賓客外出遊覽，眉飛色舞地高談闊論，擺脫世事的因擾，飽覽山川的佳景名勝，考察前代的文物古蹟，如此大概是不負古人吧！但是，我家在嵩山之南，到秦中，在這麼熱的天氣裡，必須跋涉千里之長途，不像諸君那樣方便地回歸故里。

清秋揚鞭，先我就道；矯首①西望，長吁青雲。今夫世俗愜意事，如美食、大官、高貲、華屋，皆衆人所必爭，而造物者之所甚靳(ㄐㄧㄣˋ)②，有不可得者。若夫閑居之樂，澹乎其無味，漠乎其無所得，蓋自放於方之外者之所貪，人何所爭，而造物者亦何靳耶？行矣諸君，明年春風，待我於輞川③之上矣。

注釋

①矯首　舉頭。

②靳　吝惜。

③輞川　水名，在今陝西省藍田縣東南。唐代大詩人王維曾築別墅於此。這裡暗示作者與友人效法王維，淡泊名利，陶情山林。

翻譯

你們在清秋時節，便躍馬揚鞭，先我踏上回秦中的旅途；我在此舉頭西望，見青天白雲而長聲感嘆，如今世俗之人視爲暢心快意的，不外是精美的飲食、高大的官位，豐足的資財、華麗的居室。這些都是世俗的衆生所追求而造物主卻十分吝惜的，因此不是人人都可得到的。至於閒居生活的樂趣，在世人看來，是那樣的平淡，沒有什麼趣味，似乎沒有獲得什麼，然而，這正是自放神思於世事之外的人所追求的。對這種生活，世俗之人又有什麼可爭，造物主又有什麼可吝惜的呢？各位走吧，等到明年春風拂面之時，請在輞川岸邊等候我的到來吧！

賞析

本文作者元好問，爲金元間最傑出的詩人，因遭逢亂世，感慨遂深，作品具有沈雄清新的藝術風格，其「繁華落盡見眞淳」、「寒波淡淡起，白鳥悠悠下」等名句，早已膾炙人口，流傳久遠。張炎在《詞源》中曾盛贊其「深於用事，精於煉句，風流蘊藉處，不減周秦。」甚爲中肯。

本文借送別爲題，實爲抒情寫志。全文共分三段。第一段介紹秦中風土、人情、民族的陽剛之美。極力贊美秦中古樸眞淳的風土人情和名聞遐邇的名勝古蹟，所謂「地靈人傑」亦間接贊美秦中友人的優秀、特出。第二段抒寫對秦中的嚮往渴望居住秦中的心願。起筆追記年輕時參加秋試，居住長安數月，因沈迷酒間，未能暢遊秦中的遺憾。繼而寫長大後，對秦中風物的傾心嚮慕，藉著讀書、釀酒、高談、覽勝、論古等具體行動的描寫，勾繪出一幅「採菊東籬下，悠然見南山」的田園之樂，最後，以議論之筆說明閒居之樂，不失敦厚地對世俗之人只知追名逐利之膚淺行爲作了輕微的諷刺，更凸顯了田園閑居生活的與人無爭，與天無求，與己有樂的悠然境界。

末句點出送別之意，用相期來春歡聚的期盼作結筆，沖淡了送別的離緒，保持了全文質樸恬淡，輕快洒脫的情韻。

引導寫作

假設你有一位好同學，二人心緒相合，無所不談，但往往人生不如意事十常八九，這一次的聯考，他不幸落榜，你爲了要紓解他心中的苦悶和沮喪，特別舉辦一次登山活動，欲藉大自然的美景，來減輕他心中的煩憂，請你嘗試寫一封書信，從大自然美景的介紹與同窗友誼的滋潤中，讓同學能走出失敗的打擊，重新振作，再接再勵，題目自訂，但情境大綱的原則要好好把握！

《注意》

一、你可從元好問送秦中諸人引一文中學習用空靈秀美之筆寫大自然的景色。

二、更可學習元好問藉著許多具體事物的描述中，讓友人的情誼更加醇厚動人，讓人心有所感，如此方能勸慰同學，願意參加此次登山踏青的活動。

（周寤竹）

二、論

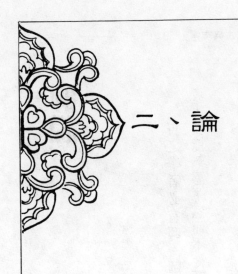

師說

韓愈

古之學者必有師。師者，所以傳道、受①業、解惑也。人非生而知之者，孰能無惑？惑而不從師，其為惑也，終不解矣。

注釋

①受　同「授」。

翻譯

古代求學的人一定有老師。老師，是負責傳授道理、講授學業、解答疑惑的人。人不可能生下來就懂得一切的道理，誰能沒有疑惑？有疑惑而不向老師請教，那疑惑就永遠不能解決了。

生乎吾前，其聞道也，固先乎吾，吾從而師之①；生乎吾後，其聞道也，亦先乎吾，吾從而師之。吾師道也，夫庸知其年之先後生於吾乎?是故無貴無賤，無長無少，道之所存，師之所存也。

注釋

①師之　以他爲師，在這裡「師」當動詞用。

翻譯

年紀比我大的，他領會道理當然比我早，我拜他爲師，跟他學習；年紀比我小的，如果他領會道理也比我早，我也拜他爲師，跟他學習。我學習的是道理，何必管他年紀比我大還是小呢?所以，不必管地位貴賤、年紀大小，只要他懂得道理，就可以做我的老師。

嗟乎!師道之不傳也久矣，欲人之無惑也難矣。古之聖人，其出人也遠矣，猶且從師而問焉；今之衆人，其下聖人也亦遠矣，而恥學於師。是故聖益聖，愚益愚。聖人之所以爲聖，愚人之所以爲愚，其皆出於此乎?

翻譯

唉！從師問道的風氣早已消失，期望一般人沒有疑惑也就難了！古代的聖人智慧超出常人很多，尚且從師求教；現在一般的人遠不如聖人，卻認爲跟老師學習是可恥的。所以，聖人越發聖明，愚人越發愚昧。聖人之所以能成爲聖人，愚人之所以終究是愚人，大概都是這個緣故吧！

愛其子，擇師而教之；於其身也，則恥師焉，惑矣！彼童子之師，授之書而習其句讀①者，非吾所謂傳其道、解其惑者也。句讀之不知，惑之不解，或師焉，或不焉②。小學而大遺，吾未見其明也。

注釋

①句讀　指句子中間停頓的地方。

②句讀之不知，惑之不解，或師焉，或不焉　這句話若以平常的解讀方式，可能解釋不通。其實這句話爲了產生變化的美感，是採用錯綜修辭中交錯語次手法，把他還原就成了「句讀之不知，或師焉；惑之不解，或不焉」。應該解釋爲：句讀不曉得，便去請教老師；疑惑不能解，卻不請教老師。

翻譯

一般人疼愛他的孩子，會選擇老師來教他，可是自身卻以跟老師學習爲可恥，這眞是糊塗啊！那孩子的老師，只是教孩子讀書、學習句讀，並非我所說的傳授道理、解答疑惑。句讀不曉得，便去請教老師；疑惑不能解，卻不請教老師。小的地方去學習，大的地方反而遺漏不學，我眞看不出他的聰明在哪裡。

巫、醫、樂師、百工之人，不恥相師。士大夫之族，曰師、曰弟子云者，則羣聚而笑之。問之，則曰：「彼與彼年相若也，道相似也。」位卑則足羞，官盛則近諛。嗚呼！師道之不復可知矣！巫、醫、樂師、百工之人，君子不齒①，今其智乃反不能及，其可怪也歟！

注釋

①不齒　不屑與之同列。

翻譯

巫師、醫生、樂師和各種工匠，都不以跟老師學習爲可恥；倒是那些士大夫，只要有人稱呼「老師」或「學生」，就聚在一起譏笑他。問他們爲什麼笑，就說：「他和他年紀差不多，學識也差不多呀！」向地位低的人學習，便感到可恥，而向地位高的人學習，又覺得近於諂媚。唉！從師問道的風氣難以恢復，是可想而知的了。巫師、醫生、樂師和各種工匠，是君子所瞧不起的，現在君子的見識反而不及他們，這不是很奇怪的事嗎？

聖人無常師。孔子師郯子①、萇弘②、師襄③、老聃④。郯子之徒，其賢不及孔子。孔子曰：「三人行，則必有我師。」是故弟子不必不如師，師不必賢於弟子，聞道有先後，術業有專攻，如是而已。

注釋

①郯子　春秋時代郯國的國君，孔子曾向他請教遠古時少昊帝王時代的官職名稱。

②萇弘　東周靜王時大夫，孔子曾向他請教古樂。

③師襄　春秋時魯國樂官，孔子曾向他學習彈琴。

④老聃　春秋時哲學家，亦稱老子，孔子曾向他問禮。

翻譯

聖人沒有固定的老師。孔子曾向郯子、萇弘、師襄、老聃請教。郯子這些人，他們的才智比不上孔子。可是孔子說過：「三個人同行，其中一定有可以當我老師的人。」所以學生不一定不如老師，老師也不一定比學生高明。只是領會道理的時間有先後，學業上各有各的專長，就是這樣罷了。

李氏子蟠，年十七，好古文，六藝①經傳，皆通習之，不拘於時，學於余。余嘉其能行古道，作〈師說〉以貽之。

注釋

①六藝　指六經：詩、書、禮、樂、易、春秋。

翻譯

李蟠十七歲，喜好古文，熟習六經經傳。不受時俗影響，來跟我學習。我贊許他能做到古人從師問學的正道，所以寫了這篇〈師說〉送給他。

賞析

韓愈、柳宗元是唐代古文運動中的兩大家，但柳宗元歷經永貞革新的失敗，慘遭政治上的打壓，雖不願向現實低頭，但由他著名的永州八記中，仍可感受他的鬱悶與不平，只能藉遊記、人物傳記、寓言故事來寄託他的心情與思想，文筆清麗簡鍊。而韓愈則不同，他為人耿直，勇於和世俗潮流做正面的對抗，抗佛老、抗當時文學的淫靡、抗當世的一切世俗歪風，他的文字特色是精練有力、氣勢雄偉、條理通暢，並且表現深刻，〈師說〉一文正可稱爲他的代表力作。

〈師說〉一文以「師」爲主線貫串全文，全文可分爲引論、本論、結論三大部分：一、二段爲引論部分，强調「人→從師→才能得道」。首段開門見山提出「古之學者必有師」，以「必」字强調求師問學的重要性，而爲何加「古之」二字？正因爲這篇文章是針對當時學者恥學於師的風氣而發。從師而問的主題呼應全文各論點。作者援古立論，一方面「是古」，一方面則是「非今」，抨擊當時學者恥學於師的風氣。第二段則提出擇師的標準，乃是「道之所存，師之所存」。第三至六段爲本論部分，其中三、四、五段以三個對比指出從師的必要。第三段指出聖愚的區別，在於是否從師學習。第四段譏諷唐朝士大夫只知爲童子擇師，自己卻恥學於師。第五段舉巫醫樂師百工爲例，指出士大夫的智慧反而不如。第六段則是補充部分，以聖人孔子無常師爲例，證明師大夫不從師的錯誤。最後一段結論，補述撰寫本文的緣由，嘉許李蟠「能行古道」，呼應第一段「古之學者必有師」，既能首尾呼應，又能畫龍點睛突顯主題。

引導寫作

〈師說〉一文的特色文字精簡、文氣充沛，而在寫作方面特別值得注意的是：一、主題掌握精確，文章既是「援古立論」，全篇文章就掌握這個主題發展，各段都藉「是古」或「非今」以建立起完整的架構，強調希望時人能遵循古道、從師問學的主旨；二、作者善用正反對比（也稱正反法），第三、四、五段利用古之聖人、今之衆人、童子、成人、巫醫、樂師、百工、士人兩兩做比較，以強化論點、突顯主題。但運用時必須注意反面的氣勢不能強過正面，以免造成誤導；另外要注意做爲對比的反面材料，必須要恰當，不能爲造成對比效果而瞎掰一番。

現代青少年對「勇敢」一詞常有錯誤的觀念，以爲勇敢就是逞血氣之勇，以下請同學利用正反對比法試作「論勇敢」一篇，以釐清大家錯誤的觀念。

（林聆慈）

訓儉示康

司馬光

吾本寒家，世以清白相承。吾性不喜華靡，自為乳兒，長者加以金銀華美之服，輒羞赧（ㄋㄢˇ）棄去之。二十忝（ㄊㄧㄢˇ）科名，聞喜宴獨不戴花①。同年曰：「君賜不可違也。」乃簪（ㄗㄢ）一花。平生衣取蔽寒，食取充腹，亦不敢服垢敝以矯（ㄐㄧㄠˇ）俗干名②，但順吾性而已。

注釋

①聞喜宴獨不戴花　聞喜宴，宋時朝廷在瓊林苑宴請及第的新科進士。凡赴宴者皆賜花插在帽上。

②矯俗干名　矯，違也。干，求也。違逆世俗求取美名。

翻譯

我們本來是貧寒的家庭，世代都是淸白相傳。我生性就不喜歡奢華，從小，長輩給我穿戴金銀華麗的服飾，往往就害羞臉紅而把它拿掉。二十歲的時候，僥倖考中進士，在「聞喜宴」中唯獨我沒有戴花，同榜登科的人勸道：「這是皇上所賜，不要違逆。」我才插上花。平常穿衣只要能禦寒，吃東西只求能塡飽肚子。但也不敢故意穿些破爛邋遢的衣服，違背俗尚求取名譽，不過是順著本性罷了。

衆人皆以奢靡爲榮，吾心獨以儉素爲美。人皆嗤（ㄔ）①吾固陋，吾不以爲病②，應之曰：「孔子稱『與其不孫（ㄒㄩㄣˋ）也，寧固③』。又曰：『以約失之者，鮮（ㄒㄧㄢˇ）矣④』。又曰：『士志於道，而恥惡衣惡食者，未足與議也。』古人以儉爲美德，今人乃以儉相詬病，嘻，異哉！」

注釋

①嗤　譏笑。

②病　缺點，短處。

③與其不孫也寧固　與其奢侈不謙恭，寧願仍是固陋的好。孫，今作遜，和順、謙恭。

④以約失之者鮮矣　因爲儉約而犯過錯的很少。

翻譯

一般人多以奢華爲榮，我卻認爲節儉樸素才是美德。大家都譏笑我寒酸，我並不在意。回答他們：「孔子說過：『與其過於奢侈不合禮節，寧願鄙陋些』又說：『因爲謹慎儉約而犯過失的，實在少見。』又說：『讀書人立志求道，卻以粗衣陋食爲恥，那就不必和他談論理想了。』」古人把節儉當作美德，現在的人竟然以此譏笑對方。唉！眞是奇怪啊！

近歲風俗，尤爲侈靡；走卒類士服，農夫躡（ㄋㄧㄝˋ）①絲履。吾記天聖中，先公爲羣牧判官，客至，未嘗不置酒，或三行②五行，多不過七行。酒酤（ㄍㄨ）於市，果止於梨、栗、棗、柿之類，肴止於脯（ㄈㄨˇ）、醢（ㄏㄞˇ）、菜羹，器用瓷、漆。當時士大夫家皆然，人不相非也。會數（ㄕㄨㄛˋ）③而禮勤，物薄而情厚。近日士大夫家，酒非內法④，果肴非遠方珍異，食非多品，器皿非滿案，不敢會賓友。常數月營聚，然後敢發書。苟或不然，人爭非之，以爲鄙吝。故不隨俗靡者，蓋鮮矣。嗟乎，風俗頹敝如是，居位者雖不能禁，忍助之乎？

注釋

①躡　蹈也。此指穿著。

②行　宴會時主人斟酒勸飲一巡曰行。
③數　屢次、多次。
④內法　指官府釀造的酒。

翻譯

近年來風氣更加奢侈，僕役穿著類似讀書人的衣服，農夫也穿起絲鞋來。我記得在天聖年間，先父擔任羣牧判官時，賓客來訪常擺設筵席招待，席間給客人斟酒三巡，有時五巡，最多也不過七巡。酒是從市集上買來的，水果是梨、栗、棗、柿之類；菜餚只是肉乾、肉醬、羹湯；所用的器皿不過是瓷器或漆器。那時候一般的官宦家庭多是如此，誰也不會批評。大家經常聚會，禮數周到，餐飲雖然菲薄，情誼卻很深厚。近來做官的人家，所喝的酒如果不是官釀的，果餚不是遠方來的奇珍異味，菜色不夠豐富，器皿不是擺滿整個桌子，就不敢宴請賓友。因此經常耗費幾個月的時間籌備，然後才敢發出請帖。倘若不這麼做，人們就譏笑他吝嗇。所以不隨風氣奢華的人很少。唉！社會風氣如此敗壞，在上位的人即使無法禁止，怎還忍心助長它！

又聞昔李文靖公爲相，治居第於封丘門內，廳事①前僅容旋馬。或言其太隘(ㄞˋ)，公笑曰：「居第當傳子孫，此爲宰相廳事，誠隘；爲太祝、奉禮廳事已寬矣。」參政魯公爲諫官，真宗遣使急召之，得於酒家。既入，問其所來，以實對。上曰：「卿爲清望官，奈何飲於酒肆(ㄙˋ)？」對曰：「臣家貧，客至無器皿、肴、果，故就酒家觴之。」上以無隱，益重之。張文節爲相，自奉養如爲河陽掌書記時，所親或規之曰：「公今受俸不少，而自奉如此，公雖自信清約，外人頗有公孫布被之譏②。公宜少從衆。」公嘆曰：「吾今日之俸，雖擧家錦衣玉食，何患不能？顧人之常情，由儉入奢易，由奢入儉難。吾今日之俸，豈能常有？身豈能常存？一旦異於今日，家人習奢已久，不能頓儉，必致失所。豈若吾居位、去位，身存、身亡，常如一日乎？」嗚呼，大賢之深謀遠慮，豈庸人所及哉！

注釋

①廳事前僅容旋馬　言其私宅大廳面積狹小。

②公孫布被之譏　漢武帝時丞相公孫弘，使用布被，故示儉樸，時人譏他盜取虛名。

翻譯

又聽說李文靖公當宰相時，宅第在封丘門內，大廳前面只容得下一匹馬迴轉，有人說它太狹隘了。文靖公笑道：「住宅應當傳給子孫，這兒做爲宰相的廳堂確實是小了點，如果是太祝或奉禮郎的已經夠寬了。」參政魯公當諫官時，有一次眞宗派人緊急召見，在酒店找到他。進宮後，眞宗問他從哪兒來，魯公據實回答。皇上說：「你做一個名望清高的諫官，怎麼可以在酒店喝酒？」他答道：「我家裡窮，賓客來訪沒有器皿、果餚可招待，所以到酒店請客。」皇上因他毫無隱瞞，更加敬重他。張文節作了宰相，生活用度還是像從前做河陽節度判官一樣。親友規勸他：「您現在領的俸祿不少，生活卻如此簡樸。您雖然自認淸廉，可是外人難免會譏評您跟漢朝丞相公孫弘一樣，矯揉作態盜取虛名。您應該稍微順著衆人的想法。」文節公嘆氣道：「我今天的俸祿，即使全家都穿絲綢華服、吃著山珍海味，有什麼困難？但是人之常情，從節儉到奢侈是很容易的，從奢侈的生活要改回節儉就很難了。我現今的高俸怎可能常有？身體怎可能常健？一旦情況改變，家人奢侈的習慣已久，不能立刻節儉，一定會弄到困窘的局面。與其那樣，倒不如我當官、不當官、在世、不在世，家中生活都不受影響。」唉！賢人的深謀遠慮，哪裡是一般人想得到的！

御孫曰：「儉，德之共也；侈，惡之大也。」共，同也，言有德者皆由儉來也。夫儉則寡欲。君子寡欲，則不役於物，可以直道而行；小人寡欲，則能謹身節用，遠罪豐家。故曰：「儉，德之共也。」侈則多欲。君子多欲，則貪慕富貴，枉道速禍①；小人多欲，則多求妄用，敗家喪身；是以居官必賄，居鄉必盜。故曰：「侈，惡之大也。」

注釋

①枉道速禍　速，召。不依正道行事而招來災禍。

翻譯

春秋時魯大夫御孫說：「節儉，是一切德行的根源；奢侈，是罪惡的淵藪。」共，就是同的意思；是說有德之人都是從節儉中養成的。節儉就可以減少慾望，在上位的人慾望少，就不會被物質所奴役，可以依照正道行事；一般平民慾望少，就能安分守己節省用度，遠離罪罰豐厚其家。所以說：「節儉，是一切德行的根源。」奢侈必然就會增加慾望，在上位的人慾望多，就會貪求財富權勢，不依正道行事而招來災禍。一般平民慾望多，就容易貪婪妄求胡亂花用，敗壞家庭喪失性命。因此當官時必然貪求賄賂，在鄉爲民必淪爲盜賊。所以說：「奢侈，是罪惡的淵藪。」

昔正考父①饘（ㄓㄢ）粥以糊口，孟僖子知其後必有達人。季文子相三君，妾不衣帛，馬不食粟，君子以爲忠。管仲鏤簋（ㄍㄨㄟˇ）朱紘（ㄏㄨㄥˊ），山楶（ㄐㄧㄝˊ）、藻梲（ㄓㄨㄛˊ）②，孔子鄙其小器。公叔文子享衛靈公，史鰌（ㄑㄧㄡ）知其及禍，及戌（ㄕㄨˋ），果以富得罪出亡。何曾日食萬錢，至孫以驕溢傾家。石崇③以奢靡誇人，卒以此死東市④。近世寇萊公⑤豪侈冠一時，然以功業大，人莫之非，子孫習其家風，今多窮困。其餘以儉立名，以侈自敗者，多矣，不可遍數。聊舉數人以訓汝。汝非徒身當服行，當以訓汝子孫，使知前輩之風俗云⑥。

注釋

①正考父　春秋宋人，位爲上卿，是孔子的七世祖。

②鏤簋朱紘山楶藻棁　强調管仲生活奢侈。

③石崇　晉人，官至衞尉，與羊琇、王愷競誇豪富。八王之亂時，石崇與齊王冏結黨，後爲趙王倫所殺。

④東市　漢時在長安東市處決刑犯，後作爲刑場的通稱。

⑤寇萊公　寇準，宋眞宗時契丹入侵，勸帝親征，因而退敵。

⑥云　語氣詞，無義，用在句末。

翻譯

古時候正考父吃稀飯勉强維持生活，孟僖子預料他的子孫中必定有顯達之人。季文子輔佐過三個國君，他的愛妾不穿絲帛，馬不餵食粟穀，大家都認爲他忠心。管仲使用雕花的器皿、配繫大紅的帽帶，房子的柱頭斗拱刻著山形圖案、樑上短柱繪有水藻花紋，孔子反而嫌他氣量狹小。公叔文子宴請衛靈公，史鰌便知他將招來災禍，傳到他的兒子戍，果眞因爲過於富有而得罪衛君逃亡國外。何曾每天吃喝要花上萬錢，後來他的孫子就因爲驕縱過度而家毀人亡。石崇常以奢侈向人誇耀，結果因此死於刑場。近代宰相寇萊公（寇準）以豪富誇耀世人，然而由於他的功勳彪炳，大家不敢批評什麼，子孫習慣奢侈的家風，現在大多窮困。其他因節儉而樹立美名，因奢侈而招致敗亡的例子太多了，不勝枚舉，姑且講幾個例子來教導你，你不但要確實做到，更要拿它來訓誡子孫，使他們瞭解前輩的美德風尙。

賞析

這篇論說文是司馬光爲訓勉示其子司馬康而作。北宋由於承平日久，士大夫侈靡成風。司馬康長於官宦之家，生活環境當較一般平民優渥。司馬光唯恐其子受時習所染，是以殷殷告誡。全文以「儉」字爲線索，夾敍夾議，引用聖賢前人的名言、事例，從正反兩面，不厭其煩闡說節儉之利及奢侈之害。

由於寫作對象是自己的兒子，因此首段破題就從家風談起，祖先世代清白傳承，本身秉性亦不喜華靡。

次段以人我相比，雖然衆人的價值觀都以奢華爲榮，他卻不隨波逐流，堅信節儉才是美德。並引聖人孔子之言佐證。

第三段以今昔宴客風俗對照，天聖年間士大夫待客，「會數而禮勤，物薄而情厚」。慨嘆當時風氣競趨奢靡。委婉暗示上位者實難辭其咎。

第四段列舉三位當代名相賢臣，李文靖公、參政魯公、張文節節儉傳家的嘉言事例。

第五段援引御孫之言說理，從正反兩面闡明節儉、奢侈，對為官者及平民的影響。一個人能儉約自足，不為物役，行事就能光明坦蕩。本段文字排比謹嚴，理充辭暢，讀來鏗鏘有力。

第六段再旁徵博引，連舉七個實例印證前言，儉能立名，侈必致敗的道理，千古不易。最後囑咐其子確實服行，並傳訓後代子孫，成為家風。文章首尾呼應。

近四十年來台灣經濟繁榮，物質豐富，社會風氣日趨奢靡，對資源浪費成習。閱讀本文或可得到一些啓示。

引導寫作

這篇文章在章法有一些特色，值得同學學習：

一、夾敘夾議：論說性質的文章若純粹都是理論，讀來難免嚴肅乏味，與人說教之感。如果能現身說法，或以故事、史例、時事等為例證，穿插其間，文字不僅顯得親切有味，且可充實貧乏的內容。但運用時要注意詳略的安排，全文才不會流於蕪雜。

二、運用對比：通篇不論舉證或說理多是採用對比的方式，人我觀點的對比、今昔風俗的對比、正反道理的對比、例證的對比。在强烈的映照比較之下，此種方式可使讀者獲得鮮明的印象，增加文章的說服力。

（邢靜芬）

六國論

蘇洵

六國破滅，非兵不利，戰不善，弊在賂（ㄌㄨˋ）秦。賂秦而力虧，破滅之道也。或曰：「六國互喪①，率②賂秦耶？」曰：「不賂者以賂者喪。蓋失强援，不能獨完。故曰，弊在賂秦也。」

注釋

①互喪　相繼滅亡。

②率　皆，大都（是）。

翻譯

戰國時代六個强國之所以逐一破滅，原因不在於武器不精、戰術不佳，問題出在以割地獻城的賄賂方式，向秦國求和。因為賄賂秦國導致國力耗損，這正是六國滅亡的原因。也許有人說：「六國相繼滅亡，難道都是由於賄賂秦國的關係嗎？」我以為：「不肯賄賂的國家，因受賄秦的國家牽連而敗亡。」因為失去有力的支援，就不能單獨保全了，所以說最大的錯誤乃在於賄賂秦國。

秦以攻取之外，小則獲邑①，大則得城。較秦之所得，與戰勝而得者，其實百倍②；諸侯之所亡，與戰敗而亡者，其實亦百倍；則秦之所大欲，諸侯之所大患，固不在戰矣。思厥先祖父③，暴霜露，斬荊棘，以有尺寸之地④。子孫視之不甚惜，舉以予人，如棄草芥（ㄐㄧㄝˋ）⑤。今日割五城，明日割十城，然後得一夕安寢；起視四境，而秦兵又至矣！然則諸侯之地有限，暴秦之欲無厭⑥，奉之彌繁，侵之愈急，故不戰而强弱勝負已判矣。至於顛覆，理固宜然。古人云：「以地事秦，猶抱薪救火⑦，薪不盡，火不滅。」此言得之。

注釋

①邑　小城，古時大夫的采地稱「邑」。

②較秦之所得——其實百倍　比較一下秦國由受賄所得來的城邑，數量百倍於由戰勝而取得的城邑。

③思厥先祖父　思，發語詞，無義。厥，其。先祖父，即祖先。
④尺寸之地　區區之地。
⑤草芥　比喻輕賤不值得珍惜之物。
⑥厭　通「饜」，滿足。
⑦抱薪救火　比喻於事無補，反而有害。

翻譯

秦國除了從戰爭中攻城佔地之外，由於六國的賄賂，小則可以得到都邑，大則可以得到城池。這較之秦國因戰勝而獲得的，數量有百倍之多；由此看來，秦國眞正的欲望，六國最大的禍害，根本不在於戰爭。

當初六國的祖先們，往往要露宿於霜露之中，披荊斬棘，才能得到一尺一寸的土地。可是後代子孫對於先人的遺業卻毫不珍惜，拿來送給別人就像拋棄廢物一樣。今天割讓五座城，明天又割讓十座城，才換來片刻的安息；但一覺醒來環顧四周，發現秦兵又迫近了。然而六國的土地有限，强秦的欲望卻永遠沒有滿足的一天，對它奉獻愈多，侵略就愈急迫，所以不用交戰，而誰强誰弱、誰勝誰敗，都已完全清楚了。至於傾覆敗亡，那是必然的道理，古人說：「用土地賄賂秦國，就好像抱著乾柴去救火，柴沒有燒完，火也永遠不會熄滅。」這話說得眞對啊！

齊人未嘗賂秦，終繼五國遷滅，何哉？與嬴（ㄧㄥˊ）①而不助五國也。五國既喪，齊亦不免矣。燕、趙之君，始有遠略，能守其土，義不賂秦。是故燕雖小國而後亡，斯用兵之效也。至丹以荊卿爲計②，始速禍焉。趙嘗五戰於秦，二敗而三勝。後秦擊趙者再，李牧③連卻之。洎（ㄐㄧˋ）④牧以讒誅，邯鄲（ㄏㄢˊ ㄉㄢ）爲郡；惜其用武而不終也。且燕、趙處秦革滅殆盡之際，可謂智力孤危，戰敗而亡，誠不得已。向使⑤三國各愛其地，齊人勿附於秦，刺客不行，良將猶在，則勝負之數，存亡之理，與秦相較，或未易量。嗚呼！以賂秦之地，封天下之謀臣；以事秦之心，禮天下之奇才；並力西嚮，則吾恐秦人食之不得下咽也。悲夫！有如此之勢，而爲秦人積威之所劫，日削月割，以趨於亡。爲國者，無使爲積威之所劫哉！

夫六國與秦皆諸侯，其勢弱於秦，而猶有可以不賂而勝之之勢；苟以天下之大，而從六國破亡之故事，是又在六國下矣。

注釋

①與嬴　與，親附，交好。嬴，指秦國，因秦國的祖先被賜姓嬴氏。

②丹以荊卿爲計　指燕太子丹派荊軻謀刺秦王政一事。

③李牧　趙國名將，善用兵。秦用反間計誣李牧圖謀反叛，遂被殺。

④洎　通「及」，等到。

⑤向使　假使，如果。

翻譯

齊國並沒有賄賂秦國，但終於隨著五國之後被滅亡，這是什麼緣故呢？這是因爲它和秦國親善，而不肯去援助其他的五國。五國滅亡之後，齊國也就不能倖免了。燕國和趙國的君主，初時很有遠大的眼光和策略，能夠保衞自己的國土，誓不賄賂秦國。所以燕雖然是個小國，但卻亡得很晚，這正是堅決作戰的功效。直到太子丹派荊軻行刺秦王的計畫失敗，才招來滅亡之禍。趙國曾經和秦國交戰五次，二敗三勝。後來秦國不斷進攻趙國，都給李牧擊退。及至李牧受了姦人的讒害，被殺而死，邯鄲也就變成秦國的一郡了。動武卻不能堅持到底，眞是可惜！不過，燕、趙兩國處在秦國差不多已經把其他國家消滅將盡的時候，可說是計窮力竭了；它們因戰敗而亡，實在也是迫不得已的。

假使當初齊、燕、趙三國各自愛惜自己的國土，齊國不親附秦國，燕國不派刺客暗殺秦王，趙國的良將李牧還健在，那麼，勝負之數、存亡的機率，和秦國比較起來，或者還很難衡量。唉！如果把奉獻給秦國的土地，封贈給天下的謀士；把對待秦國的敬畏之心，用來禮遇天下的奇才；大家合力向西進攻，那麼，我看秦國人恐怕連飯也要吃不下吧。眞是可悲啊！擁有這樣的形勢，卻被秦國的聲威所逼迫，國土因日削月割而致全部淪亡。但願治理國家的人，今後不要受到別國的積威凌壓才好。

六國和秦本來都是諸侯，國勢雖比秦國弱，但仍然可以不需要巴結奉獻而有戰勝秦國的情勢，假如以擁有整個天下的堂堂大國，卻重蹈六國滅亡的覆轍，那簡直連六國都不如了！

賞析

本文選自蘇洵的嘉祐集卷三權書下。議論戰國時代韓、趙、魏、楚、燕、齊六國滅亡之因在於割地賂秦，使秦得以不戰而日强，逐一併吞各國。其實關於六國滅亡的這一段歷史尚有許多主客觀的因素，蘇洵之所以堅持此一論點乃在「借古諷今」，對北宋朝廷長期以來對遼、西夏賂敵求和的苟安態度，提出預警，盼能挽救未來的劫難。

全文採用「凡、目、凡」的寫法。首段便開門見山提出論點：六國破滅的原因在於「賂秦」，而「不賂者以賂者喪」，作爲統攝下文的綱領，可視爲「凡」（總括）的部分。二、三段接著就「賂秦而力虧」的要旨開展，以事實提出論據，可視爲「目一」（條分一）的部分。指出秦受賂所得之地遠超過戰勝而得者，諸侯賂敵的作法猶如「抱薪救火」，欲益反損。

第四段繼續就起段「不賂者以賂者喪」的觀點，分別加以論證。燕、趙、齊三國失去强援，勢危力孤，終難倖免。並且代六國籌畫一番，此段內容可視爲「目二」（條分二）。

末段總結上文，認爲六國原本有「不賂而勝之勢」，委婉拈出主旨，警誡當政者不可屈於敵威，重蹈六國的覆轍。這段結論是「凡」的部分。通篇由凡而目而凡，結構嚴謹，條理分明。

引導寫作

一、引用歷史做爲借鏡，委婉批判現實。

二、首段採用判斷句式的破題法，語氣堅定有力。接著又能提出具體的論據來支持論點，使其周延無瑕。

（邢靜芬）

縱囚論

歐陽修

信義行於君子，而刑戮①施於小人。刑入於死者，乃罪大惡極，此又小人之尤甚者也。寧以義死②，不苟幸生③，而視死如歸，此又君子之尤難者也。方④唐太宗之六年，錄⑤大辟囚⑥三百餘人，縱使還家，約其自歸以就死。是以君子之難能，期小人之尤者以必能也。其囚及期，而卒自歸無後者。是君子之所難，而小人之所易也。此豈近於人情哉⑦？

注釋

①刑戮　刑，刑罰。戮，死刑。
②寧以義死　寧願爲守信義而死。寧，寧願。
③不苟幸生　不苟且求生。苟，苟且。幸，非分的冀求。
④方　當。

⑤錄　登錄；記載。
⑥大辟囚　死刑犯。大辟，古代五刑之一。即死刑。辟，罪。
⑦人情　人之常情。

翻譯

信義適用於君子，刑戮施加於小人。犯法至於死罪，一定是小人中罪大惡極，特別壞的人。寧願爲了守道義而死，不苟且偷生，能視死如歸，這又是君子當中尤其難以做到的事。在唐太宗貞觀六年，登錄被判死刑的三百多犯人，將他們全部釋放回家，並和他們約定到時自己回獄來受刑。這是用君子都難以做到的事，去期望小人中特別壞的人一定能做到。這些囚犯到了約定期限，都自動歸獄，沒有一個遲歸的。這件事是君子都做不到的，但小人卻很輕易地做到了，這難道合乎人情性理嗎？

或曰：「罪大惡極，誠小人矣，及施恩德以臨之①，可使變而爲君子。蓋恩德入②人之深而移人③之速，有如是者矣。」曰：「太宗之爲此，所以求此名也。然安知夫縱之去也，不意④其必來以冀⑤免，所以縱之乎？又安知夫被縱而去也，不意其自歸而必獲免，所以復來乎？夫意其必來而縱之，是上賊下之情也⑥；意其必免而復來，是下賊上之心也。吾見上下交相賊，以成此名也，烏有所謂施恩德與夫知信義者哉？不然，太宗施德於天下，於茲六年矣，不能使小人不爲極惡大罪，而一日之恩，能使視死如歸而存信義，此又不通之論也。」「然則何爲而可？」曰：「縱而來歸，殺之無赦。而又縱之，而又來，則可知爲恩德之致爾。」然此必無之事也。

注釋

①臨之　加在他們身上。臨，本指居上位者俯視在下者，引申爲「加」。之，指罪大惡極之小人。即死囚。

②入　感化人。

③移人　改變人。

④意　料想；預期。

⑤冀　希求。

⑥上賊下之情　在上者窺策在下者的心思。上，指唐太宗。賊，用不正當方法，取人財物。此引申爲行機詐以窺測他人。下，指死囚。情，心意。

翻譯

有的人說：「罪至於死，確實是小人，等到用恩德去感化他，就可以使他變爲君子。」

大約恩德感化人心之深，轉變人之快，就像這樣了。但我認爲，太宗之所以這樣做，是爲了求得仁德的好名聲。可是怎麼知道當太宗釋放死刑犯時，沒有想到他們一定會回來以希望獲得赦免，所以才釋放了他們呢？又怎麼知道這些被釋放的死刑犯，沒有猜到他們自己歸來受刑，一定會獲得赦免，所以才又回來的呢？料想到他們必然會回來而釋放他們，是上面的人窺測到了下面的人的心理；料想到自己回來必然會獲得赦免而回來，是下面的人窺測到了上面的人的心理。我只見到上下互相窺測對方的心理才成就了這個美名，哪裡有所說的施恩德的人和守信義的人呢？如果不是這樣的話，唐太宗施行恩德於天下，至此已經有六年了，都不能夠使小人不做罪大惡極的事；而一天所施的恩德，就能使小人視死如歸、心存信義，這又是於理不通的謬論啊。然而怎麼樣才能算數呢？我認爲，把這批死刑犯釋放了，當他們如期歸來後，全部殺掉，不予赦免。然後再釋放掉一批死刑犯，如果他們還是如期回來，那麼就可以知道他們這樣做是受皇上恩德感化所致。但這一定是不可能出現的事情。

若夫縱而來歸而赦之，可偶一爲之爾。若屢爲之，則殺人者皆不死，是可爲天下之常法①乎？不可爲常者，其聖人之法乎？是以堯舜三王之治，必本於人情，不立異以爲高，不逆情以干譽。

注釋

①常法　恆久不變的法度。

翻譯

像這樣釋放之後，重新回來，便加以赦免，只可以偶然地做一次而已。如果多次這樣做，那麼殺人的人都不死，這樣能作爲通行全國的常規的法律嗎？不能作爲常規的法律的，難道是聖人的法律嗎？因此堯、舜、三王的法治，一定是以合乎人情爲本，不標新立異以示高明，不違背人情以求聲譽。

賞析

這是一篇非常有名的翻案文章，所謂的翻案，就是改變大家既定的看法，就是「破」；既然要改變既定的看法，就必須提出證據或新的立論，讓人信服，這即是「立」。在「破」、「立」之間，必須析理深入，智慮周全，才能達到翻案的目的。

歐陽修這一篇文章卻是針對唐太宗而寫，這一位在歷史上素享有「聖賢明君」的贊譽，其「貞觀之治」政治的清平、國家的强盛，亦傳爲歷史的美談。唐太宗的「縱囚」之舉，更是「仁德」的表現，在如此先決條件下，歐陽修如何改變這既定的看法，達到他寫作此文的目的。歐陽修以「君子」、「小人」入題，乍看似乎和題意毫無關聯，但這卻是作者下文立論的基礎，「君子」──德行高潔、守信行義；「小人」──行爲卑下、寡廉鮮恥，此乃千古不變的事實，不容置疑，此起筆邃開「縱囚」二字，卻已深獲讀者的認同。接著運用層遞法，再更深一層的探討「小人之尤甚者」、「君子之尤難者」，在行爲上差距一定更大，而今天「寧以義死」「視死如歸」如此高的道德標準，一般的正人君子可能都做不到，更何況是被判死刑的小人呢？結論是「不合人情」，作者在第一段點出「人情」二字，帶領讀者離開既定的窠臼，塑造不同的思考的情境和空間。

第二段運用「問答法」，在一問一答中，作者再强調短時間內，要感化這些「刑入於死者」的「小人之尤者」，是不合人情的，也是不可能的，在如此立論的基礎上，那太宗縱囚的「盛德美意」也值得懷疑了，因此作者提出「太宗之爲此，所以求此名」的結論，也點明了文章的主旨。接著作者强烈的指責「上下交相賊」的騙局，爲了更確立自己的立論堅定穩固，作者再提出太宗施政「于茲六年」，和「一日之恩」作一對比，如果六年的仁政都無法感化一個人，那短時間又怎麼可能讓小人變爲君子呢？更凸顯出「縱囚」之荒謬不合理。

作者從「人情」、「事實」逐一批駁「縱囚」的不合理，破除歷史上既定的看法，言簡意賅，敍論有條不紊，但此文的用意絕不僅於此，有「破」必須有「立」，文章的立意才能彰顯，作者利用「問答法」，點出「常」字，也說明只有合乎「人情」的「常」法，才能普遍適用於整個社會和國家，最後用「不立異以爲高，不逆情以干譽」兩句呼應起筆的「人情」二字，首尾銜接，一氣呵成。藉古諷今，相信也讓宋朝君主深自警惕，施法時更加愼重！

歐陽修是宋代古文運動的領導者，而坦率謙容的處事態度，卓越不羣的思想見地，躬身力行的自我要求，讓他在德業、學術、政治上均有過人的成就。他更翻修《五代史》、又編纂了《新唐書》，學習春秋的筆法，秉筆直書，胸懷磊落，剛正自持，敢於表達不同的看法，其勇氣、精神均值得我們學習！

引導寫作

歐陽修此篇縱囚論，推翻歷史上對「縱囚」一事既定的看法，他認爲此乃「上下交相賊」「不可爲天下常」，此文言簡意賅，章法謹嚴，結構完整，是「翻案文章」中的佳構名篇。而我們亦可學習此方法，演習翻案文章的寫法，訓練自己在「破」與「立」的掌握與照應，必可增長自己寫作的能力，磨鍊自己謀篇的技巧。

請同學運用唐杜牧題烏江亭這一首詩：

「勝事兵家事不期，包羞忍恥是男兒。

江東子弟多才俊，捲土重來未可知？」

對項羽失敗的原因，大多數人均認爲是因爲他的個性，優柔寡斷，當決未決，錯失先機，以致淪爲自刎烏江，英雄末路，所以即使捲土重來，仍是重蹈覆轍，但是請同學運用翻案文章的寫法，試著推翻既有的看法，提出您不同的意見，對項羽的「捲土重來」寫下不同的結果和看法。

注意：

一、多學習歐陽修「破」與「立」的技巧。

二、雖是翻案，但亦必合乎常情，方能得人信服。

（周寤竹）

讀孟嘗君傳

王安石

世皆稱孟嘗君①能得士，士以故歸之，而卒賴其力，以脫於虎暴之秦②。嗟乎！孟嘗君特雞鳴狗盜之雄耳，豈足以言得士？不然，擅齊之强，得一士焉，宜可南面③而制秦；尚何取雞鳴狗盜之力哉？夫雞鳴狗盜之出其門，此士之所以不至也。

注釋

①孟嘗君　戰國四公子之一，姓田名文，曾任齊國宰相，封於薛，門下養有食客數千人。

②脫於虎暴之秦　孟嘗君入秦，遭秦昭王扣留，有殺身之禍，幸好有一個門客扮狗，潛入秦宮，偸回已送秦昭王的白狐裘，轉送昭王的寵妃，寵妃爲孟嘗君說話，孟嘗君才能逃脫。逃到函谷關，因爲半夜，關門緊閉，一個門客學雞啼，全城雞都跟著啼叫起來，騙開了函谷關，終於順利逃脫。

③南面　古代帝王座位朝南，所以引申爲帝王的地位。

翻譯

世人都說孟嘗君能網羅賢士，賢士也因此都來歸附他，終於憑藉了他們的力量，使他從像虎豹般凶殘的秦國脫險。唉！孟嘗君只能算是個雞鳴狗盜的領袖罷了，怎能說得上能羅致賢士？否則，憑著齊國的富強，只要得到一個賢士，就應該可以南面稱王，制服秦國了，還用得著雞鳴狗盜的力量嗎？雞鳴狗盜的人物都來到他的門下，所以眞正的賢士就不願來到了。

賞析

宋朝學風特別重視獨立思考，往往對前人的觀點有批判性的反省。本文是王安石對〈史記・孟嘗君列傳〉的讀後感，全文只有九十個字，重點在批駁傳統「孟嘗君能得士」的觀念，認爲孟嘗君招致食客並非愛才，只是好大喜功、自抬身價罷了！自然找不到眞正有理想有抱負的賢士，所能網羅的也只是一班雞鳴狗盜之徒。這篇文章短小犀利，顯現出王安石的銳利的邏輯思辨能力和不向流俗低頭的氣魄。

這篇文章採用了「立破」和「先揚後抑」兩種手法，先標立別人的意見，再以自己的意見去辯駁的方式，就稱爲「立破法」。而先提世人誇讚孟嘗君，自己再貶低他，這種方式稱爲「先揚後抑法」。文章可分爲兩個部分，「世皆稱孟嘗君能得士，士以故歸之，而卒賴其力，以脫於虎暴之秦。」是第一部份，提出一般平庸之輩的看法，是「立」，也是「揚」。從「嗟乎」以下是第二部分，提出王安石自己的見解，從反面批駁「孟嘗君得士」的論點，認爲雞鳴狗盜之徒出自孟嘗君門下，當然有識之士就不願意來了，是「破」，也是「抑」。抑揚立破兩相比較，就更能突出自己的觀點。

引導寫作

這篇文章特別値得學習的地方：一在於它的思想方面，能有自己的看法，不隨流俗而人云亦云；另外要注意它的文章寫法，文中採用了「立破」和「先揚後抑」兩種手法，在正反比較之後，更產生文章的力度，這是作者功力所在，同學不可不學。

漢高祖劉邦在歷史的評價中，很多人都評之爲「無能懦弱」，但卻能一統天下。你對於這種評價有何看法？請就「劉邦的無能論」，提出自己的見解，並自訂題目作史論一篇。

（林聆慈）

傷仲永

王安石

金谿民方仲永，世隸耕。仲永生五年，未嘗識書具，忽啼求之。父異焉，借旁近與之，即書詩四句，並自爲其名。其詩以養父母、收族①爲意，傳一鄉秀才觀之。自是指物作詩立就，其文理皆有可觀者。邑人奇之，稍稍賓客其父②，或以錢幣乞之。父利其然也，日扳仲永環謁於邑人，不使學。

注釋

①收族　收，聚集。引申爲敦睦。收族，敦睦族人。

②賓客其父　以賓客的禮節來款待他的父親。這裡的「賓客」是轉品的用法，名詞作爲動詞用。

翻譯

江西省金谿縣，有個叫方仲永的人，他家世世代代都是佃農。仲永已經五歲了，從來沒見過書籍文具。有天，忽然哭著要這些東西，他父親感到驚異，就向鄰居借了一份給他；他立即做了四句詩，並且自己寫了仲永這個名字。詩的大意是以孝養父母、敦睦宗族爲宗旨。於是鄉里中才學優秀的讀書人，都爭著互相傳觀。從此以後，指著任何東西要他作詩，他就立即做出來，詩的文采和理路都有可觀的地方。鄉里的人都感到驚奇，逐漸以客禮來對待他的父親，或給他些錢幣。他父親認爲這樣有利可圖，每天帶著兒子到處去拜見鄉里的人，不讓他上學讀書。

余聞之也久。明道中，從先人還家，於舅家見之，十二三矣。令作詩，不能稱前時之聞。又七年，還自揚州，復到舅，家問焉。曰：「泯然衆人矣！」

翻譯

我聽到這件事已經很久了。明道年間，我跟先父回到家鄉，在舅父家裡遇見方仲永，那時他已十二三歲了。叫他作詩，已不能像從前所傳說的那樣好了。又隔七年，我從揚州回來，再到舅父家去，順便問問方仲永的近況，他們說：「已經完全變成一個平凡的人了！」

王子曰：「仲永之通悟，受之天也。其受之天也，賢於才人遠矣。卒之爲衆人，則其受於人者不至也。彼其受之天也，如此其賢也，不受之人，且爲衆人。今夫不受之天，固衆人，又不受之人，得爲衆人而已耶①？」

注釋

①得爲衆人而已耶　可能成爲普通人嗎？這是一個反詰的句法，對「爲衆人」加以否定，也就說：一個天賦不佳的人又不受教育，恐怕連成爲一個普通人的程度都不夠了。

翻譯

我說：「仲永的通達穎悟，是天生的；他天生的資質，勝過一般有才智的人太多了；但到最後依然是一個平凡的人，那就是由於他後天的教育太差了。他的天質是那麼聰穎，但因不好好的受教育，尚且變成一個平凡的人；現在有人天資既不好，那麼當然是個平凡的人，如果他又不得到應有的教育，就是想做一個平凡的人，也是不可能的了。」

賞析

方仲永是王安石鄞縣的神童，和王安石年紀差不多，好勝心强的王安石當然很關心仲永的進步與否，十三歲到舅舅家，還出對子考仲永，不禁甘拜下風，可惜仲永這塊璞玉卻被短視近利的父親糟蹋了，讓王安石惋惜不已。王安石透過方仲永的故事，說明人的知識才能絕不能只依賴天賦，而必須注重後天的教育與學習。

這篇文章是採用「先敍後議」的手法。內容可分爲兩大部分：第一部份是記敍的部分，寫方仲永遊神童變爲庸才的過程，這一部份又可分爲兩段：第一段寫傳聞中仲永的異能，可惜他的父親認爲有利可圖，帶著他到處作客表演，卻沒有讓他繼續學習。第二段從「余聞之也久」開始，這是一個轉折，以下是寫王安石的親見親聞，仲永已大不如前，甚至成爲一個普通人。這兩段是採用「先揚後抑」的手法，仲永從天才、到普通人、到庸才，爲後面一段的議論做了鋪墊。第二大部分也就是第三段議論的部分，又可分爲兩層，一寫仲永有天賦，勝於一般有才能的人，卻因沒有受後天教育，淪落爲一般人；再寫一般人，卻又不受教，又會退化成爲怎樣的人呢？從「通悟」、「才人」、「衆人」、「衆人之下」，層層下降，步步後退，到無路可退，令人心驚！

引導寫作

這篇文章特別的是：題目雖然定爲「傷仲永」，但全文卻不見一個「傷」字，甚至沒有一個相關的字眼，但是「傷」的情意卻滿佈在字裡行間，統攝全文，作者爲仲永和一切不肯努力的人感到悲傷與惋惜。文章中不但以理服人，更以情動人，所以這篇文章的題文呼應不在形式上，而是在內容上的潛在呼應與契合；第二個特色是這篇文章用辭非常樸素，擺脫修辭的羈絆，絕不拖泥帶水，不多一個字，完全掌握主旨，以最簡潔凝鍊的文字，表現明快的節奏。這些都是王安石功力所在，同學可用心揣摩。

（林聆慈）

留侯論

蘇軾

古之所謂豪傑之士者，必有過人之節，人情有所不能忍者。匹夫見辱，拔劍而起，挺身而鬥，此不足爲勇也。天下有大勇者，卒（ㄘㄨˋ）然臨之而不驚，無故加之而不怒。此其所挾（ㄒㄧㄝˊ）持者①甚大，而其志甚遠也。

注釋

①挾持者　指抱負、理想。

翻譯

古來所謂的豪傑英雄，一定有超越常人的節操。一般人在常情上都有不能忍受的事，普通人受了侮辱，便要拔出劍跳起來，衝向前去和人決鬥，這算不上是勇敢。天下有大勇的人，突然遇到事故不會驚慌失措，無故侮辱他也不會忿怒。這是因爲他的抱負很大，而且他的志向也很高遠啊！

夫子房受書於圯（ㄧˊ）上之老人①也，其事甚怪；然亦安知其非秦之世，有隱君子者出而試之。觀其所以微見（ㄒㄧㄢˋ）其意者，皆聖賢相與警戒之義；而世不察，以爲鬼物，亦已過矣。且其意不在書。

注釋

①圯上之老人　圯上，橋上。老人指黃石公，曾令張良撿拾墜落的鞋子，並贈太公兵法給良。

翻譯

子房接受了橋上老人的贈書，這件事很奇怪。然而又怎麼知道不是秦朝時，有隱居的君子出來試驗張良的呢？觀察老人所隱約透露出來的用意，都是聖賢們相互警惕勸勉的道理；然而世人卻不詳察，以爲那是神仙鬼怪之物，這也大錯特錯了。況且老人的用意並不著重在贈書一事。

當韓之亡，秦之方盛也，以刀鋸鼎鑊（ㄏㄨㄛˋ）①待天下之士。其平居無罪夷滅者，不可勝（ㄕㄥ）數。雖有賁（ㄅㄣ）、育②，無所獲施。夫持法太急者，其鋒不可犯，而其勢未可乘。子房不忍忿忿之心，以匹夫之力而逞於一擊③之間；當此之時，子房之不死者，其間（ㄐㄧㄢˋ）不能容髮④，蓋亦已危矣。千金之子，不死於盜賊，何者？其身之可愛，而盜賊之不足以死也。子房以蓋世之才，不爲伊尹、太公⑤之謀，而特出於荊軻、聶（ㄋㄧㄝˋ）政⑥之計，以僥倖於不死，此圯上之老人所爲深惜者也。是故倨傲鮮腆（ㄒㄧㄢˇ ㄊㄧㄢˇ）而深折之。彼其能有所忍也，然後可以就大事。故曰「孺子可教」也。

注釋

①刀鋸鼎鑊　皆古代刑具的名稱。刀用以殺頭，鋸以截手足，鼎鑊以烹殺人。

②賁、育　指孟賁、夏育，皆周代的勇士。相傳賁能生拔牛角，育能力舉千鈞。

③逞於一擊　逞，有逞能之意。一擊，指子房爲韓復仇，求得大力士於博浪沙狙擊秦始皇之事。

④其間不能容髮　間，距離。比喻情勢極其危險。

⑤伊尹、太公　伊尹爲商賢相，太公即姜太公，姓呂名尚，字子牙，爲周賢相。

⑥荊軻、聶政　二人皆爲戰國時刺客。

翻譯

當韓國滅亡，秦國正强盛時，用鋸手足下油鍋等酷刑來對待天下的人。那些平常居家無罪而被殺身滅族的，眞是多得數不淸。即使有孟賁、夏育那樣的勇士，也無法施展本事。大凡以嚴刑峻法來統治國家的人，他的鋒芒不可觸犯，他的情勢也沒有可乘的機會。子房卻忍不住憤怒的心，以個人之力在博浪沙狙擊時得到一時的快意。這個時候，子房雖沒有死，但與死之間差不到一根頭髮的距離，實在危險極了。富貴人家的子弟，不死於盜賊之手，是什麼緣故呢？因爲他的生命可貴，不値得爲盜賊而死。子房以超越當世的才華，不去策畫像伊尹、太公的謀略，卻使出像荊軻、聶政的行刺計謀，只是僥倖得以不死。這本是橋上老人爲他深深惋惜的地方。所以他以傲慢無禮的態度來重重挫辱子房，他若能夠有所忍耐，然後才可以成就大事。所以老人說：「這孩子可以教誨呀！」

楚莊王伐鄭，鄭伯肉袒牽羊以逆①；莊王曰：「其君能下人，必能信用其民矣。」遂舍之。勾踐之困於會（ㄍㄨㄟˋ）稽而歸，臣妾於吳者，三年而不倦。且夫有報人之志，而不能下人者，是匹夫之剛也。夫老人者，以爲子房才有餘；而憂其度量之不足，故深折其少年剛銳之氣，使之忍小忿而就大謀。何則？非有平生之素，卒然相遇於草野之間，而命以僕妾之役，油然而不怪者，此固秦皇之所不能驚，而項籍之所不能怒也。

注釋

①肉袒牽羊以逆　肉袒，裸露上身表請罪之意。牽羊，爲犒賞楚軍之用。逆：迎接。

翻譯

楚莊王討伐鄭國，鄭襄公打著赤膊牽著羊去請罪。莊王說：「這個國君能低聲下氣對我們，必能得到百姓的信任與效力」於是放棄攻打鄭國。勾踐被圍困在會稽山上，而歸降於吳，三年間不敢顯露倦色。況且有報仇的心志，卻不能屈身下於人，這只是普通人的剛強。那橋上老人，認爲子房的才幹是綽綽有餘的，只擔心他的度量不足，所以才深深挫辱他少年剛銳的盛氣，使他能夠忍受小的氣忿而成就大謀。爲什麼呢？不是平時有交情，只是突然相遇於鄉野之間，就命令他做僕妾的事，他卻很自然的去做而不以爲怪。這樣的人當然秦始皇不能使他驚怕而項羽也不能使他暴怒了。

觀夫高祖之所以勝，而項籍之所以敗者，在能忍與不能忍之間而已矣。項籍唯不能忍，是以百戰百勝，而輕用其鋒；高祖忍之，養其全鋒，以待其弊，此子房教之也。當淮陰破齊而欲自王①，高祖發怒，見於辭色。由此觀之，猶有剛强不忍之氣，非子房其誰全之？

注釋

①當淮陰破齊而欲自王　指淮陰侯韓信破齊七十餘域，派人向劉邦請求自立爲代理王一事。

翻譯

觀察那高祖所以得勝，而項羽所以失敗的原因，就在於能忍與不能忍的差別而已。項羽正因不能忍耐，所以雖然百戰百勝卻輕率地耗用他的戰力；高祖忍耐著，保全著自己的實力而等待對方的疲弊，這全是子房教他的呀！當淮陰侯韓信破了齊國想自立爲王的時候，高祖發怒，表現於臉色、言辭上。由此看來，他還是有剛强不能忍耐的盛氣，若不是子房，誰能夠成全他呢？

太史公疑子房以爲魁梧（ㄨˋ）奇偉，而其狀貌乃如婦人女子，不稱其志氣。嗚呼！此其所以爲子房歟！

翻譯

太史公司馬遷曾猜測張良是個高大壯偉的男子，可是實際上他的相貌卻是像婦人女子，與他的志氣並不相稱。不過，我卻想：外柔內忍，這正是子房之所以與衆不同之處吧！

賞析

本文選自東坡文集，爲東坡著名史論之一，主旨在評論張良一生成就實得之於能忍。

就章法而言，本文是以忍字貫串全文。首段開門見山，先肯定豪傑之士必有過人之節。再以匹夫之勇作爲對比揭示出眞正的大勇必具有「卒然臨之而不驚，無故加之而不怒」的堅忍特質，以作爲本文立論的根本，並開啓下文。

二段進入主題，提出張良受書一事並加以翻案。首先針對圯上老人爲鬼物一說推翻世俗的看法，並道出自己的見解「然亦安知非秦之世，有隱君子出而試之？」接著筆勢一轉「且其意不在書」再針對黃石公授書的神話傳說加以駁斥，使人能正視並深思黃石公的眞正用意，及其試驗對張良的影響。

三段反面立說，以「博浪沙一擊」事件，見出張良雖有過人的膽識，卻不忍忿忿之心，貿然犯强秦之鋒，這是圯上老人所深惜之處。於是他以傲慢的態度挫辱張良，目的在教其能忍，因爲唯其能忍，方可成大事。

四段正面立說，舉鄭伯、勾踐爲例證，說明能忍終能成其事。一則照應文端「過人之節」，一則說明張良亦具有二人的修養及才智。此處複述老人的用心，作用在强調「忍小忿而就大謀」的主題，並說明張良經磨練後已培養出更大的勇氣。

五段舉出項羽與劉邦的成敗，亦歸之於能忍與不能忍。而劉邦的勝更是得之於張良的教導與成全，藉以陪襯，把張良的境界更推高一層。

六段餘波，引太史公語作結，並就張良的外貌再作翻案，末以「外柔內忍」爲張良的特質結語。昔人說此文「濃墨開題，淡語作收」眞是饒富意趣，令人玩味再三。

史論的特點在於針對歷史上的人物或史事提出己見，本文之奇便在作者從張良受書於圯上老人一事翻出新意，打破史遷以來的定說，以「其意不在書」推翻了附加在張良身上的神話色彩，而直言張良能輔助劉邦成功，是因本具蓋世才華，復經黃石老人點化磨礪出堅忍的韌性，是以竟其功。全文立意新穎，議論精闢，且列舉史實以證能忍方能成大事，甚具說服力。

引導寫作

翻案文章之寫作起於對古人、古文、古事有所疑者，是以文中多設詰問之辭，一如辯論，此爲翻案文章之特色。而可貴者是在翻案之外另能提出獨到之見解。同學在寫作時應注意以下幾點：1.立意必新2.論點周延3.議論機警4.用語肯定5.提出方法6.態度平和7.氣勢暢盛。當然最重要的是平時要貯存豐富的材料、下筆時方能旁徵博引，語有見地。而最忌諱的便是不假思索，爲反對而反對了。

（吳美錦）

教戰守策

蘇軾

夫當今生民之患，果安在哉？在於知安而不知危，能逸而不能勞。此其患不見於今，而將見於他日。今不爲之計，其後將有所不可救者。

翻譯

目前百姓最讓人擔憂的，究竟是什麼呢？在於只知安處太平卻不知道危險何在；只能夠享安逸，卻不能夠擔勞苦。這種憂患即使不出現在今天，也將會出現在來日。如果現在不針對這種情況想想辦法，以後就會出現無法挽救的禍患。

昔者先王知兵之不可去也，是故天下雖平，不敢忘戰。秋冬之隙①，致民田獵②以講武，教之以進退坐作③之方；使其耳目習於鐘鼓旌(ㄐㄧㄥ)旗之間而不亂，使其心志安於斬刈(ㄧˋ)殺伐之際而不懾(ㄓㄜˊ)。是以雖有盜賊之變，而民不至於驚潰（ㄎㄨㄟˋ）。及至後世，用迂（ㄩ）儒④之議，以去兵爲王者之盛節，天下既定，則卷（ㄐㄩㄢˇ）甲⑤而藏之。數十年之後，甲兵頓敝⑥，而人民日以安於佚（ㄧˋ）樂⑦，卒（ㄘㄨˋ）有盜賊之警，則相與恐懼訛（ㄜˊ）言，不戰而走。開元、天寶之際，天下豈不大治？惟其民安於太平之樂，酣豢（ㄏㄢ ㄏㄨㄢˋ）⑧於遊戲酒食（ㄙˋ）之間，其剛心勇氣，消耗（ㄏㄠˋ）鈍眊（ㄇㄠˋ）⑨，痿蹶（ㄨㄟˇ ㄐㄩㄝˊ）⑩而不復振。是以區區之祿山一出而乘之，四方之民，獸奔鳥竄（ㄘㄨㄢˋ），乞爲囚虜之不暇（ㄒㄧㄚˊ）；天下分裂，而唐室因以微矣。

注釋

①隙　空閒，指農閒時。

②致民田獵　招集人民打獵。「田」又做「畋」，也是打獵的意思。

③進退坐作　軍事操練的動作。「坐」指蹲下，「作」表站起。

④迂儒　迂腐不知變通的書生。

⑤卷甲　收藏起武器。「卷」通同於「捲」，收藏之意。「甲」，鎧甲，這兒借代爲武器。

⑥甲兵頓敝　鎧甲破損，兵器不鋒利。頓，通「鈍」，不鋒利的樣子。此爲「甲敝兵頓」之意。

⑦佚樂　安逸享樂。「佚」通「逸」。

⑧酣豢　沈溺、沈醉。酣，久樂。豢，本意爲「養」。

⑨消耗鈍眊　日漸耗損，以至於衰竭而不可用。「鈍」，遲鈍。「眊」通「耄」，衰老。

⑩痿蹶　指精神委靡不振。「痿」原是肌肉萎縮的疾病。蹶，跌倒。

翻譯

從前歷代聖明的君王都知道軍備是不能廢除的，因此天下雖然太平了，也不敢忽略戰備。在秋冬農閒的時候，召集百姓打獵藉以練習武事，並教他們前進、後退、跪下、起立的方法，使他們的視聽習慣於鐘鼓軍旗而不會慌亂，使他們的神志適應於砍殺戰鬥而不害怕。因此，即使有盜賊作亂的突發事變，百姓也不至於驚慌潰散。到了後代，採用了迂腐的書生之見，把去除軍備當作是君王偉大的美德，天下安定之後，就把武器裝備收藏起來。幾十年以後，鎧甲破損、兵器也不銳利了，人民日漸習慣安樂的日子，突然傳來盜賊作亂的警報，就恐懼得相互散佈謠言，還沒交戰便逃跑了。開元、天寶年間，天下難道不太平嗎？因爲人民已習慣太平的安樂，沈湎於遊戲酒食之中。他們原本堅强的意志和勇氣，逐漸消耗衰竭，痿靡得再也不能振作。因此小小的安祿山一出兵便趁機而勝了。全國百姓像鳥獸般東奔西竄，深怕乞求做個俘虜都來不及。國家分裂，唐朝因此衰弱了。

蓋嘗試論之：天下之勢，譬如一身。王公貴人所以養其身者，豈不至哉？而其平居常苦於多疾。至於農夫小民，終歲勤苦而未嘗告病。此其故何也？夫風雨霜露寒暑之變，此疾之所由生也。農夫小民，盛夏力作，而窮冬①暴露（ㄆㄨˋ ㄌㄨˋ），其筋骸（ㄏㄞˊ）之所衝犯，肌膚之所浸漬（ㄗˋ），輕霜露而狎（ㄒㄧㄚˊ）②風雨，是故寒暑不能爲之毒。今王公貴人處於重（ㄔㄨㄥˊ）屋③之下，出則乘輿（ㄩˊ），風則襲裘④，雨則御（ㄩˋ）蓋⑤，凡所以慮患之具莫不備至；畏之太甚而養之太過，小不如意，則寒暑入之矣。是故善養身者，使之能逸而能勞，步趨動作，使其四體狃（ㄋㄧㄡˇ）於寒暑之變⑥；然後可以剛健強力，涉險而不傷。夫民亦然。今者治平之日久，天下之人驕惰脆弱，如婦人孺子不出於閨門。論戰鬥之事，則縮頸而股慄⑦；聞盜賊之名，則掩耳而不願聽。而士大夫亦未嘗言兵，以爲生事擾民，漸不可長⑧；此不亦畏之太甚而養之太過歟？

注釋

①窮冬　深冬、隆冬。窮，極。

②狎　親近，引申有輕慢之意。

③重屋　指高樓大廈。

④襲裘　穿上皮衣。襲，穿上。

⑤御蓋　撐傘。御，用。蓋，傘。
⑥四體狃於寒暑之變　四體即四肢，借指全身。狃，習慣。
⑦股慄　兩腿發抖，形容十分害怕。股，大腿。
⑧漸不可長　不能讓它逐漸擴大發展。漸，指事物的起端。

翻譯

我曾試著分析此事：天下局勢，就好像人的身體。王公貴人用來保養他們身體的辦法，難道還不夠周到嗎？可是他們平時常因多病而苦惱。至於農夫百姓，一整年辛勤勞苦，卻不見他們生病。這是什麼緣故呢？風雨、霜露、冷熱寒暑等變化，這些都是產生疾病的來由。農民和小老百姓，在炎夏裡努力耕作，到了嚴寒的冬天仍露天勞動。他們的筋骨、肌膚常受到侵害、浸漬，他們漠視於霜露的侵害並不怕風雨的浸漬，所以無論冷熱都無法毒害他們。現在那些王公貴人，住在高樓大廈裡，出門就坐車，刮風就加穿皮襖，下雨就撐傘。凡是用來預防病患的器具，全都完備周全。他們害怕得太厲害，保養得又太過頭，一點點不留意，寒暑之氣就侵入身體了。因此，善於保養身體的人，就要使自己能安逸也能勞苦，多多走路跑步、勞動工作，使自己的四肢習慣於寒暑的變化，如此才能剛強健壯，經歷艱險也不致受傷。治理百姓也是這樣。如今天下太平已很久了，於是百姓大多驕縱怠惰且懦弱，像女人和小孩子般整天不出房門。談起打仗的事，就縮著脖子，兩腿發抖；聽到盜賊的名字，就捂住耳朵不願意聽。而居官者也不曾談論軍備，認爲那是滋生事端騷擾百姓，不能讓此情況蔓延擴大。這不是害怕得太厲害，而且保養得也太過分了嗎？

且夫天下固有意外之患也。愚者見四方之無事，則以爲變故無自而有，此亦不然矣。今國家所以奉西、北之虜者，歲以百萬計。奉之者有限，而求之者無厭①，此其勢必至於戰，戰者必然之勢也！不先於我，則先於彼；不出於西，則出於北；所不可知者，有遲速遠近，而要以不能免也。天下苟不免於用兵，而用之不以漸，使民於安樂無事之中，一旦出身而蹈死地②，則其爲患必有所不測。故曰：天下之民，知安而不知危，能逸而不能勞，此臣所謂大患也。

注釋

①無厭　不滿足。厭，通「饜」，滿足。

②出身而蹈死地　出身，爲國獻身。死地，指戰場。

翻譯

況且天下本來就會有意外的禍患。愚昧的人看見天下太平無事，便以爲變故無從產生，這是不對的！當前國家奉送給遼國與西夏的銀、絹，每年要數以百萬來計算。我們這些奉獻者的財物有限，他們那些索求者的慾望卻無法滿足，這種形勢發展下去，一定會引發戰爭。戰爭是必然的趨勢！不是我們先發動，就是敵方先發動；不是西夏出兵，就是北遼出兵。所不能預知的，是戰爭爆發時間的早晚或地方的遠近，總之是無可避免的了。天下如果無法避免戰爭，而用兵卻又不採取循序漸進的訓練方法，假使讓百姓在安樂無事的時候，突然叫他們獻身國家，走上戰場，那麼所造成的禍患一定是難以預測的。所以我說：天下的百姓只知安處太平卻不知道危險何在；只能夠享安逸，卻不能夠擔勞苦。這就是我所說的大禍患啊！

臣欲使士大夫尊尚武勇，講習兵法；庶人之在官者①，教以行陣之節；役民之司盜者②，授以擊刺之術。每歲終則聚於郡府，如古都試之法③，有勝負，有賞罰；而行之既久，則又以軍法從事。然議者必以為無故而動民，又悚（ㄙㄨㄥˇ）以軍法④，則民將不安；而臣以為此所以安民也。天下果未能去兵，則其一旦將以不教之民而驅之戰；夫無故而動民，雖有小恐，然孰與夫一旦之危哉⑤？

注釋

①庶人之在官者　在官府服務的一般老百姓。

②役民之司盜者　被徵調負責防盜職責的人民。
③古都試之法　漢制，每年秋後，在郡府所在地舉行軍事校閱並考校武藝，稱「都試」。
④悚以軍法　用軍法來恐嚇人民。悚，恐嚇。
⑤夫無故而動民三句　意謂沒有戰爭，卻勞動人民，即使會引起小恐慌，但是和突如其來的戰爭相較，那一個比較危險呢？一旦之危，指突如其來的危險。

翻譯

臣主張：讓各官吏崇尚武勇，研習兵法；在官府服務的平民，教他們軍隊行列排陣的方法；被徵調來負責緝捕盜賊的人，教他們打擊刺殺的技術。每到年底，就把他們召集到府城，按照古代都試的辦法進行競賽，分出勝負，有賞有罰。這樣實行久了，才按正式軍法辦事。可是批評的人一定會認爲：無緣無故去勞動百姓，又用軍法驚動他們，人民將會不安定。但我認爲這才是用來安定百姓的方法啊！如果天下果眞無法去除戰爭，那麼，總有一天要驅使這些沒有受過訓練的老百姓去作戰。無緣無故地動用百姓，雖然會引起小小的恐慌，但是和突如其來的危險相比較，那一種比較好呢？

今天下屯聚之兵，驕豪而多怨，陵壓百姓而邀其上①者，何故？此其心以爲天下之知戰者，惟我而已。如使平民皆習於兵，彼知有所敵，則固已破其姦謀而折其驕氣。利害之際，豈不亦甚明歟？

注釋

①邀其上 要脅他們的長官。「邀」通「要」，要挾。

翻譯

現在駐守在各地的軍隊，驕縱強橫且對諸事抱怨，欺壓百姓並且要脅上級長官，這是為什麼呢？這是因為在他們心中認為天下會打仗的，只有他們自己罷了。如果讓平民百姓都學習軍事，那些官兵知道還有對手存在，就一定能破除他們的奸計，挫敗他們的驕氣。利弊之間，難道不夠明顯嗎？

賞析

這篇文章是蘇東坡二十六歲時為參加制科考試所呈的二十五篇策論之一。宋朝自澶淵盟約以來，對北方的遼國、西北的西夏，歲貢數以萬計，納幣獻帛，不計其數。如此妥協苟安的政策，實無異於與虎謀皮。

宋仁宗嘉祐六年，北遼與西夏更加嚴重地威脅北宋，於是，作者的憂患意識抬頭，對於老百姓的「知安而不知危，能逸而不能勞」給予當頭棒喝之餘，更針對無可避免的戰爭，提出針砭與應對之道。全文有立、有破，分析利害輕重，除足以矯除時弊，更提供了清晰可行的方向。詞理精確，論辯擲地有聲，謀國憂世之忠忱，溢於紙表。遙想東坡年少豪情而有如此之見識，更令我輩激賞其氣宇之軒昂。

文章起首提綱挈領，扣住一「患」字發微，而此「患」正是國家最大的毒瘤！接著引證佐言，在穿古越今的連連畫面後，迴旋到觀照自身，以養身喻養民，再將筆鋒轉至戰備，筆勢如高空拋劍，陡然落地，更見警策。

分析利害所及，不禁令我們想起孔子曾謂：「以不教民戰，是謂棄之。」孟子亦有言：「不教民而用之，謂之殃民。」於是東坡由上而下，層次井然地提出臨危制亂，處變不驚之道。教民戰守，不惟可解決外患，亦可制衡內憂，可謂一舉兩得矣！只可惜如此前瞻性之論識，終究未獲採納。北宋建國至滅亡凡一百六十多年，期間屢次作戰卻每每兵敗失地，其屈辱局面始終未能扭轉，實在辜負蘇軾一片赤膽忠心。

此文雖然極長，但脈絡分明可繹，酣暢淋漓之餘，正如東坡自言其文章的特色：「作文如行雲流水，初無定質，但常行於所當行，止於所不可不止。」文章以提問法始，以激問法終，其中映襯對比，譬喻連連，尤爲論說文的典範。

引導寫作

當前你對社會、國家或整個世界最引以爲憂的問題是什麼？你不妨如東坡此篇之行文：先開門見山地直指主旨，繼而舉古今中外的史例佐證、比較，並嘗試也用一項最切身的比喻，引導說明。現在就請你以「超級公民」的身分，揭示出你身爲二十一世紀的新新人類，充滿人文科學的高度關懷吧！

（易理玉）

三、記

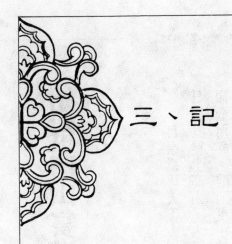

始得西山宴遊記

柳宗元

自余爲僇人①，居是州，恆惴慄②。其隟也，則施施而行，漫漫而游。日與其徒上高山，入深林，窮迴谿，幽泉怪石，無遠不到。到則披草而坐，傾壺而醉。醉則更相枕以臥。臥而夢，意有所極，夢亦同趣。覺而起，起而歸。以爲凡是州之山有異態者，皆我有也，而未始知西山之怪特。

注釋

①僇人　受刑僇的人。這裡指被貶謫的人。柳宗元因參與王叔文所領導的政治革新運動失敗後，被貶爲永州司馬。

②惴慄　害怕發抖，形容憂慮不安的心情。

翻譯

自從我被貶官後，居住在永州，總是感到心緒憂懼。公餘閒暇，就隨興走動，到處漫游。每天和同僚友好爬上高山，進入幽深的森林，走盡曲折迴旋的溪谷，情韻幽美的泉水、造型奇特的石頭，不論它在多遠的地方，我們無不造訪。到了之後，撥開雜草，席地而坐，開懷暢飲。喝醉了，彼此倚靠著呼呼大睡。睡著後便作起夢，心中所想到的事，夢中亦復如是。睡醒後就站立起來，接著就回家了。我一直認爲在永州境內任何奇山異水、風景秀麗之處，都已觀覽過了，卻不知西山景色的獨特。

今年九月二十八日，因坐法華西亭①，望西山，始指異之。遂命僕過湘江，緣染溪②，斫榛莽，焚茅茷，窮山之高而止。攀援而登，箕踞③而遨，則凡數州之土壤，皆在衽席之下。其高下之勢，岈然④洼然⑤，若垤若穴，尺寸千里，攢蹙⑥累積，莫得遯隱。縈青繚白⑦，外與天際。四望如一。然後知是山之特出，不與培塿⑧爲類，悠悠乎與灝氣俱而莫得其涯；洋洋乎與造物者游而不知其所窮。引觴滿酌，頹然就醉，不知日之入。蒼然暮色，自遠而至，至無所見，而猶不欲歸。心凝形釋，與萬化冥合。然後知吾嚮之未始游，游於是乎始，故爲之文以志。

注釋

①法華西亭　法華，亭名。在零陵縣東山上。西亭：是作者在元和四年所建。

②染溪　名冉溪，在零陵縣西南，元和五年，柳宗元更名爲「愚溪」，并著有〈愚溪詩序〉。

③箕踞　古人盤腿而坐，而箕距是伸展兩腿而坐，形似簸箕，故取名爲「箕坐」。這裡指的是一種舒展的姿態。

④岈然　山隆起的樣子。

⑤洼然　深陷的樣子。

⑥攢簇　密聚緊接。

⑦縈青繚白　「青」爲山，「白」爲水。「縈」「繚」均爲纏繞的意思。

⑧培塿　指小山。

翻譯

今年九月二十八日，由於坐在法華寺西邊的亭子裡，遠遠眺望西山，才發覺它奇特的地方。於是吩咐僕人渡過湘江，沿著染溪，砍伐叢生的草木，焚燒茂密的雜草，一直開路到山的最高處才停止。大家攀援著登上山頂，伸開兩腿，席地而坐，盡情放眼觀賞四周的景色，只見好幾州的土地，都在我們的座席之下。高高低低的山勢，有的隆起突出，有的凹陷深幽，好像小土堆、小洞穴一般，感覺上只有尺寸大小的畫幅，實際上卻涵蓋了千里的景物，所有的美景都聚集、緊縮、累積在眼前，清清楚楚，逃不出我們的眼底。青山縈回，白雲繚繞，向外與遠天交疊，朝四方望去，天地山川皆渾然一體。這時我才知道西山的特出，和一般的小山、小丘不屬於同一類。它綿長渺遠，與浩氣同在，誰也不瞭解它的邊際；它廣闊盛大，與天地同遊，誰也不知道它的盡期。這時我們高舉酒杯，斟滿了酒，醺然醉倒在地，太陽何時下山都不知道。蒼茫的暮色，從遠方漸次籠罩而來，直至什麼都看不見，我仍然不想回去。我的精神凝聚昇華，形體消散，與大自然結合在一起了。這樣我才明白，以前未曾眞正深刻地游賞過山水，眞正深刻地游賞過山水是從這一次開始的，所以寫了這一篇文章，將其記錄下來。

是歲元和四年也。

翻譯

這一年是元和四年。

賞析

〈始得西山宴遊記〉是柳宗元在政治上遭逢挫敗，被貶爲永州司馬時的山水記遊佳構。文章藉著景色的摹繪，敍寫探幽尋勝的歡樂，尤其是登臨遠望時的開闊氣勢，不僅令人胸懷朗闊，悒鬱盡逝，更呈現作者出塵逸世的人格氣度，眞是山水有情，人復如是。

第一段「僇人」、「恆惴慄」兩句話，已深刻的呈現作者心緒的悒鬱和惶恐，尤其是一個「恆」字，更曲盡了他的心情。在偏遠蠻荒的永州，只有藉著徜徉山水、寄情自然，方能排解心中的愁緒。「施施而行」、「漫漫而游」，點染出游的隨興和落寞，乍看似乎和宴遊無關，但正如林紓所言：「全是描寫山水，點眼處在『惴慄』、『其隙』四字。」（《古文辭類纂》評語）。正因如此，更凸顯出作者融入自然美景之中，忘懷得失，心凝形釋，得到心靈慰藉，使人生境界更上層樓。「上高山」、「入深林」、「窮迴溪」，運用排偶的句型，强調出遊的殷勤與密集；「傾壺而醉」、「更相枕以臥」，暗點出題文的「宴」字。作者更巧妙的運用「頂眞法」，句短意連，簡捷明快，勾畫出一幅恣意而遊的畫面。「以爲凡是州之山有異態者，皆我有也」，何等的自信與開闊呀！但一句「而未始知西山之怪特」，筆鋒馬上一轉，「未始」二字，除了反扣題文「始得」，更開啓下文，入題的巧妙，令人激賞，足見作者胸有丘壑，匠心獨運！

第二段，從正面描寫發現西山、宴遊觀賞的情景。開始即點明時間、地點，而「始指異之」一句，用「始」字正面點題；「指」字讓目標明確，更用肢體的動作强化驚訝的程度；「異」字呼應上文的「怪特」二字；接著以「過湘江」、「緣染溪」、「斫榛莽」、「焚茅茷」排偶的句型，强調上西山過程的艱辛，以及披荊斬棘開創的精神。接著從三方面來寫西山的「怪特」——第一層：剛登上西山後，眼前所見到的景象。登高望遠，千里景象，盡收眼底，是從大處著筆。第二層：從細處描寫眼前景致。作者運用生動具象的比喻——小土堆、小洞穴，用眼前景物之小，來反襯西山的雄偉；用其它山峯的「莫得遁隱」，來凸顯西山的高峻。第三層：再從遠望寫起。好像是一個長鏡頭，展現「縈青繚白，外與天際，四望如一。」壯遠雄闊的氣勢，充塞於字裡行間。這三層未從正面來描寫西山，而是運用衆山、景物，去烘托點染西山的桀傲聳立。作者最後才點出「然後始知是山的特出」，來呼應「未始知西山的怪特」，也處處照應主題。而西山的特出即是「不與培塿爲類」，點出此文之蘊意，寫西山即寫作者自己，從山水之美中去映襯人格之美，從山水壯闊不凡的氣勢中提升自己的胸懷氣度。當其贊嘆西山「悠悠乎與灝氣俱，而莫得其涯；洋洋乎與造物者遊，而不知其所窮」，自己早已和大自然融合在一起，在雄偉遼闊、無止無盡的大自然中，個人的得失、進退，又何足掛懷呢？當心中的「惴慄」一掃而空，酒也就分外香甜了。所以從「引觴滿酌」到「頹然就醉」到「猶不欲歸」，將作者宴遊的快樂，生動的表達在字裡行間。也讓讀者感受到這一次出遊的獨特，和以前不可相提並論，更加强作者「向之未始遊」、「遊於是乎始」的說服力，也再度點出題文的「始」字。

第三段：點明出遊的時間，與第一段「九月二十八日」相聯繫，有完整時間的記載。

通覽本文，作者用「始」字貫串全文，從「未始知」到「始指異之」，再用「未始遊」、「遊於是乎始」作結，反復强調、處處提醒，西山的宴遊是生命不同的開始，不但是眞正發現永州山水的自然美，并從自然的陶治、啓發中，得到生命的開闊、性靈的紓解，寓意深刻，發人深省。而作者用敏銳的觀察力，捕捉大自然的美景；用高超的藝術筆觸，清晰的文章脈絡，寫出宴遊之樂。寫景中有寄托，抒情中有異趣，眞是工妙絕倫，令人贊賞！

（周寤竹）

引導寫作

柳宗元在始得西山宴游記中，不直接描寫西山的景色，而採用從周圍景物的對比襯托下，去凸顯西山的高峻。你是否可以利用相同的寫法，來描寫高聳特立的建築物或峥嶸的高山。

鈷鉧潭西小丘記

柳宗元

得西山後八日，尋①山口西北道二百步②，又得鈷鉧（ㄍㄨˇ ㄇㄨˇ）潭③。潭西二十五步，當湍（ㄊㄨㄢ）而浚者爲魚梁④；梁之上有丘焉，生竹樹。其石之突怒偃蹇（ㄐㄧㄢˇ）⑤，負土而出⑥，爭爲奇狀者，殆不可數。其嶔（ㄑㄧㄣ）然相累（ㄌㄟˇ）⑦而下者，若牛馬之飲于溪；其衝然角列⑧而上者，若熊羆（ㄆㄧˊ）⑨之登于山。

注釋

①尋　沿著、順著。

②步　古單位名，五尺爲一步。

③鈷鉧潭　今湖南零陵縣城郊之柳侯祠附近。以其形狀像鈷鉧（熨斗）故名。

④當湍而浚者爲魚梁　在流急且深處，阻水爲壩，中留缺口，供魚通過，亦可安放捕魚竹

籠。

⑤突怒偃蹇　挺立突起，高聳的樣子。

⑥負土而出　石從土中冒出。

⑦嶔然相累　怪石聳立而重疊，好像互相推擠。

⑧衝然角列　向上突起如獸角，又好像爭著插隊，擠進行列。

⑨羆　比熊大，也叫人熊或馬熊。

翻譯

在我訪得西山之後的第八天，沿著山口，西北方向走兩百步，又發現鈷鉧潭。在潭的西邊廿五步距離，正當水深流急，有一道魚梁。魚梁上方有一座小丘，上面長著青竹綠樹。小丘還有挺立高聳的怪石，硬是從土中冒出，好像在爭奇比特別，模樣多得幾乎數不清：（比如說）那些聳立重疊，向下互相推擠的，正像牛馬一大羣跑到溪旁飲水的景況；那些突起像獸角排列，爭先恐後插隊往上衝的，又好像熊羆登山爬坡的樣子。

丘之小不能一畝，可以籠①而有之。問其主，曰：「唐氏之棄地，貨而不售②。」問其價，曰：「止四百。」余憐而售之。李深源、元克己時同游，皆大喜，出自意外。即更取器用，剷刈（一）穢草③，伐去惡木，烈火而焚之。嘉木立，美竹露，奇石顯。由其中以望，則山之高，雲之浮，溪之流，鳥獸之遨游，舉熙熙然④迴巧獻技⑤，以效⑥茲丘之下。枕（ㄓㄣˋ）席而臥，則清泠（ㄌㄧㄥˊ）⑦之狀與目謀，瀯瀯⑧之聲與耳謀，悠然而虛⑨者與神謀，淵然而靜⑩者與心謀。不匝（ㄗㄚ）旬⑪而得異地者二⑫，雖古好事⑬之士，或未能至焉。

注釋

①籠　名詞轉品爲動詞，裝入籠中。

②貨而不售　想賣卻賣不出去。貨，標價出售。售也當「買」之意，如下句「余憐而售之」即是。

③剷刈穢草　鏟除雜草。

④舉熙熙然　舉，都。熙熙然，和樂貌。

⑤迴巧獻技　迴，迴旋運轉，引申有輪流不斷之意。獻，表現，表演。

⑥效　呈獻。

⑦清泠　清涼明淨，含天晴、水清之景。謀，接觸，亦含舒適融合的感覺。

⑧瀯瀯　水流聲。

⑨悠然而虛　悠遠如天之空闊。

⑩淵然而靜　深沈如水之寧靜。
⑪不匝旬　不到十天。匝，遍、周。旬，十天。
⑫得異地者二　找到鈷鉧潭及小丘兩處美景。
⑬好事　喜愛大自然美景。

翻譯

小丘面積還不到一畝大，幾乎可以裝在籠子裡帶走呢。我向人打聽主人是誰，據說是「姓唐的人家不要的地，想賣卻賣不出去。」問它的價錢，說「僅僅四百文」我對這小丘既愛又憐，就把它買下來了。當時李深源、元克己和我一道遊玩，都非常高興，認爲是意外的收穫。我們馬上輪流用器具剷除雜草，砍掉材質不佳破壞景觀的壞樹，燃起大火把它們全燒光。（整理過後，果然不同）漂亮的樹亭亭玉立，翠竹綠得搶眼，奇石沒了遮蔽，輪廓相當明顯。站在小丘上眺望出去，只見山的高聳、雲的飄浮、溪的流動，鳥獸的自在遊走，全都高高興興輪替不休地展現他們最美的演出，心甘情願奉獻在這小丘的觀衆席前。我輕鬆地枕石席地躺下，那清澈明淨的天光水色叫人看了舒舒服服，那潺潺而流的聲響和諧悅耳；像天空一樣悠遠而開闊，我怡然神往，如潭水一般幽深而寧靜，我的心和情境交相融合。不到十天，我竟找到兩處美景，即使古代酷愛遊山玩水的人士，或許也辦不到吧。

噫！以茲丘之勝，致之灃（ㄈㄥ）、鎬（ㄏㄠˋ）、鄠（ㄏㄨˋ）、杜①，則貴游之士②爭買者，日增千金而愈不可得。今棄是州也，農夫漁父過而陋之③，賈（ㄐㄧㄚˋ）四百④，連歲不能售，而我與深源、克己，獨喜得之，是其果有遭⑤乎？書於石，所以賀茲丘之遭也。

注釋

①灃鎬鄠杜　都是唐代長安附豪門貴族所居住的地區。
②貴游之士　權貴中喜好遊山玩水的人士。
③陋之　瞧不起它。陋，形容詞轉品爲動詞。
④賈四百　標價四百文。價，通「價」。
⑤遭　遇合，指好的遭遇（遇到賞識的人）。

翻譯

唉！憑小丘這樣美的景致，假如挪到灃、鎬、鄠、杜一帶，那些愛好山水之遊的權貴人士一定爭相搶購，每天比別人多出千金重價，還不一定能買得到。如今，它被棄置在這裡，農夫漁父走過時連瞧也懶得瞧一眼，標價低到四百文，還好多年賣不出去。結果只有我同李深源、元克己爲得到它而高興，這是它眞的命中註定有好運吧！我把事情經過寫在石頭上，用以祝賀這小丘幸運得到賞識的際遇。

賞析

柳宗元在〈愚溪詩序〉曾經說：「余雖不合於俗，亦頗以文墨自慰，漱滌萬物，牢籠百態，而無所避之。」這段文字拿來賞析同一時期的「永州八記」，或許可收事半功倍之效。

柳氏之所以大量寫出山水遊記，自是被永州的西山激發的。原先他亟欲藉著遠離人羣、縱情宴飲來痲痺「爲僇人」的恥辱感，結果，西山頂上，眼界大開的他不再醉酒卻更醉於山水之美而形諸文字。在〈始得西山宴遊記〉他震撼於「不與培塿爲類」的壯美，無窮無盡的時空永恆也使躁急的他開始沈潛下來，一向心高氣傲的文心竟然轉向默默無聞的鈷鉧潭，詳載其淵源及流動，細膩處連「流沫成輪」也盡收筆下。至於比鈷澤更不起眼的小丘（不滿一畝）他能自行刪除遮蔽，無礙地撮取其精彩處，見人所未見，寫人所不能寫。大至西山遠眺，小至一畝小丘，我們看到柳氏牢籠百態的筆力與廣度。

〈鈷〉文共分三段：首段上接西山、鈷鉧潭，寫潭西一座魚梁旁的小丘，描寫重點在奇石一景；次段寫作者憐惜小丘，遂買下加以整頓和美化，使之可近觀遠望和臥遊；第三段對小丘的遭遇作出感想，表面上祝賀小丘，實際上「賀小丘，所以自弔也」（吳楚材評語）。

在首段奇石一景，柳宗元一眼就抓住荒穢中，丘上奇石亂中有序的美感，並且審視到奇石出沒丘土的特色，遂用「怒」「負土」「爭」等擬人（物）筆法賦予頑石異於一般的情態——這是特寫。奇石形狀多不勝數，他遂以上下兩條動線來概述：「相累而下」藉坡道的傾斜，強化石塊向下分佈的動感，妙的是又加上「牛馬之飲於溪」的譬喻，牛馬奔至溪旁飲水的喧鬧，互不相讓，奇思妙想頓時讓奇石「嶔然」的冷硬，有聲有色，熱鬧非凡起來。「衝然角列」藉熊羆猛力上衝，昂首向前有如獸角一一挺立，具象了奇石的「突怒」——那股子衝上坡去的態勢，想必感動了身處逆境爲官如囚的柳宗元吧。

綜合上述，柳宗元善於利用景物特色，集中描繪，賦予情感，自然能將景物描摹得簡潔生動（「漱滌萬物」）、神形俱全（「牢籠百態」）。

然而柳宗元之超越一般山水文章，正在於他於文字技巧之外，對景物有種「靜觀」的尊重。買地清理後，他不復以鼾聲酒氣唐突眼前佳景，他細觀「嘉木立」，遠望山雲溪鳥獸「熙熙然回巧獻技，以效茲丘之下」，於是「清泠之狀與目謀」……四句精巧的排比句式，盡化爲萬物有情的筆意，西山上「與萬化冥合」的喜悅又悄然引來，一層層清涼「漱滌」了這顆「惴慄」的心魂。文窮而後工，工而後能自我安慰，柳宗元的文學道路見證了這點。

文章在一片圓滿聲中結束了。當然，悲憤在字裡行間還是俯拾可尋的。刻文於石爲小丘賀，反襯自己的不遇，反諷人不如丘。小丘本爲「唐」氏「棄」地，自己爲「唐」朝「棄」臣，巧合得彷彿老天爺有意嘲弄。至於穢草惡木被剷伐焚滅，正和「始得西山宴遊記」（伐榛莽、焚茅茷）、「至小丘西小石潭記」（伐竹取道）的動作前後呼應，而作者懲惡揚善、絕不妥協的意志，在訪景的過程中表露無遺。

引導寫作

柳宗元寫景之妙，妙在善用化靜為動的擬人（物）法，往往為靜景注入生命的活力，而古人又曾形容好文章為「案頭山水」，足以巧奪天工，因此，我們逆向思考，何不依據你書桌上雜物的特性，稍加巧思，重新安排，使之眞正成為「尺桌千里」的案頭「山水」（比如桌燈的光、馬克杯裡的茶葉、重重亂疊的書籍筆筒，都可轉化成自然界何物呢？）上帝休假，換人作作看！落成後為你的「永州」寫幾篇「山水」遊記，不讓柳宗元專美於前，如何？開始動工吧！

（吳邱銘）

黃岡竹樓記

王禹偁

黃岡之地多竹，大者如椽（ㄔㄨㄢˊ）。竹工破之，刳（ㄎㄨ）去其節①，用代陶瓦。比（ㄅㄧˋ）屋②皆然，以其價廉而工省也。

注釋

①刳去其節　刳，剖也。用刀子剖開把裡面的竹節挖空。

②比屋　比，並也。比屋指每家每戶之意。

翻譯

黃岡這個地方竹子很多，粗大的好像屋椽一樣。竹工剖開它，把竹節挖掉，用來代替陶瓦。附近的房子，家家都是如此。因爲價錢便宜而且很省工。

子城西北隅（ㄩˊ），雉堞（ㄓˋ ㄉㄧㄝˊ）①圮（ㄆㄧˇ）毀，蓁（ㄓㄣ）莽②荒穢。因作小樓二間，與月波樓通。遠吞山光，平挹（ㄧˋ）江瀨（ㄌㄞˋ）③，幽闃（ㄑㄩˋ）遼敻（ㄒㄩㄥˋ）④，不可具狀。夏宜急雨，有瀑布聲；冬宜密雪，有碎玉聲；宜鼓琴，琴調和暢；宜詠詩，詩韻清絕；宜圍棋，子聲丁（ㄓㄥ）丁⑤然；宜投壺⑥，矢（ㄕˇ）聲錚（ㄓㄥ）錚然，皆竹樓之所助也。

注釋

①雉堞　城牆上的矮牆，也稱女牆。

②蓁莽　叢生的草木。蓁，草木茂盛。

③平挹江瀨　挹，汲出。瀨，沙灘上流過的淺水。

④幽闃遼敻　闃，寂靜。敻，遠也。幽靜深遠之意。

⑤丁丁　狀聲詞，此處指棋聲。

⑥投壺　古代的一種遊戲。賓主輪流用箭矢投長頸壺，投中多者勝，負者罰酒。

翻譯

子城的西北角，城上面的短牆都倒塌了，雜草叢生，荒涼汙穢。因此我在這裡蓋了兩間小樓房，和月波樓相通。從樓上遠遠地望去，秀麗的山光，一覽無遺。平視左右，幾乎可以汲取到江邊的淺水。幽靜遼遠，無法一一加以描繪。夏天最適合下急雨，聽起來好像是瀑布的聲音；冬天最好是下密雪，聽起來有如玉碎的聲音；適合彈琴，琴調和諧舒暢；也適合吟詩，詩韻清麗無比；適合下棋，棋子發出丁丁的聲響；也適合玩投壺的遊戲，竹籌投下去，會發出錚錚的聲音。這都是拜竹樓所賜。

公退之暇，被（ㄆㄧ）鶴氅（ㄔㄤˇ）衣，戴華陽巾①。手執周易一卷，焚香默坐，逍遣世慮。江山之外，第②見風帆沙鳥，煙雲竹樹而已。待其酒力醒，茶煙歇，送夕陽，迎素月，亦謫（ㄓㄜˊ）居之勝概也。彼齊雲、落星，高則高矣；井幹（ㄏㄢˊ）、麗譙（ㄑㄧㄠˊ），華則華矣。止於貯妓女，藏歌舞，非騷人之事，吾所不取。

注釋

①華陽巾　道士或隱者所戴的頭巾。

②第　但也，只也。

翻譯

公餘之暇，身上披著鶴氅衣，頭上戴著華陽巾，手裡拿本易經，點上香，默默地坐著，可以排遣世間煩憂。除了水光山色外，看到的只有風帆、沙鳥、煙雲、竹樹罷了。等到酒醒過來，茶煙已消盡了。這時候，送別西沈的夕陽，迎接皎潔的月亮。這些都是被貶官以後住在這裡才能看到的勝景啊。那齊雲、落星二樓，高是夠高；井幹、麗譙二樓，也夠華麗。然而裡面不是藏妓女，就是藏歌舞，實在不適合騷人墨客，我並不覺得有什麼好。

吾聞竹工云：「竹之爲瓦，僅十稔（ㄖㄣˇ）①。若重覆之，得二十稔。」噫！吾以至道乙未歲，自翰林出滁（ㄔㄨˊ）上。丙申，移廣陵。丁酉，又入西掖。戊戌歲除日，有齊安之命。己亥閏三月到郡。四年之間，奔走不暇，未知明年又在何處。豈懼竹樓之易朽乎？幸後之人與我同志，嗣而葺（ㄑㄧˋ）之②，庶斯樓之不朽也。

注釋

①稔　穀熟也。古人一年收穫一次，因此引申爲「年」之意。

②嗣而葺之　嗣，繼承，繼續。葺，修補，修建。

翻譯

我聽竹工說：「竹做的瓦，只能用十年。如果蓋上雙層，就能用二十年。」唉！我在至道乙未年，從翰林被貶到滁州。丙申年，又調到廣陵。丁酉年，又進入中書省。戊戌年除夕那天，又接獲派到齊安去的命令。己亥年閏三月，才到黃岡來。在這四年中，東奔西走，從未停歇過。明年不知道又在什麼地方。難道我還會怕竹樓容易腐朽嗎？希望以後的人，和我志趣相同的，繼續修理它，那麼這兩座竹樓，就不會腐朽倒場了！

咸平二年八月十五日記。

翻譯

咸平二年八月十五日記。

賞析

宋眞宗咸平元年的除夕，當家家戶戶忙著除舊佈新，歡喜團圓時，向來剛直敢言的王禹偁竟然第三次接到貶官的詔令。原因想必是在編寫太組實錄時直書史事，得罪朝廷所致。難抑滿腔的憤懣與不平，翌年的暮春三月，他無可奈何的離開京城，遠赴窮鄉僻壤的黃州就任。那年的八月十五日，他像平常一樣在公餘之暇，幽居竹樓，望著天邊的皎皎秋月，一時有感而發，振筆寫下這篇著名的「黃岡竹樓記」。從描述竹樓的旖旎風光及生活逸趣中，含蓄的寄寓他傲然不屈，恬淡自適的情志。

文章一開頭記敍黃岡當地築屋的特色，爲下文竹樓的興建預作鋪墊，除了就地取材價廉工省的因素外，隨遇而安，是他一貫的生活態度。再說竹子自古以來即被文人引爲歲寒三友之一，飽經風霜，依舊勁節挺拔，不正是王禹偁的性格寫照嗎？難怪他會對竹樓情有獨鍾了。

在「雉堞圮毀，蓁莽荒穢」惡劣的現實環境中，他以堅毅的勇氣，深厚的藝術涵養，搭建出兩間風雅的竹樓來。「遠吞山光，平挹江瀨」，竹樓居高臨下，視野遼闊，黃州秀麗的山光水色盡收眼底，予人「幽闃遼敻」之感。竹樓內一年四季各有不同的生活情趣：聽雨、聆雪、鼓琴、詠詩、弈棋、投壺，透過竹樓的共鳴效果，竟然產生令人驚喜的清響。三組參差變化，形容響聲的排比句中更映襯出竹樓的清幽寂靜。

「公退之暇」一段具寫他隱士般的謫居生活：披鶴氅衣，戴華陽巾，手執周易，焚香默坐；眺望江山勝景，送夕陽，迎素月。種種靜態的活動是爲「消遣世慮」，可見作者屢遭貶謫的憤慨之氣終究難平。然而，他並不後悔。「齊雲，落星，井幹，麗譙」四座名樓也許繁華壯麗，但是「儲妓女，藏歌舞」醉生夢死。「吾所不取」四字堅定表明他不慕高華，甘居竹樓過清苦生活的心志，從以上二段孤寂、繁華，鮮明的對照中，顯然竹樓已成爲他「屈身」而「不屈道」的精神象徵。

最後從對竹樓未來命運的關切，引發自身宦途失意的感慨。據實詳列至道乙未，丙申，戊戌，己亥四年間的遷謫之苦。「未知明年又在何處」一句透露出他無可奈何的哀傷。自身既已難保，「豈懼竹樓之易朽乎？」那麼何不蕭灑豁達些！末尾反詰之語實有極複雜的情緒。

王禹偁，為宋初古文運動的先驅，主張「文以傳道而明心」。他的文章素樸而含蓄，平易中又不失詞麗。細繹本篇黃岡竹樓記，結構皆以竹樓為中心，藉景抒情，寓理於事，堪稱詠物寄情的典範。

引導寫作

抒情文章貴在含蓄雋永，昇華人性。同學可以仿效本篇詠物寄情的方式，選擇一個景物，仔細加以刻畫描摹，藉以抒發內心的情志。

（邢靜芬）

岳陽樓記

范仲淹

慶曆四年春，滕子京謫守巴陵郡。越明年，政通人和，百廢俱興。乃重修岳陽樓，增其舊制，刻唐賢今人詩賦於其上。屬予作文以記之。

翻譯

慶曆四年春天，滕子京被貶謫爲巴陵郡太守。隔了一年，政事通達，民生和樂，從前廢弛的政事，都一一興辦了。於是便重修岳陽樓，擴大原有的規模，刻上唐代賢人和當代人的詩賦，並請託我寫一篇文章來記述這件盛事。

予觀夫巴陵勝狀，在洞庭一湖。銜遠山，吞長江，浩浩湯湯(ㄕㄤ ㄕㄤ)①，橫無際涯；朝暉夕陰，氣象萬千，此則岳陽樓之大觀也。前人之述備矣。然則北通巫峽，南極瀟湘，遷客騷人，多會於此，覽物之情，得無異乎？

注釋

①湯湯　水勢盛大的樣子。

翻譯

我看巴陵郡最美的景觀，全在一個洞庭湖。它銜著遠處的君山，吞吐著長江的流水，水勢浩大，寬廣無邊；從早到晚，晴陰變化，氣象萬千。這就是岳陽樓的大體景觀，前人的作品中已經描述得很詳盡了。但是這兒北邊通向巫峽，南邊遠達瀟湘，流放的官吏和善感的詩人，往往聚會在這裡，他們觀覽景物的心情，應該有所不同吧？

若夫霪雨霏霏，連月不開，陰風怒號，濁浪排空；日星隱耀，山岳潛形；商旅不行，檣傾楫摧；薄暮冥冥，虎嘯猿啼。登斯樓也，則有去國懷鄉，憂讒畏譏，滿目蕭然，感極而悲者矣。

翻譯

像那陰雨綿綿、連月不晴的日子裡，冷風呼呼地怒吼，渾濁的浪濤向空中翻騰；太陽和星星消失了光輝，山岳隱沒了形迹；商人旅客都不敢航行，船桅被風吹倒，船槳也折斷了；傍晚時天色昏暗，風中傳來虎嘯猿啼聲。這時登上岳陽樓，就會有遠離京城思念家鄉、害怕別人的詆毀譏諷的心情，一眼望去滿目蕭條淒涼，不禁感慨至極而悲從中來了。

至若春和景①明，波瀾不驚，上下天光，一碧萬頃；沙鷗翔集，錦鱗②游泳；岸芷汀蘭，郁郁青青。而或長煙一空，皓月千里，浮光躍金③，靜影沈璧，漁歌互答，此樂何極！登斯樓也，則有心曠神怡，寵辱偕忘，把酒臨風，其喜洋洋者矣。

注釋

①景　日光。

②錦鱗　美麗的魚。「鱗」在此借指「魚」，是修辭學上的借代法。「錦」在此當形容詞用，修飾「魚」。

③浮光躍金，靜影沈璧　指浮光如躍金，靜影如沈璧。是修辭學上省略喻辭的「略喻」。

翻譯

至於在氣候溫和、陽光明亮的春日裡，波平浪靜，藍天湖水，連成一片澄碧；沙鷗自在地飛翔棲息，魚兒快樂地游來游去；岸邊的白芷和沙洲上的蘭花，香氣濃烈而花葉茂盛。有時雲霧盡散，皓月當空，一望無際；水面閃爍著金光，月影倒映如湖底靜躺著的白璧；漁人的歌聲，相互應和，眞是樂趣無窮啊！這時登上岳陽樓，就會心胸開朗、精神愉悅、得失兩忘、迎著春風舉杯暢飮，感到洋洋得意。

嗟夫！予嘗求古仁人之心，或異二者之所爲。何哉？不以物喜，不以己悲①；居廟堂之高，則憂其民；處江湖之遠，則憂其君：是進亦憂，退亦憂。然則何時而樂耶？其必曰「先天下之憂而憂，後天下之樂而樂」乎。噫！微②斯人，吾誰與歸③？時六年九月十五日。

注釋

①不以物喜，不以己悲　不因外物（好壞）和自己（得失）而或悲或喜。這是修辭學上的「互文」修辭，上文省略「悲」，下文省略「喜」，上下文參互成文，互補文意爲「不以物喜或悲，不以己悲或喜」。

②微　無、沒有。

③誰與歸　是「歸與誰」的倒裝句型，歸：依歸。

翻譯

唉！我曾探求古代仁人的胸懷，他們和這兩種人的表現不同。這是什麼呢？因爲他們不會因爲外在環境或自己的遭遇而或悲或喜。在朝做官時，就爲人民而憂慮；退處在野時，就爲國君施政的得失而擔心。像這樣，在位時要憂慮，不在位時也要憂慮，那麼什麼時候才會感到快樂呢？他們一定會說「天下人還沒憂慮以前，就先憂慮；天下人都得到快樂以後，才能感到快樂」吧！唉！如果沒有這種人，我將依歸誰呢？

賞析

慶曆三年范仲淹推行「慶曆新政」，大力改革，得罪既得利益者，這些人聯合起來，對范仲淹橫加攻訐，他的朋友滕子京也受波及誣陷，兩人連遭黜貶。這篇文章是作於范仲淹被罷去參知政事，離京出任地方官的第三年。當時滕子京被貶爲岳州知州，雖頗有才幹，「政通人和，百廢俱興」，但仍不免心懷不平，鬱鬱寡歡。慶曆五年岳陽樓重修完成，滕子京寫了一封信請范仲淹做記，范仲淹藉著這篇記，一來抒發自己的抱負，二來正是爲了激勵滕子京，以「古仁人之心」共勉。

這篇文章採用「先敘後議」的手法，一至四段爲「敘」，第五段爲「論」，層次分明：第一段是扼要的敘事，第二、三、四段則是生動的寫景；第五段則爲簡短的議論。

第一段略敍寫作緣起，記述滕子京謫守巴陵郡，重修岳陽樓，囑己作記，並透過岳陽樓鳥瞰洞庭湖，把文章帶入第二段。

第二段敍寫洞庭湖大觀，「吞」、「銜」二字表現宏大的氣象，但作者卻無意在此多費筆墨，只以極簡鍊的二十二字概括，以「前人之述備矣」一收束。再從岳陽樓的地理位置發揮，引出遷人騷客「覽物之情，得無異乎？」帶出三、四段覽物之悲喜。

第三段承第二段「異」字寫「雨則悲」之情。第四段承第二段「異」字寫「情則喜」之情，與第三段作對比及補足。這兩段文句簡鍊清暢，大量使用四字句及對偶句，中又穿插靈活的虛字，形成一種優美節奏，同學細加注意，還可以發現作者在文中也運用了押韻的技巧，如「形」、「行」、「冥」、「明」、「驚」、「頃」、「青」等字，文章讀起來就更悠揚悅耳了；寫景部分則細膩深入，富有層次感：由「日景」而「夜景」；由「天色」而「湖光」而「人情」。有遠景、有近景、有視覺摹寫、有聽覺摹寫，兩段對比鮮明，以引出「感極而悲」、「其喜洋洋」兩種心情。三四兩段以景寓情，情景交融，作者下了相當功夫，但這兩段雖是酣暢淋漓，墨蘊五彩，卻非本文重點，只是爲了下一段議論作準備。

第五段以「嗟夫」一聲長嘆，撇開上文，轉入感慨議論。提出「古仁人之心」不同於上述兩者，他們「不以物喜，不以己悲」。入朝爲官，則關心黎民百姓；一旦下野，就關心國君的施政措施。所以，一個眞正儒者的抱負，應該是超越個人的利害得失；一個志士仁人的終極關懷，應該是天下衆生的憂樂。「先天下之憂而憂，後天下之樂而樂」一句，不但是作者對朋友的安慰、鼓舞，同時也是作者一生志業、操守所在。

引導寫作

范仲淹是一個憂國憂民的偉大政治家，並不特著重於文章道術，但在他所留下的篇章中，卻自然而然流露出其不凡的胸襟與光風霽月的操守。尤其寫這篇岳陽樓記時，他爲國爲民推行新政，卻因遭受排擠而失敗，遭受貶謫，在如此內憂外患煎熬之下，卻仍發出「先天下之憂而憂，後天下之樂而樂」的豪語，這樣的胸襟！這樣的操守！成爲後世中國知識份子的共同典範。

這篇文章在寫作方面值得學習的技巧有下面幾點：

一、層次井然、章法綿密：由序文引入敍景，由敍景再帶入議論，點出主旨：不但規勉老友、激勵自己、更是警策後人。波瀾起伏，層層深入。各層之間，亦各有其層次，卻又能互相照應，首尾連貫，佈局相當嚴謹。

二、善用對比的力量：尤其三四段全部是用對比的方式寫成，互相對照、互相强化，悲的就顯得更悲，喜的就顯得更喜。而我們若把三、四段的悲喜看爲一種較低層次的心態，對比之下又顯出「先憂後樂」胸襟的不凡。

三、善於取材、以景寓情、情景交融：三、四段所描寫的景物，作者是用了相當功力選材的，所選的事物都具有鮮明的代表形象，而且景中含情，讓讀者閱讀時，心情也不禁隨之動盪起伏。

四、繁簡得宜，擅用開合技巧：這篇文章善於運用「收束」與「展開」的技巧來突顯主題。在與主題無關的部分，作者就以「收束」技巧把與正題無關的內容收束住；而運用「展開」的技巧，將文意引向更寬廣的層面。在非主題部分，作者惜墨如金，幾筆帶過；重點部分，則潑墨如注、縱情鋪敍。如第一段寫滕子京重修岳陽樓一事，僅以「增其舊制，刻唐賢今人詩賦於其上」收住；第二段敍寫洞庭湖大觀，但作者卻無意在此多費筆墨，又以「前人之述備矣」收束。再以「覽物之情，得無異乎？」開展下面三、四段覽物之悲喜。但這兩段仍然不是主旨所在，所以作者又以「求古仁人之心」收住，最後以「或異二者之所爲。何哉？」開展另一段議論，點出主旨。

但無論這篇文章寫作技巧如何高超，這篇文章最令後人推崇的卻是他的立意。鮮明的表現我國歷代知識分子的抱負和胸襟，對現在失序的社會無異是警世鐘鐸！是我們身爲知識份子最值得學習的。

（林聆慈）

義田記

錢公輔

范文正公，蘇人也。平生好施與，擇其親而貧、疏而賢者，咸施之。方貴顯時，置負郭①常稔(ㄖㄣˇ)之田②千畝，號曰義田，以養濟羣族之人。日有食，歲有衣，嫁娶凶葬皆有贍(ㄕㄢˋ)。擇族之長而賢者主其計，而時其出納③焉。日食人一升，歲衣人一縑(ㄐㄧㄢ)，嫁女者五十千，再嫁者三十千，娶婦者三十千，再娶者十五千，葬者如再嫁之數，幼者十千。族之聚者九十口，歲入給稻八百斛(ㄏㄨˊ)。以其所入，給(ㄐㄧˇ)其所聚，沛然④有餘而無窮。仕而家居俟(ㄙˋ)代者與(ㄩˋ)焉⑤；仕而居官者罷莫給。此其大較也。

注釋

①負郭　靠近外城。負，背也。郭，外城。

②常稔之田　經常豐收的良田。稔，穀熟也。

③時其出納　適時收支財物。

④沛然　充裕貌。

⑤仕而家居俟代者與焉　曾經爲官，解職家居等待新職的人，也給予濟助。

翻譯

范文正公，是蘇州人。生平很喜歡佈施，選擇那些關係親近卻很貧苦、關係疏遠卻很賢明的人，周濟他們。當他富貴顯達的時候，購置了一千畝近郊的良田，取名爲義田，用來贍養救濟全族的人。讓他們每天有飯吃，每年有衣穿。嫁娶喪葬，也都有補助。挑選族中年長而且賢明的人負責會計，管理出納的帳目。每人每天發給一升米，每年一匹布。嫁長女的，補助錢五十千。嫁次女的三十千。娶媳婦的三十千，娶次媳的十五千。有喪葬事的，同再嫁的數目，也是三十千。如果喪葬的是小孩，就補助十千。族裡聚集來的人，一共有九十口，義田每年可收入八百斛稻穀。拿這些收入，供給那些聚居的人，足足有餘，而且沒有用盡的時候。曾經當官，離職居家等待補缺的人，也給與濟助；做官在職，就停發不給。這是義田的大概情形。

初，公之未貴顯也，嘗有志於是矣，而力未逮(ㄉㄞˋ)者三十年。既而爲西帥，及參大政，於是始有祿賜之入，而終其志。公既歿，後世子孫修其業，承其志，如公之存也。公既位充祿厚，而貧終其身。歿之日，身無以爲斂①，子無以爲喪。惟以施貧活族之義遺其子而已。

注釋

①斂　同殮。爲死者易衣入棺。

翻譯

當初，文正公還沒有顯達的時候，就有志從事這種慈善事業，可惜力量不夠，這種情形，前後有三十年。後來，他當了征西的統帥，並且參與國家大政，才有俸祿和賞賜的收入，來完成他的志願。文正公死之後，後代子孫仍然照舊辦理，繼承他的遺志，就和他生前一樣。文正公固然官位很高，俸祿優厚，可是終身貧窮。去世的時候，甚至連壽衣棺材都買不起，子孫幾乎無法辦喪事。只把救濟貧民養活族人的義行，留給他的子孫罷了。

昔晏平仲敝車羸（ㄌㄟˊ）馬①，桓（ㄏㄨㄢˊ）子曰：「是隱君之賜也。」晏子曰：「自臣之貴，父之族，無不乘車者；母之族，無不足於衣食；妻之族，無凍餒（ㄋㄟˇ）者；齊國之士，待臣而舉火②者三百餘人。以此而爲隱君之賜乎？彰君之賜乎？」於是齊侯以晏子之觴（ㄕㄤ）而觴桓子③。予嘗愛晏子好仁，齊侯知賢，而桓子服義也。又愛晏子之仁有等級，而言有次也；先父族，次母族，次妻族，而後及其疏遠之賢。孟子曰：「親親而仁民，仁民而愛物。」晏子爲近之。觀文正之義，賢於平仲，其規模遠舉④，又疑過之。

注釋

①敝車羸馬　破舊的車，瘦弱的馬。
②舉火　生火做飯。引申爲維持生活之意。
③以晏子之觴而觴桓子　上「觴」字爲名詞，酒杯。下「觴」字爲動詞。言齊侯以晏子的酒杯斟酒罰桓子喝。
④規模遠舉　指義田的規劃周詳，制度良善，可以行之久遠。

翻譯

從前齊國的大夫晏平仲乘坐破車瘦馬。桓子對他說：「你這種做法是隱藏國君的賞賜。」晏子回答說：「自從我顯貴以後，我父族的人，出門沒有不乘坐車子的；母族的人，沒有吃不飽穿不暖的；妻族的人，沒有挨餓受凍的。齊國的士人，等我供應才能生火燒飯的，有三百多人。這樣算是隱藏國君的賞賜嗎？還是彰顯國君的賞賜呢？」於是齊侯就拿了晏子的酒杯，罰桓子喝酒。我曾經欣賞晏子的愛好仁道，齊侯的知賢善任，桓子能夠誠服義理。同時又喜歡晏子的仁愛有親疏遠近的等級，說話又有次序。他先是父族，其次母族，再其次是妻族，最後才推廣到那些比較疏遠的賢人。孟子說：先親愛自己的親人，然後才仁愛天下人；仁愛天下人，然後才推愛於萬物。」晏子的作風很接近這個理想。現在看文正公的義行，能夠澤及後世，同時義田的規模和辦法，可以長久推行，恐怕又比晏子更高明了。

嗚呼！世之都三公位，享萬鍾祿①，其邸（ㄉㄧˇ）第之雄，車輿（ㄩˊ）之飾，聲色之多，妻孥（ㄋㄨˊ）之富，止乎一己；而族之人，不得其門而入者，豈少哉？況於施賢乎！其下爲卿、大夫、爲士，廩（ㄌㄧㄣˇ）稍②之充，奉養之厚，止乎一己；族之人瓢囊爲溝中瘠（ㄗˋ）者③，豈少哉？況於他人乎？是皆公之罪人也。

注釋

①萬鍾祿　豐厚的俸祿。鍾，量器名，可容六斛四斗。

②廩稍　朝廷養士的公糧。

③瓢囊爲溝中瘠者　操持水瓢囊袋行乞，輾轉餓死在溝壑中的人。瘠，肉腐也，此處指腐爛的屍體。

翻譯

唉！世間那些位居三公，享受萬鍾俸祿的人，他們公館的建築雄偉，車馬的裝飾華麗，歌舞美女的娛樂，妻妾兒女的衆多，都只不過是自己一人的享受；族裡的人無法進他家大門的，難道是少數？何況是濟助關係疏遠的賢人了！至於地位較低的卿大夫、士族們，俸祿之高，生活之富裕，也只限於自己一個人享受；他族裡的人，手上拿著瓢囊，到處行乞，最後餓死在溝壑中的，難道是少數嗎？何況是周濟他人呢！這些都是不如文正公的罪人。

公之忠義滿朝廷，事業滿邊隅（ㄩˊ），功名滿天下。後必有史官書之者，予可略也。獨高其義，因以遺於世云。

翻譯

文正公的忠義滿朝皆知，事業遍及邊疆，名望天下人景仰，將來一定會有史官記載這些事蹟，可以不用多說。我因爲特別崇仰他的義行，因此寫了這篇文章留傳後世。

賞析

本篇屬於雜記類的古文，是宋錢公輔之作。採用先敘後議的方式，旨在表彰范仲淹的義行。

首段可視爲下文的「總敍」，簡潔道出范文正公樂善好施的懿行。佈施的原則是「親而貧」或「疏而賢者」。

次段開始便詳細「分敍」義田制度的實施辦法。從中可見范公規劃的周密完善。在敍述補助的金額時，作者爲使文氣有起伏變化，適度運用排比、類疊、錯綜（抽換詞面）等修辭技巧。例如「再嫁只三十千，取婦者三十千」，「葬者如再嫁之數」。

爲了補充說明，作者接著追敍：「初，公之未貴顯也，嘗有志於是矣，而力未逮者三十年」可見義田的設置非一時興起，而是多年的心願實現。范公早年生活艱苦，顯達之後雖享有優厚的俸祿，但從不爲自己或子孫營置私產。完全將薪俸投資在濟助族人的義莊、義田上，以至「歿之日，身無以爲斂，子無以爲喪」，其厚人薄己的襟懷實難能可貴。

第四、五段轉爲議論，以晏平仲親親仁民的美德，正襯范公「規模遠舉」之賢在晏平仲之上。以世之公卿大夫自奉甚厚，待人刻薄，反襯出范公的高義。這便是「借賓顯主」的映襯寫法，可以更深一層地强化主題。其中文字多採用層遞、排比的技巧，所以讀來井然有序，文氣充沛，通篇以「義」字爲主線貫串到底。

引導寫作

邀約幾個好友，走訪社區的慈善文教機構，瞭解其創辦宗旨及經營管理之道，撰寫一篇採訪稿。

（邢靜芬）

醉翁亭①記

歐陽修

環滁皆山也。其西南諸峯，林壑尤美。望之蔚然而深秀者，琅邪（ㄌㄤˊ ㄧㄝˊ）也。山行六七里，漸聞水聲潺潺，而瀉出於兩峯之間者，釀泉②也。峯回路轉，有亭翼然③，臨於泉上者，醉翁亭也。作亭者誰？山之僧智僊（ㄒㄧㄢ）也。名之者誰？太守④自謂也。太守與客來飲於此，飲少輒醉，而年又最高，故自號曰「醉翁」也。醉翁之意不在酒⑤，在乎山水之間也。山水之樂，得之心而寓之酒也。

注釋

①醉翁亭　在安徽省滁縣城西南十里琅邪山後，宋瑯邪山瑯邪寺僧人智僊所建。今日亭前有蘇軾手書的醉翁亭記刻石。

②釀泉　山泉名。因水清冽可以釀酒而得名。

③有亭翼然　有座亭子四角向上翹起，就像鳥兒展翅欲飛的樣子，此句形容醉翁亭的飛檐。

④太守　官名，漢代稱郡的長官爲太守，宋代改郡爲州，稱州官爲知軍州事，簡稱知州。此處沿用舊稱。

⑤醉翁之意不在酒　醉翁的意趣並不在喝酒。今多用以比喻本意不在此而在別的方面，或別有企圖。

翻譯

環繞著滁州的都是山，在滁州西南的許多山峯，林木山谷特別優美。看上去草木茂盛、景色幽深秀麗的，就是琅邪山。沿著山路步行六、七里，漸漸聽到潺潺的流水聲，從兩座山峯之間奔流下來的，這就是釀泉。在那峯巒和山路轉彎的地方，有座亭子像鳥兒張開翅膀一般靠近泉水邊，就是醉翁亭。修建這座亭子的人是誰？是山裡的和尚智僊。爲亭子命名的人又是誰？就是太守用自已的名號來命名的！太守和客人到這兒飲酒，每次稍微喝一點就醉了，而他的年紀又最大，所以自稱爲「醉翁」。醉翁的心思，並不在酒，而在青山綠水之間。他將遊山玩水的樂趣，領會在心裡，而寄託在飲酒當中啊！

若夫日出而林霏開，雲歸而巖穴暝（ㄇㄧㄥˊ），晦明變化者，山間之朝暮也。野芳發而幽香，佳木秀而繁陰（ㄧㄣˋ），風霜高潔，水落而石出①者，山間之四時也。朝而往，暮而歸，四時之景不同，而樂亦無窮也。

注釋

①水落石出　描寫冬天的自然景色，水位低落，石頭便露出。後轉用來比喻事情的眞相終於大白。

翻譯

太陽升起時，林間的霧氣就消散了；雲霧在山間聚積時，岩穴就顯得昏暗，這種昏暗、明亮的變化，是山裡早晚的景象。野花開放，散發出清幽的香氣；挺秀的樹木枝葉繁茂，形成一片濃蔭；天高氣爽，秋霜潔白；水位低落，溪石露出；這是山中四季不同的景色。早上出發，傍晚歸來，四季的景色不同，遊山的樂趣也無窮無盡啊！

至於負者歌於塗，行者休於樹，前者呼，後者應，傴僂（ㄩˇ ㄌㄡˊ）提攜①，往來而不絕者，滁人遊也。臨谿而漁，谿深而魚肥；釀泉爲酒，泉香而酒洌；山肴野蔌（ㄙㄨˋ）②，雜然而前陳者，太守宴也。宴酣之樂，非絲非竹③。射者中，弈者勝；觥籌（ㄍㄨㄥ ㄔㄡˊ）交錯④，起坐而諠譁者，衆賓懽（ㄏㄨㄢ）也。蒼顏白髮，頹然⑤乎其中者，太守醉也。

注釋

①傴僂提攜　傴僂，彎腰駝背，在此借代爲老年人。提攜，攙扶帶領，在此借代爲小孩。

②山肴野蔌　肴，熟肉，指葷菜。蔌，蔬菜。謂山上的野味和蔬菜。

③非絲非竹　即不靠樂器伴奏。絲竹，指音樂。

④觥籌交錯　觥，古代青銅製的酒器，這種指酒杯。籌，籌碼，指行酒令時計算飲酒數的用具。交錯，往來雜亂之意。觥籌交錯，形容宴飲的酬酢喧鬧。

⑤頹　醉倒。

翻譯

至於那些挑東西的人在路上唱歌，行人在樹下休息，走在前面的人呼喚，後面的人回應，老人小孩來來往往絡繹不絕，這是滁州百姓來此遊山賞景！到溪邊釣魚，溪水深，魚兒肥；取泉水釀酒，泉水香，酒也醇；山中的野味和蔬菜錯雜地擺放在眼前，這是太守在宴客！宴會中的快樂，不需以音樂助興。玩投壺遊戲的人投中了，下棋的人贏了棋，酒杯和酒籌往來傳遞而雜亂，人們有的站著，有的坐著，大聲地談笑叫喊，這是賓客們歡樂的場面。有位容貌蒼老，頭髮灰白的老者，醉倒在衆人之中的，正是喝醉的太守。

已而夕陽在山，人影散亂，太守歸而賓客從也。樹林陰翳(一丶)①，鳴聲上下，遊人去而禽鳥樂也。然而禽鳥知山林之樂，而不知人之樂；人知從太守遊而樂，而不知太守之樂其樂也。醉能同其樂，醒能述以文者，太守也。太守謂誰？廬陵歐陽修也。

注釋

①陰翳　昏暗不明。翳，遮蔽。

翻譯

不久，夕陽徘徊在山頭，地上的人影一片散亂，這是太守回去賓客跟隨在後的情景！樹林昏暗下來，忽上忽下的鳥鳴聲，這便是遊人走後，鳥兒也感到歡欣的情形呀。然而鳥兒只知道逍遙山林的快樂，卻不明白人世間的快樂；人們只知道跟隨太守遊玩的樂趣，卻不明白太守是爲他們的快樂而感到快樂。能高興地和大家一起喝酒同樂，酒醒後能把這些歡樂寫成文章的，只有太守啊！太守是誰？就是廬陵人歐陽修！

賞析

醉翁亭記選自歐陽文忠公文集，是一篇雜記類的古文。歐陽修在慶曆五年（西元一〇四五年），因事被貶知滁州。本篇是到滁州次年所寫的。這篇山水遊記，是歐陽修亭園小品的代表作。

全文共分四段：

首段點出醉翁亭的地理位置，以及它得名的由來，作者首先寫滁州周圍的地理環境，然後縮小範圍寫西南面各個山峯，再縮小範圍寫瑯邪山，跟著到釀泉，最後寫泉上的醉翁亭以及醉翁——作者自己。第一段由遠山而近山，由山而水，由水而亭，由亭而人，由人的行爲而人的內心世界，逐層推展，就像電影鏡頭的推移，先是遠景，再是近景，然後是特寫。次序井然，十分吸引人。這是一種層層遞進的寫作手法。這種寫作手法的好處是層次分明，能凸出主體，清楚交代亭的位置，加深讀者印象。

第二段描寫醉翁亭周圍因時變化的不同景色。作者進一步作具體描述，這種描寫是具體的，但不是鉅細靡遺的工筆細描，而是扣緊每一時刻，每一季節景色的特徵，作寫意式的點染，用最精煉和生動的語言、整齊而又富變化的句式，寫出山中自然景色的美麗，和周而復始的季節性變化，傳達出作者自己的獨特感受。

第三段特寫滁人遊山以及作者與賓客遊宴的樂趣。寫滁人之遊，寥寥數句，宛然一幅具有鄉土氣息的風情畫，情調和平安閒，隱含作者不是獨樂，而是與民同樂的意味。寫太守的宴飲，從兩方面著筆：一、宴飲之物；二、宴飲之歡快場面。宴飲之物，非珍羞美味，不過是些「山肴野蔌」，只是「臨谿而漁」「釀泉爲酒」就地取材並不講究。宴飲的場面，幾句話就將歡樂的情感推向高潮：「宴酣之樂：非絲非竹，射者中，弈者勝，觥籌交錯，起坐而諠譁者，衆賓懽也」。「蒼顏白髮，頹然乎其間者，太守醉也。」逼眞地寫出作者縱情自適，超然物外的神態。

最後一段藉太守遊宴後盡興醉歸，展現其與民同樂的胸懷意願。寫宴罷而歸，總結全文，深化主題的用意。「已而，夕陽在山，人影散亂，太守歸而賓客從也。」數句狀出賓客雜沓而歸的情形。接著作者以「然而」一詞提振，以幾句深刻的話，作爲全文的結束。以禽鳥、滁人之樂襯托出太守之樂。三種快樂有層次上的差別，有境界上的高下。禽鳥之樂是一種無知之樂，滁人之樂只是從遊宴飮之樂。禽鳥不知人之樂，人不知太守之樂，那麼太守之樂何在？太守以遊人之樂爲樂，點明與民同樂的主旨。意雋味永，最堪玩索。

總而言之，本文以「樂」字爲主線，把段與段串接起來，寫景與抒情緊密地結合，一環扣一環，結構緊密：先從亭名解釋醉翁之意，引出「得之心」的「山水之樂」；次寫山間景色，抒寫「樂亦無窮」的樂，承上「山水之樂」，啓下與民同樂；再寫太守與滁人、衆賓在遊宴中同樂；最後以禽鳥之樂襯托人之樂，以人之樂襯托太守之樂其樂。

另外，句式上駢散結合，在語言上旣有整齊的偶對，又有奇零變化的散句，錯落有致，具整齊與錯綜之美。而且平易自然，酣暢流動，毫無雕琢痕迹。文中的描寫都用「也」字做句尾，通篇共用二十一個「也」字，每用一個「也」字，就是一層意思，使文章的層次十分清晰。不少句子採用「……者……也」的形式，這種說明的句式，用在描寫景物上，十分特別，使全文呈現出一種引人注目的效果。

引導寫作

本文作者寫山間朝暮以及四時的景色變化，都是以每一時刻，每一季節景色的突出特點，相互對照，用最精煉和生動的語詞、整齊而又富於變化的句式，按照時序，一一地描繪出來。如：

一、寫朝暮，抓住景物色彩明暗的特徵：

㈠抓住「開」字，寫出早晨色彩明亮，氣息清新的景象。

㈡抓住「暝」字，寫出傍晚色彩昏暗，暮氣深沈的景象。

二、寫四時：

㈠以花開幽香的特徵，寫出春光的明媚。

㈡以樹木鬱鬱蒼蒼的特徵，寫出夏木的繁茂。

㈢以風高霜白的特徵，敍寫秋日的蕭瑟。

㈣以水淺石出的特徵，寫出冬景的凜冽。

試用作者捕捉景物特徵的手法，作一篇文章，將山間朝暮及四時的景色變化，鮮明地表達出來。

【題目】

四季風情畫

（李鈴慧）

遊褒禪山記

王安石

褒禪山亦謂之華山。唐浮圖慧褒，始舍於其址，而卒葬之，以故其後名之曰「褒禪」。今所謂慧空禪院者，褒之廬冢也。距其院東五里，所謂華山洞者，以其乃華山之陽名之也。距洞百餘步有碑仆道，其文漫滅，獨①其為文猶可識，曰「花山」。今言「華」如「華實」之「華」者蓋，音謬也。

注釋

①獨　只有。

翻譯

褒禪山又叫華山，唐代和尚慧褒最先住在這裡，死後也埋葬在這裡，因此，後來就稱這座為褒禪山。現在的慧空禪院，就是當年慧褒的屋舍和墳墓的所在地。距禪院東邊五里，有一個華陽洞，因爲它在華山的南邊而得名。距洞口一百來步，有一塊碑倒在路邊，碑文已經模糊不清了，只有「花山」二字還可以辨認。今人把「華」讀成「華實」的「華」，大概是字音讀錯了。

其下平曠，有泉側出，而記遊者甚衆，所謂「前洞」也。由山以上五六里，有穴窈然①，入之甚寒，問其深，則其好遊者不能窮也，謂之「後洞」。余與四人擁火以入，入之愈深，其進愈難，而其見愈奇。有怠而欲出者，曰：「不出，火且盡。」遂與之俱出。蓋予所至，比好遊者尚不能十一②，然視其左右，來而記之者已少。蓋其又深，則其至又加少③矣。方是時，予之力尚足以入，火尚足以明也。既其出，則或咎其欲出者，而予亦悔其隨之，而不得極乎遊之樂也。

注釋

①窈然　幽暗深邃的樣子。
②不能十一　不到十分之一。
③加少　更少。

翻譯

山洞下面，平坦空曠，有道泉水在旁邊冒出來，洞壁上題名留念的人很多，這就是所謂的前洞。從山路向上走五、六里，有個洞，幽暗深邃，進入洞內覺得很冷，問它有多深，就是好遊的人也無法走到盡頭，這被稱爲後洞。我和四個人打著火把進去。進去越深，前進越難，但所見的也越奇特。其中有人累了想出去，便說：「不出去，火把要燒完了。」於是就跟他一起出來。大概我所到的，比起好遊的人還不到十分之一，然而山洞兩旁，能進到此處且留下題字的人已經很少了。因爲進去越深，到的人便越少。當時，我的體力還足夠再深入，火把還足夠照明。出來後，便有人埋怨那個要出來的人，我也後悔跟著他出來，因而不能盡享遊樂的趣味。

於是予有嘆焉：古人之觀於天地、山川草木、蟲魚、鳥獸，往往有得，以其求思之深而無不在也。夫夷以近，則游者衆；險以遠，則至者少。而世之奇偉瑰怪非常之觀，常在於險遠，而人之所罕至焉，故非有志者不能至也。有志矣，不隨以止也，然力不足者，亦不能至也。有志與力，而又不隨以怠，至於幽暗昏惑，而無物以相之，亦不能至也。然力足以至焉，於人爲可譏，而在①己爲有悔；盡吾志也，而不能至者，可以無悔矣。其孰能譏之乎？此予之所得也。

注釋

①在　思考、探求。

翻譯

於是我有所感慨：古人觀察天地、山川、草木、蟲魚、鳥獸，往往有心得，這是由於他們肯用心思探求眞理，而且無所不研究。那平坦而近的地方，遊客就多；那危險而遠的地方，到的人便少。可是世間奇特瑰怪、不同尋常的景色，常在危險偏遠而人迹所罕到的地方。所以不是有堅强意志的人是不能到達的。有了堅强的意志，不隨人停止下來，然而體力不夠的人，也不能到達。有了堅强意志和體力，又不隨人家懈怠下來，然而在幽暗看不見的地方，如果沒有其他東西的幫助，也是不能到達的。不過體力足以到達目的地而沒到達的，旁人會譏笑，自己也是會後悔。盡了我的意志還不能到達的話，也就可以不用後悔了，誰能譏笑呢？這是我的心得。

余於仆碑，又以悲夫古書之不存，後世之謬其傳而莫能名者，何可勝道也哉！此所以學者不可以不深思而愼取之也。

翻譯

我對於倒地的石碑，又悲傷古書的不能保存，使得後代傳聞錯誤而不能弄淸眞相，這種事情怎說得完呢？這便是學者不可不深思熟慮、審愼抉擇的啊。

四人者：廬陵蕭君圭君玉、長樂王回深父、余弟安國平父、安上純父。

翻譯

同遊的四個人是：江西廬陵人蕭君圭字君玉、福建長樂人王回字深父、舍弟王安國字平父、王安上字純父。

至和元年　七月某日，臨川王某記。

翻譯

至和元年　七月某日，臨川王安石記。

賞析

一般遊記重點不外乎是名勝古蹟、風土人情或山川風物，但宋代散文長於議論，連山水遊記也常融合敍事、寫景、抒情、論說爲一體，如范仲淹的岳陽樓記、曾鞏的墨池記和王安石的這篇文章都是此類文章。這篇文章是藉題發揮，藉遊華陽洞來闡述爲學之道，並抒發感慨，是一篇屬於遊記體的論說文。本文作於王安石三十四歲時，當時尚未展開他變法改革的事業，但由文中已隱隱可見他的心志胸襟。

本篇行文並未遵循一般遊記成法，全篇不寫褒禪山的勝景，一下筆只著墨於山名的變遷，緊扣著「入之愈深，其進愈難，而其見愈奇」抒發感慨、闡發道理。記遊時處處爲後文預下伏筆，而說理時，又處處緊扣住前文，前後呼應，將遊記、感悟與說理融爲一爐，巧妙地將抽象的道理加以形象化了。

本文採用「先敍後議」的筆法：一二段爲敍的部分；三四段爲議論。

第一段是考察褒禪山得名的由來、地理位置及華山音誤，爲第四段論學者「不可不深思而愼取之」作伏筆。

第二段記敍遊華山洞的情況，側重於記敍遊歷後洞的狀況與感受，尤其「入之愈深，其進愈難，而其見愈奇」，藏鋒蓄勢，作爲藉事喻理的主題，成爲第三段的伏筆。

第三段是本文主要論點所在，由「於是予有嘆焉」轉入帶有情感的議論，在這一段中處處和第二段作呼應：「夷以近，則游者衆」對應「前洞平曠」；「險以遠，則至者少」對應後洞「窈然」；「世之奇偉瑰怪非常之觀，常在於險遠，而人之所罕至焉」對應「入之愈深，其進愈難，而其見愈奇」；而相對於「有怠而欲出者」，在此提出「有志」、「有力」、「物以相之」三個必要條件。最後强調「志」的重要性，突顯「有志」才是成敗的關鍵。

第四段扣緊首段仆碑，又發感慨議論。由仆碑考證華山的讀音，再擴大聯想人們輾轉訛誤，事物名實混淆不清的普遍現象，提示人們要有實事求是的精神。

第五段點出同遊者姓名、撰文時間及作者，這是一般遊記的格式，但也證明所談的事是眞實的，絕非虛構。

王安石在經學及史學方面功夫下得很深，遊記寫作時也表現出他認眞的態度，考證嚴謹、敍述忠實，是以史學的角度來記遊，與一般即興小品的手法大有不同，同學可參考張岱〈晚遊六橋待月記〉，比較其間的差異。而這篇〈褒禪山遊記〉雖融敍事、寫景、抒情、論說爲一體，但卻巧妙如天成，絲毫看不出有勉强湊合的痕迹，正是王安石功力所在。

引導寫作

這篇文章特別值得注意的地方，就是他藉題發揮的手法，讓這篇遊記產生了深刻的內涵，但這種寫法尤其要特別注意選材及處理技巧，否則如果沒處理好，反而會顯得生硬做作，雖然在技術上較困難，卻值得嘗試。另外同學可多注意它的照應技巧：記遊時句句爲後面的說理做伏筆；說理時又處處緊扣前面的記遊，前呼後應，環環相生、緊緊相扣，這在寫作安排結構段落文句時可作爲借鏡。第三個值得注意的是這篇文章的賓主疏密安排：記遊華山洞時，側重於後洞，前洞則以疏筆輕輕帶過（見第二段）；而遊山探奇並感慨議論爲主（二、三段），仆碑及相關議論爲賓（一、四段），所以前者以密筆細寫，後者則以疏筆輕寫；而二、三段部分，又以第三段感慨議論爲主，第二段遊山探奇以「不得極夫遊之樂」一筆帶過。文章經過這樣的剪裁，不但有疏密的變化，更能突顯主題。

現在請同學利用藉題發揮的手法，試作「一個小小螺絲釘」一篇。

（林聆慈）

墨池記

曾鞏

臨川之城東，有地隱然①而高，以臨於溪，曰新城。新城之上，有池窪然而方以②長，曰王羲之之墨池者，荀伯子《臨川記》云也。羲之嘗慕張芝，臨池學書，池水盡黑，此爲其故迹，豈信然邪？

注釋

①隱然　突起的樣子。

②以　且、又。

翻譯

臨川縣城的東邊，有塊地高高突起，又面臨著溪流，名叫新城。新城上面有個低窪且長又方的水池，據說是王羲之的墨池，這是荀伯子臨川記的說法的。羲之曾經效法張芝在池邊練習書法，把池水全染黑了；這裡就是他的遺迹，莫非眞是這樣嗎？

方羲之之不可強以仕，而嘗極東方，出滄海，以娛其意於山水之間，豈有徜徉肆恣①，而又嘗自休於此邪？羲之之書晚乃善，則其所能，蓋亦以精力自致者，非天成也。然後世未有能及者，豈其學不如彼邪？則學固豈可以少哉！況欲深造道德者邪？

注釋

①肆恣　任情放縱。

翻譯

當羲之不願勉強做官時，曾經遍遊東方，泛舟東海，在山光水色中徜徉以使自己的心情愉快。想必他在徘徊留連、盡情漫遊時，曾經在這裡停留歇息過吧？羲之的書法，晚年才進入精妙境界。那麼他所擅長的技能，也是因爲靠自己刻苦學習的精神得來，並不是天賦具有的。但是後代無人能趕得上他，想必是學習的精神不如他吧？所以苦學是必要的，怎能缺少呢？更何況想使道德修養達到精深的人呢？

墨池之上，今爲州學舍。教授王君盛，恐其不彰也，書「晉王右軍墨池」之六字於楹間以揭①之，又告於鞏曰：「願有記。」

注釋

①揭　標示。

翻譯

墨池的池邊，現在是撫州州學的校舍。教授王盛先生擔心墨池的遺迹隱沒而不爲人所知，就寫了「晋王右軍墨池」這六個字，懸掛在廳前的柱子上來表彰它。又告訴我說：「希望你能寫篇記。」

推王君之心，豈愛人之善，雖一能不以廢，而因以及乎其迹邪？其亦欲推其事以勉其學者邪？夫人之有一能，而使後人尚之如此，況仁人莊士之遺風餘思被於來世者，何如哉？慶曆八年九月十二日，曾鞏記。

翻譯

推想王先生的用意，想必是喜愛他人的才能，即使是一項技藝也不願讓它埋沒了，才因此推及到他的遺迹吧?或許是想推究羲之的事蹟來勉勵這邊讀書的學子吧?一個人有一項才能,就能使後代推崇到這樣的程度,更何況仁厚端莊的君子,他們所遺留下的風範道德,對日後將發生怎樣的影響呢?

賞析

曾鞏幼年就非常聰明機警,四五歲讀書就可以出口成誦,弱冠時已經名聞四方,可算是一個早慧的神童。但他在考場官場上卻不太順遂,一直到了三十九歲才考上進士,而且分派的官職都只是地方官,做基層的服務工作,反而一些後輩飛黃騰達,得到高官厚祿。別人同情他,爲他不平,他仍秉持著淡薄名利的天性,不怨不尤,反而覺得服務基層,才能眞正的造福百姓,每一項工作都努力做好。曾鞏事父母至孝,連對繼母都一樣孝順,四個弟弟、九個妹妹都靠他一手撫養成人。待人有禮,是一個謙謙君子;但他又爲人方正剛直,對於權貴也絲毫不肯稍假辭色。是中國知識份子的人生典範。

他的文章風格貼近於他的人格特色——溫厚莊重、平易嚴謹。唐宋古文八大家中,他的散文風格與歐陽修接近,同是平易自然、委婉曲折,具有陰柔之美,世並稱爲「歐曾」。他的文章注重「文以載道」,多以說理爲主,內容平實,用詞平淺流暢,佈局上卻又能層迭不斷,所以文章雖平平說去,卻淡中有味,尤其受到明朝唐宋派及清朝桐城派的推崇。這篇墨池記頗能代表曾鞏的寫作風格，同學可細加體會。

這篇文章是曾鞏三十歲時，受到撫州州學教授王盛請託所寫，一般人記敍古蹟通常就地理位置、風景建物、歷史緣由來寫，如此發揮極爲有限。而曾鞏卻能由小中見大、窄題寬做，雖是以記爲名，卻能託物言志、藉題發揮，出題又不離題，值得觀摩學習。而文中雖是勉勵州舍學子，但又何嘗不是作者對於自我的期許呢？

本文可分爲四段，是採用夾敍夾議的手法，但卻條理清晰、井然有序。第一段破題，先點明墨池的位置、形狀及其命名的由來，以羲之「臨池學書，池水盡黑」作爲下文的伏筆，也是他論點推論的基調。最後以「豈信然邪？」以懸疑的口氣，保留給讀者無限想像空間。

第二段前半爲敍、後半爲議（部分版本將第二段敍的部分納入第一段，亦可）：先以飄逸的文筆寫羲之隨意漫遊、縱情山水，最後以「又嘗自休於此邪？」間接說明新城墨池的來歷，同時呼應第一段。再轉爲議論，扣住「羲之之書晚乃善」帶出「學固豈可少哉」的論斷，强調全文重心「學」字，接著又由「學書」轉至「學道德」，以「況欲深造道德者邪？」反詰口氣表達肯定的意念。

第三段（亦有將第三段併入第四段，成爲三段者）作者又掉轉筆鋒，重回題面「墨池之上，今爲州學舍」一方面補述墨池的現況，一方面引出王盛索文的經過。

第四段又借「王君之心」轉爲議論，推想王盛「以勉學者」的用心，再由學藝進一步推至學道，再度深化前面「深造道德」的內涵。

另外這篇文章結構，尚有一點值得注意：這篇文章是採用分進合擊法，文中含有兩條線索，一二段是第一條線索，三四段是第二條線索，都由「物」→「人」→「事」→歸於同一「理」（表揚王羲之「學」的精神）。安排之巧妙，令人嘆爲觀止。

這篇文章情感眞實，思維周密，文辭方面則樸質無華、精練含蓄，但卻能利用參差不齊的句式及多處設問、反詰句，以造成文章的變化。

引導寫作

這篇文章無論思路的開展、意境的高遠、結構的安排、文章的修辭，都相當出色，同學們可當作小品文的最佳寫作範本，值得再三賞玩！而文章中這種藉題發揮的寫作方式，同學可同時參閱范仲淹的〈岳陽樓記〉及王安石的〈遊褒禪山記〉，這三篇文章都是融合敍事、寫景、議論的雜記類佳作。

（林聆慈）

黃州快哉亭記

蘇轍

江出西陵，始得平地。其流奔放肆大，南合沅、湘，北合漢、沔（ㄇㄧㄢˇ），其勢益張。至於赤壁①之下，波流浸灌，與海相若。清河張君夢得，謫居齊安②，即其廬之西南爲亭，以覽觀江流之勝。而余兄子瞻，名之曰「快哉」。

注釋

①赤壁　此指湖北省黃岡縣城外的赤鼻磯，三國赤壁之戰則發生在湖北嘉魚縣東北。

②齊安　即黃州，此時蘇軾與張夢得均貶官黃州。

翻譯

長江出了西陵峽之後，才流進寬闊的平野，水流也逐漸奔騰浩大起來。南邊匯合了沅水和湘水，北面匯合了漢水和沔水之後，它的水勢益加洶湧開闊。來到赤壁附近，各方水流匯聚，其浩蕩之勢，簡直是和大海一般了。河北清河縣的張夢得先生，被貶官住到齊安來，就在他的住宅西南邊建了一座亭子，用來觀賞江流的美景；我的哥哥子瞻替它取名爲「快哉亭」。

蓋亭之所見，南北百里，東西一舍。濤瀾洶湧，風雲開闔（ㄏㄜˊ）。晝則舟楫出没於其前，夜則魚龍悲嘯於其下。變化倏（ㄕㄨˋ）忽，動心駭目，不可久視。今乃得翫（ㄨㄢˋ）之几席之上，舉目而足。西望武昌諸山，岡陵起伏，草木行列。煙消日出，漁夫樵父之舍，皆可指數（ㄕㄨˇ），此其所以爲快哉者也。至於長洲之濱，故城之墟，曹孟德、孫仲謀之所睥睨（ㄅㄧˋ ㄋㄧˋ）①；周瑜、陸遜②之所騁騖③。其流風遺迹，亦足以稱快世俗。

注釋

①睥睨　傲慢斜視，此引申爲相互爭雄之意。

②周瑜、陸遜　二人皆爲三國時吳國名將。

③騁騖　驅馳、追逐之意。

翻譯

快哉亭所能見到的景觀，南北有一百里光景，東西有三十里。俯看長江波濤騰湧，仰望天空風雲聚散無常。白天有船隻在亭前往返穿梭，夜晚有魚龍在亭下悲鳴長嘯。景色瞬息萬變，令人心神震盪，眼目驚駭，不敢久看。如今竟能憑靠桌旁，坐在席上就得以欣賞，一眼望去，諸景畢現，令人心滿意足。向西遠眺武昌諸山，丘陵高低起伏，草木縱橫交錯。當煙霧消散，太陽出來時，漁夫和樵夫的房舍，都可以一一計數，這就是所以稱爲快哉亭的原因。至於沙洲的邊岸，舊城的遺址，是當年曹操、孫權相互爭雄的地方；也是周瑜、陸遜往來驅馳爭戰的場所。它的遺風舊事，也足以令世人拍手稱快了。

昔楚襄王①從宋玉②、景差③於蘭臺之宮，有風颯然至者。王披襟當之，曰：「快哉此風！寡人所與庶人共者耶？」宋玉曰：「此獨大王之雄風耳，庶人安得共之！」玉之言，蓋有諷焉。夫風無雌雄之異，而人有遇不遇之變。楚王之所以爲樂，與庶人之所以爲憂，此則人之變也，而風何與(ㄩˋ)焉④？

注釋

①楚襄王　戰國楚王，爲楚懷王之子。

②宋玉　屈原弟子，戰國楚大夫。擅辭賦，著有〈九辨〉、〈風賦〉等，文中楚王與宋玉的問答即引自〈風賦〉。

③景差　戰國楚大夫，與宋玉齊名。

④何與焉　與，參與。

翻譯

從前楚襄王帶著宋玉、景差在蘭臺宮裡，剛好有一陣風颯颯的吹過來。楚襄王敞開衣襟迎風說道：「這陣風眞是涼爽舒暢啊！它是我和百姓們所共享的嗎？」宋玉說：「這只是大王獨享的雄風罷了！百姓們怎麼能共享呢？」宋玉的話在此大概是有諷諫意味的吧！其實風並沒有雌雄的區別，但是人卻有遇合或不遇合的變化。楚王感到快樂，而百姓感到憂慮，這乃是人事上際遇的不同，與風又有什麼關係呢？

士生於世，使其中不自得，將何往而非病？使其中坦然，不以物傷性，將何適而非快？今張君不以謫爲患，竊會計①之餘功，而自放山水之間，此其中宜有以過人者。將蓬戶甕牖（ㄧㄡˇ）②，無所不快；而況乎濯（ㄓㄨㄛˊ）長江之清流，揖（ㄧˋ）西山之白雲，窮耳目之勝，以自適也哉？不然，連山絕壑，長林古木，振之以清風，照之以明月，此皆騷人、思士之所以悲傷憔悴而不能勝者，烏睹其爲快也哉？

注釋

①會計　原指徵收賦稅錢穀之職，此指日常公務的處理。

②蓬戶甕牖　以蓬草編成門以破甕爲窗，比喻貧家。

翻譯

讀書人生在世上，假使他的內心不自在，那麼到哪裡去會不感到憂傷呢？假使他的內心坦蕩，不因外物的美適與否而傷害本性，那麼到哪裡去會不感到快樂呢？現在張君不因貶官而感到憂患，利用公務處理的餘暇，把自己的心情寄託在山光水色之間，這表示他內心的修養應有超過常人的地方。這樣即使是住在以蓬草編門、破甕爲窗的陋室中，也沒有什麼不快樂的；更何況在這裡可以長江的清流洗滌心胸，還可以招引西山的白雲爲伴，更有聽看不盡的山川美景來自得其樂呢？如果不是如此，那連綿的羣山，幽深的山谷，遼闊的森林與參天的古木，在清風的吹拂和明月的照耀下，都足以使善感的詩人和深思的文士，悲傷憔悴而不能承受，又怎能看到它有什麼快樂的地方呢？

賞析

本文作於宋神宗元豐六年，當時蘇轍被貶筠州，其兄蘇軾與兄友張夢得也貶官黃州。張夢得於其住宅之側築一亭，以爲公餘休閒之所，蘇軾爲亭命名爲「快哉」，而蘇轍則作此記，一以讚揚張夢得能隨緣自適，不以物傷性；實則乃借題發揮，寓勸諭於其中，也藉以自勉。

全文分作四段，先敍建亭之事，再敍「快哉亭」命名之由，接著筆勢一轉道起楚王與宋玉之問答，此段看似與本文無關，實則點出「快哉」出處，並開啓下文議論，與前後文關係十分緊密。末段則申論士人自得與不自得之道，並對張夢得表讚賞之意。全文以「快」字爲線眼，貫串全篇，而以「坦然不以物傷性」爲一篇之主旨。

首段分三層鋪寫長江浩蕩之勢，先是「其流奔放肆大」，繼以「其勢益張」，而後「波流浸灌，與海相若」。一層比一層更見洶湧壯闊、氣勢非凡，極能襯托出張夢得建亭於此之眼光、目的與蘇軾命名之用意。

第二段通過登臨覽物與懷古之快，解釋蘇軾命名爲「快哉」的原因。此段寫景分從空間與時間上著筆，前者以「蓋亭之所見，南北百里，東西一舍」道出四野的遼闊與亭所之高，再從俯瞰與仰望的角度描寫江面與天空的奇幻景緻。後者先描寫白天江上的波濤起伏及交通頻繁，再從聽覺上強化黑夜裡江底的深幽不可測。然後以「變化倏忽，動心駭目，不可久視」極言人在面對大自然的神祕威力時，引發出的渺小、畏怯之情。而「今乃得翫之几席之上，舉目而足」則肯定了亭之妙用並抒發自得之樂。接著以遠眺近覽描繪出岡陵起伏、林木蓊鬱之美，與煙消日出時百姓住家清晰可見之趣，點出另一番秀麗祥和的美感。以上是自然景觀令人稱快之處。一轉筆作者帶入三國英雄的事蹟，寥寥數語就把曹、孫稱霸天下的氣概和周、陸爭戰的英姿勾勒出。此段前後詳略互見，虛實並寫，既有江流之壯，岡陵之美，復有豐富的人文勝景，自是令人稱快不已了。

第三段藉由楚王與宋玉的問答道出「快哉」的出處，並引出作者「人有遇不遇之變」的感觸。此段在本文中實具有承上啓下的作用，一來承前段三國典故自然引出楚王披襟當風的歷史故事，而「遇不遇」則爲下文「士生於世」預作伏筆。其次加上此段文字，全文文氣才更見迂徐，否則便覺短促。

末段提出本文主旨「士生於世，——將何適而非快」，實作者有感於社會條件及人事際遇對人的眞正影響，而這些外在因素又不是人所能操控的。人唯一可以自作主宰的就是自我修持一事，透過尙志、養氣的修練過程，人可以超越外在的困境，達到不爲外物所傷的境界。議論之後筆鋒轉回張夢得身上，「今張君不以謫爲患……」表面上是讚賞他修養過人，能自得其樂，其實是寓勸勉於其中。文末「烏睹其爲快也哉」，以反詰作收，扣住「快」字，餘韻無窮。

本文雖題名爲記，實融敍事、寫景、議論爲一爐。主題鮮明，文氣暢達，語言精練有致，駢散相間又頗具韻律之美，眞是值得一頌再頌的千古佳文。

引導寫作

凡人遭貶謫，均不免有抑鬱不平之氣，即如東坡之曠達，又何能自外於此？則張夢得與蘇轍自亦難免。然古之文人令人景仰之處，即在於無論外在環境多麼困頓、險惡，他們卻無不努力於心境的超越與攀升。他們或寄情於山水，或見意於篇籍，在自然的撫慰與文字的錘鍊中，最後終得以完成自我人格，使精神振爍於古今，而非如泡沫泯沒於歷史洪流中。今日我們讀著這些篇章，看他們藉著超然物外的哲理來勸慰友人，以聖賢的境界來砥礪自己，眞是令人非常動容。同學讀完本篇，當可學習古人的情境，試從自己的難題中努力飛昇，也可依本文筆法試作一篇以勸慰友人於失意中。

（吳美錦）

觀潮①

周密

浙江之潮②，天下之偉觀也。自既望③以至十八日爲最盛。方其遠出海門④，僅如銀線；既而漸近，則玉城雪嶺際⑤天而來，大聲如雷霆，震撼激射，吞天沃日，勢極雄豪。楊誠齋詩云：「海涌（ㄩㄥˇ）銀爲廓⑥，江橫玉繫腰。」者是也。

注釋

①觀潮　觀浙江潮，亦包含觀賞水上岸上的人文景觀及活動。

②浙江之潮　錢塘江江水遇海水滿漲時，互相衝擊堆疊，產生海嘯。

③既望　陰曆十六日，文中指的是八月十六日。中秋節後三日，當地人稱「潮生日」。

④海門　今浙江省臨海縣東南，有兩山對峙，潮水出入其間，故名。

⑤際天　接天。際，名詞轉品爲動詞。

⑥廓　外城牆，詩中泛指城牆。

翻譯

浙江潮，是天下聞名的偉大景觀。從陰曆十六到十八日是潮水最盛的時候。當潮水遠遠從海門湧來時，只見它還像銀白絲線細而長；不久漸漸逼近了，就看到江上一座座玉色的城池，雪白的山嶺，既寬且廣，水連著天，朝你撲來！巨大的聲響猶如雷霆劈下，大地震動，潮浪向前迅猛射出水箭，青空被吞沒，紅日被澆熄，潮水聲勢極爲雄壯不凡。楊誠齋（萬里）詩句說：「海潮湧起，像爛銀打造的城郭；江浪橫陳，像腰間繫著玉色長帶」正是描述此景。

每歲，京尹①出浙江亭教閱水軍。艨艟（ㄇㄥˊ ㄊㄨㄥˊ）②數百分列兩岸，既而，盡奔騰分合五陣③之勢，並有乘騎（ㄐㄧˋ）、弄旗、標槍④、舞刀于水面者，如履平地。倏（ㄕㄨˋ）而，黃煙四起，人物略不相睹，水爆轟震⑤，聲如崩山；煙消波靜，則一舸（ㄍㄜˇ）無迹，僅有敵船爲火所焚，隨波而逝。

注釋

①京尹　京兆尹。國都所在地的地方首長，此指南宋首都臨安的知府。

②艨艟　一種形體狹長的戰船。
③五陣　戰船按前後左右中編列成攻擊隊形。
④標槍　舉槍操演。
⑤水爆轟震　在水面施放煙幕彈之類，聲響如雷。

翻譯

每年國都臨安的地方首長都會到浙江亭（錢塘江北岸）訓練水師，並進行閱兵大典。艨艟戰艦數百艘分列在兩岸，不久，全體用「奔、騰、分、合」方式，排成「五陣之勢」（前後中左右）；有人開始在水上進行騎馬、耍旗、操槍、舞刀等活動，像踏在平地一樣（絲毫不受波浪起伏影響）。突然，一蓬蓬黃煙四處瀰漫，水上的人員船隻都被煙擋住而幾乎看不見。水面忽轟隆爆炸，震盪不已，炸聲大得像山崩。等到煙消霧散，波浪稍爲平靜了，大家發現水面竟連一艘大船也不見蹤影，有的只是假想的敵船著火燃燒，隨波起伏而終於消逝水面。

吳兒善泅者數百，皆披髮文身，手持十幅大彩旗，爭先鼓勇，溯（ㄙㄨˋ）逆而上，出沒（ㄇㄛˋ）于鯨波萬仞中，騰身百變，而旗尾略不沾濕，以此夸（ㄎㄨㄚ）能。而豪民貴宦，爭賞銀彩。

翻譯

浙江當地年輕人，有好幾百位擅長泅水的，這時都披頭散髮、身上刺青，手中抓著十幅絲綢縫成的彩色旗，個個爭先表現勇氣，潮大浪高處照樣迎上前去。他們在萬仞巨浪中進進出出，展現多變的姿勢，但彩旗尾端絕不會沾一滴水，他們拿這來誇耀泳技。有錢人、大官事後爭著賞他們銀子，討個好彩頭。

江干上下十餘里間，珠翠羅綺①溢目②，車馬塞途。飲食百物皆倍穹常時③，而僦賃（ㄐㄧㄡˋ ㄌㄧㄣˋ）④看幕⑤，雖席地不容閑⑥也。

注釋

①珠翠羅綺　借代穿羅綺戴珠翠的美女。
②溢目　形容目不暇給，眼花撩亂，甚至有不勝目力之感。
③倍穹常時　比平時高一倍的價錢。穹，與「穹」通，高也。
④僦賃　租借。
⑤看幕　臨時用帳幕搭成的看臺。
⑥閑　通「閒」，清閒（有擬人化的趣味在）。

翻譯

江岸邊上下十餘里，打扮漂亮的女子多得讓人目不暇給！車馬擠得動彈不得，全塞在路上了。遊客一多，附近一般飲食、各類用品都比平日貴上一倍。岸邊有臨時用帳幕搭成的看臺，供人租借。利之所趨，連一張席子那樣小的地方都不會讓它空著。

禁中例觀潮於「天開圖畫」。高臺下瞰（ㄎㄢˋ），如在指掌。都（ㄉㄨ）民遙瞻黃繖雉（ㄊㄢˇ ㄓˋ）扇①於九霄之上，真若簫臺蓬島②也。

注釋

①黃繖雉扇　皇帝儀仗中所用的黃金羽扇。繖，同「傘」。

②簫臺蓬島　神仙境地。秦穆公將女兒弄玉嫁給善吹簫的蕭史，並爲之築臺。蓬島，蓬萊仙島。

翻譯

宮中照例在「天開圖畫」這個廳堂觀潮。高臺往下望，瞭如指掌，非常清楚。國都的百姓遠遠瞻仰，只見那有如九霄雲端中的黃傘雉扇，好像眞見到神話裡的蕭史臺、蓬萊仙島了呢。

賞析

《觀潮》寫錢塘江潮與人潮的盛況，卻捨棄鋪排，惜字如金，留予讀者極大的想像空間，其技巧之高，不愧草窗詞人之名（周密擅詩詞，著有《草窗詞》及南宋詞選《絕妙好詞》）。全文共分四段：海潮之壯觀、水軍校閱、吳兒弄潮和人潮盛況。

第一段，先以「浙江之潮，天下之偉觀也」點題，兼總贊潮景，爲後文鋪路，而「天下」二字又爲末段的人潮預留伏筆。作者寫景由遠而近，極有層次：潮在遠方，「僅如銀線」聲勢尚不驚人；漸近時，突以「玉城雪嶺際天」形容。銀線形容細長、城嶺誇飾高大，映襯對照下，「偉觀」之說已然「見」證於視覺上，而聽覺又緊逼而來「大聲如雷霆」。至於「震撼激射」則揉雜視聽感受，「震撼」牽涉到岸上觀衆整個身心的投入，由外而內；「激射」則細寫潮水如箭外放，力道强勁，而第四句「吞天沃日」更加驚人，完全凌越「際天而來」的壓迫感，在刹那間造成「世界毀滅」的錯覺。文勢至此藉「勢極雄豪」收束住，回應首句「天下之偉觀」，證明前言不虛，最後並引用名人詩句，供讀者對照與回味。

第二段寫水軍演習似乎較無奇觀可賞，然而水面上「乘騎、弄旗、標槍、舞刀」竟然「如履平地」，完全對「雄豪」的狂潮視若無物，作者越是平淡地一筆帶過，越可見水軍習於水戰，戰技純熟，平衡感只是基本要求，沒什麼！後半段進行軍事演習，採視聽之前後對比：起先「水爆轟震，聲如崩山」，等「煙消波靜」之後，敵艦「灰飛煙滅」，應「聲」而死——聽覺的對比益增火力的强大。至於視覺上，只憑短暫時間，就從「艨艟數百」到「一舸無迹」，說明船身迅捷，趨赴若神，來犯的强虜遇上了，只能重蹈當年曹操在赤壁的覆轍。「波靜」「隨波而逝」隱隱然有誇耀軍威的言外之意。

第二段水軍雖視浙江潮於無物，至少仍依憑船艦浮於水上，安全有所保障，而第三段的吳兒更大膽，敢「溯逆而上」還有法子出沒於其間，做出百變的姿態，連旗「尾」也不濕，眞是神乎其技！他們「披髮文身」的造型，彷彿在暗示其活力可以上追吳越祖先，非儒冠文士可相比擬。

第四段用四件事來報導岸上人潮。首先以仕女「珠翠羅綺」來側寫人多。南宋禮教甚嚴，女性行動多不得自由，而觀潮引來多到「溢目」且盛妝醒目的女子，則男子更不待言了，於是「車馬塞途」，於是物價高漲、佔地出租（當地居民已把觀潮當觀光事業經營了）。最後，皇帝的親臨爲觀潮的盛況再添高潮——有多少人是爲看皇帝而去的？

本文用字極講究：「玉城雪嶺際天而來」詞性轉品連用三次。「吞天沃日」的「沃」字，新鮮平易，誇飾效果卻極佳。「珠翠羅綺」對比「披髮文身」，一文明一質野，相映成趣。「溢目」「雖席地不能閑」，溢、閑兩字出乎意料，然又合乎人情，爲人潮之盛增添了趣味。

本文選自「武林舊事」，寫於宋亡以後。周密用精彩的水軍演習、觀光的繁華盛況來烘托那一個時代的昇平氣氛，令人心生嚮往。只是宋敗於陸戰，帝昺死於投海，吾人欣賞快意之餘，不免有幾分歷史的反思與滄桑感了。

引導寫作

詩經有所謂「六藝」之說，其中「賦」技巧，古人曾解釋道：「敷陳其事而直言之。」意思是說將事情的來龍去脈以流暢、仔細、直接的方式說出，此法乍看很容易，但要說明事理，描述狀況，使讀者有條理分明、如臨其境之感，作者必得精於選材，串連事件的手法要靈活，才能把當時所見所聞具體而鮮明地感動讀者，讓他彷彿也聽到、見到、聞到、觸碰到。賦的技巧一言以蔽之，是感官經驗的再現。

「觀潮」的作者就是因爲善用感官摹寫，鮮活的誇飾譬喻，才成功地傳達了觀潮時的震撼。而我們生活中也有好多精采難忘的場面，如職籃的龍騰虎躍，體操的剛柔並濟，藝術表演的剎那化爲永恆……。

青春不留白，方法之一就是寫下青春最美的純眞感受，不放過它，用文字砌出一座座記憶的城堡。而它將永不傾毀消失。

（吳邱銘）

四、寓言

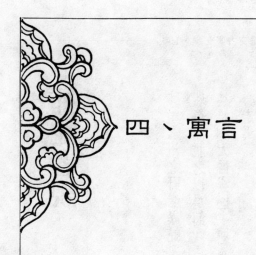

捕蛇者說

柳宗元

永州之野產異蛇，黑質而白章。觸草木，盡死；以齧人①，無禦之者，然得而腊之以爲餌②，可以已大風③、攣、踠、瘻、癘，去死肌，殺三蟲。其始，太醫④以王命聚之，歲賦其二，募有能捕之者，當其租入。永之人爭奔走焉⑤。

注釋

①齧人　咬人。

②腊之以爲餌　曬乾作爲藥餌。腊：乾肉，這裡作爲動詞。

③大風　指痲瘋病。

④太醫　有二說：一爲皇帝的御醫。一爲「太醫署」，是唐代中央主管醫藥衛生的主管機構。

⑤永之人爭奔走焉　有二說：一爲忙著去作（捕蛇）這件事。一爲爭著向官府謀求捕蛇這一差事。

翻譯

永州的野外，出產一種奇異的蛇，黑色的底皮上，雜有白色的斑紋。它一碰觸草木，草木就全死；咬著人，就沒有辦法救治了。可是捉住牠，風乾製成藥餌，可以治好痲瘋、手腳抽筋、脖子腫大、毒瘡等病，還可消除壞死的肌肉，殺死潛伏在人體內的寄生蟲。起初，太醫署奉皇命收集，每年征收兩次，招募能捕蛇的人，允許他以蛇來充抵應繳的租稅。永州人都爭著向官府謀求這件差事。

有蔣氏者，專其利三世矣。問之，則曰：「吾祖死於是，吾父死於是，今吾嗣爲之十二年，幾死者數①矣。」言之，貌若甚慼者。余悲之，且曰：「若毒之乎？余將告於涖事者，更若役，復若賦，則何如？」

注釋

①數　音朔。常常，屢次。

翻譯

有戶姓蔣的人家，享有捕蛇的專利已經三代了。我問他，他回答說：「我祖父死在捕蛇這項工作上，我父親死在捕蛇這項工作上，如今我接續著又捕了十二年，屢次瀕臨死亡邊緣。」說來神情好像很憂傷的樣子。我替他難過，便對他說：「你厭惡這差事嗎？我想報告給主管這事的人，改變你這苦差事，讓你恢復繳稅，這樣如何？」

蔣氏大戚，汪然出涕，曰：「君將哀而生之乎？則吾斯役之不幸，未若復吾賦不幸之甚也。嚮吾不爲斯役，則久已病矣。自吾氏三世居是鄉，積於今六十歲矣，而鄉鄰之生日蹙，殫①其地之出，竭其廬之入，號呼而轉徙，飢渴而頓踣，觸風雨，犯寒暑，呼噓毒癘，往往②而死者，相藉也。曩與吾祖居者，今其室十無一焉；與吾父居者，今其室十無二三焉；與吾居十二年者，今其室十無四五焉。非死即徙爾，而吾以捕蛇獨存。悍吏之來吾鄉，叫囂乎東西，隳突③乎南北，譁然而駭者④，雖雞狗不得寧焉。吾恂恂⑤而起，視其缶，而吾蛇尚存，則弛然而臥。謹食之，時而獻焉。退而甘食其土之有，以盡吾齒。蓋一歲之犯死者二焉，其餘則熙熙而樂，豈若吾鄉鄰之旦旦有是哉！今雖死乎此，比吾鄉鄰之死則已後矣，又安敢毒耶？」

注釋

①殫　竭盡。
②往往　處處。
③隳突　騷擾。破壞人民生活的安定。
④譁然而駭者　人民受到騷擾因而驚呼、害怕。
⑤恂恂　心中有所顧慮的樣子，和下文「弛然」相對。

翻譯

蔣氏聽後，更加憂傷起來，淚眼汪汪地說：「先生想可憐我，讓我活下去嗎？那麼我捕蛇的不幸，還比不上讓我恢復繳稅那樣不幸。假使先前我們沒有做這差事，早就困苦不堪了。自從我家三代住在這裡，到如今已六十年了，而鄉鄰的生活一天比一天艱難。稅賦抽走了田裡所有的收成，吸乾了家裡所有的收入，人們只好哭喊者輾轉流亡，因饑餓而倒在路旁，頂著風雨，冒著寒暑，呼吸著瘴氣，到處是死去的人，一個壓著一個。從前跟我祖父同時住在這裡的，如今十戶之中剩下不到一戶了；跟我父親同時住在這裡的，如今十戶之中剩下不到兩三戶了；跟我同時住在這裡十二年的，如今十戶之中剩下不到四、五戶了。不是死掉，就是走了，只有我，靠著捕蛇還能生存。凶暴的催稅差吏，每次來到我們鄉裡，從東邊呼喊到西邊，從南邊騷擾到北邊，鬧得大家亂吵亂叫，驚魂不定，就連雞狗也不得安寧。我不放心地爬起來，看看瓦罐子裡頭，見到我的蛇還在，這才安心地睡下。我謹慎地餵養牠，到了進繳的時節，就繳納上去。回到家，香甜地吃著田裡收割的莊稼，這樣渡過我的一生。一年之中，冒著生命危險只有兩次，其它的日子便過得安適和樂，哪裡像我的鄉鄰們，天天都有死亡的隱憂呢？如今就是因捕蛇而死，已經比我的鄉鄰死得晚多了，我怎麼還敢厭惡這個差事呢？」

余聞而愈悲。孔子曰：「苛政猛於虎也。」①吾嘗疑乎是。今以蔣氏觀之，猶信。嗚呼！孰知賦斂之毒，有甚是蛇者乎！故爲之說，以俟夫觀人風②者得焉。

注釋

①苛政猛於虎　典出《禮記・檀弓下》，表示苛酷的政令比老虎還厲害。此處「苛政」指繁碎不合理的稅賦。

②觀人風者　指考察民情的官吏。

翻譯

我聽了這些話，心中更加難過。孔子曾說：「苛政的爲禍之烈，比老虎更甚呀！」我從前還心存狐疑，如今就蔣氏的遭遇看來，當眞是千眞萬確。唉！誰知道賦稅征歛的禍害，有勝過這種毒蛇的呢？所以就寫了這篇〈捕蛇者說〉，好等那視察民情的人來採錄。

賞析

本篇文章是柳宗元政治失意，被貶永州後所寫的一篇小品文。文中以《禮記・檀弓下》「苛政猛於虎」爲立意的根本，藉著蔣氏一家三代捕蛇的故事，闡述人民生活的痛苦，揭露朝廷稅收的不合理，更深刻表達出作者豐厚的同情心，和對現實生活的批評。

文章分爲三部份：敍說、對話、結語。

第一部份是敍說，說明捕蛇的緣起和經過。用「異」字貫串全文。先寫蛇的外型之異，再寫蛇毒之異──「觸草木，盡死；以齧人，無禦之者。」再寫蛇的功用之異──「腊之以爲餌，可以已大風、攣、踠、瘻、癘，去死肌，殺三蟲」。乍看似乎平實、冷峻，卻已暗伏下文的張本。既然捕蛇是集「異」、「毒」、「危」之大成的高風險工作，就常情而言，人們理應避之惟恐不及，爲何永之人偏偏「爭奔走焉」，搶著要呢？而「當其租入」四字，既是答案，同時也不著痕迹地帶出文章的重點──稅賦問題。

接著第二段、第三段是作者和蔣氏的對話，藉以揭露出，朝廷不合理的賦稅，對人民產生嚴重的斫喪。而作者巧妙的運用對話的方式，藉蔣氏之口，敍說自己一家三代和鄉里中人悽慘的遭遇，悲哀的心聲，增添了文章的說服力和感染力，句句沈痛，聲聲入耳，讓讀者感同身受。「專其利三世」，「利」字正遙映第一段的「異」字，如此危險的捕蛇工作，卻是莫大的利益，運用比較的筆法，說明朝廷賦稅的毒害，已遠超過捕蛇的危險，而賦稅對人民所造成的傷害，自然不言而喻。作者更連用三個「死」字，所以再三强調捕蛇之害，也極寫賦稅之不合理。

除了稅制不合理外，再描寫官吏催租的畫面，「叫囂乎東西，隳突乎南北」，運用互文的方式，寫出官吏威權的囂張，更加深人民的痛苦。「殫其地之出，竭其廬之入」，則極寫人民的窮困潦倒，無以爲繼。在悍吏催租、人民痛苦的强烈對比下，百姓生活的痛苦、無奈，更讓人印象深刻。同時作者不惜繁筆，再把「譁然而駭者，雖雞狗不得寧焉」的鄰人遭遇，和「弛然而臥」的蔣氏作一對比，讓文章的題旨轉趨深刻。作者運用駢散相間的筆法，長短參差的句式，巧用對比、層遞、互文的技巧，使文章更加生動和豐富。

最後點出「苛政猛於虎」，將全文作一總結。但柳宗元卻將其形象化、寫實化了，讓讀者對人民的痛苦有更深的認識、更多的同情，從而對當時政府的顢頇無能有更强烈的批評。柳宗元在文中一則說「余悲之」，再則說「余聞而愈悲」，可見其關心民瘼、哀痛黎元的深情，不禁令人肅然起敬。

引導寫作

片段寫作：每一篇文章都由不同的片段所組合，有的敍事、有的寫物、有的抒情、有的論理，如果每一個片段均能掌握寫作的重點，藉由練習，提升寫作的能力，由小而大，必能增進寫作的程度和能力。

在《捕蛇者說》一文中，藉由柳宗元和蔣氏的對話，漸次的揭露出文章的主旨和蘊意，從中我們可以學習到語言描寫所應該注意的地方：

①對話要簡明、精要。

②除了語言的敍述，可以加上肢體動作、表情的描寫，對話會更加深刻。

③描寫人物的對話，一定要注意身份、外在客觀的條件。

請你以「焦慮」爲主題，設計一段對話，場景、人物均自擬，但注意不可偏離題旨。

（周寤竹）

三戒並序

柳宗元

吾恆①惡世之人，不知推己之本，而乘②物以逞，或依勢以干③非其類，出技以怒強，竊時以肆暴，然卒迨（ㄉㄞˋ）④於禍。有客談麋、驢、鼠三物，似其事，作〈三戒〉。

注釋

①恆　常常、一向。

②乘　依靠、憑藉。

③干　求。

④迨　及、遭到。

翻譯

我一向很討厭世上有些人，也不知道想想自己的份量，卻憑藉外在的力量來稱強逞能，有的是依仗權勢硬要結交非屬於自己的同類，有的是使出一點小本領去激怒強大的對手，又有的利用時機而任意行兇作惡，最後結果都遭到災禍。有一個客人對我講起麋鹿、驢和老鼠三種動物，同上述情況很相似，我便寫了三戒。

臨江之麋

臨江之人，畋①得麋麑（ㄋㄧˊ）②，畜之。入門，羣犬垂涎，揚尾皆來。其人怒，怛（ㄉㄚˊ）③之。自是日抱就犬，習示之，使勿動，稍使與之戲。積久，犬皆如人意。麑稍大，忘己之麋也，以爲犬良我友，抵觸偃仆，益狎。犬畏主人，與之俯仰甚善，然時啖（ㄉㄢˋ）④其舌。三年，麋出門，見外犬在道甚衆，走欲與爲戲。外犬見而喜且怒，共殺食之，狼藉⑤道上。麋至死不悟。

注釋

①畋　打獵。

②麑　小鹿。

③怛　恐嚇（指恐嚇狗羣）；一說擔憂（指擔憂小鹿）。

④啖　吃，這裡解釋爲「舐」。

⑤狼藉　散亂。

翻譯

臨江縣有個人，打獵得到了一隻小麋鹿，便帶回家中飼養。剛進門，家裡的那一羣狗就流著口水，搖著尾巴走過來。那個人很生氣，就斥罵吆喝那些狗，從此每天抱著小鹿和狗接近，讓狗看慣，教狗不要對小鹿輕舉妄動，並漸漸使狗和鹿一起玩。日子一久，狗都能按照主人的心意。小鹿逐漸長大了，竟忘了自己是鹿，以爲狗眞是我的朋友，就和狗打鬧翻滾，彼此更加親近。狗怕主人，表面上和小鹿和善地周旋，卻時常舔著自己的舌頭，總是想吃小鹿。三年以後，有一天小鹿到門外，見路上有很多狗，就過去想和牠們玩。這些外面的狗見到小鹿，又喜歡又惱怒，就一起撲上來把小鹿咬死吃掉，將小鹿的屍骨雜亂地丟棄路上。但牠到死都還不明白這些狗爲什麼要吃牠。

黔之驢

黔無驢，有好事者船載以入。至，則無可用，放之山下。虎見之，尨（ㄆㄤˊ）①然大物也，以爲神。蔽林間窺之，稍出近之，慭慭（ㄧㄣˋ ㄧㄣˋ）然②莫相知。他日，驢一鳴，虎大駭，遠遁，以爲且噬己也，甚恐。然往來視之，覺無異能者。益習其聲。又近出前後，終不敢搏。稍近，益狎，蕩倚衝冒，驢不勝怒，蹄之。虎因喜，計之曰：「技止此耳。」因跳踉③大㘎（ㄉㄢˋ）④，斷其喉，盡其肉，乃去。噫！形之尨也類有德，聲之宏也類有能，向不出其技，虎雖猛，疑畏卒不敢取。今若是焉，悲夫！

注釋

①尨　同「龐」。
②慭慭然　小心謹愼的樣子。
③跳踉　跳躍。
④㘎　同「啖」，吃的意思。

翻譯

黔這地方沒有驢子，有個好事的人用船載了一隻去，到達後卻沒什麼用，於是就把牠放在山下。老虎看到了牠，是個龐然大物，以爲是神，隱藏在樹林裡偸偸地窺視牠。後來漸漸地走出來靠近牠，小心謹憤地不敢冒犯，猜不透牠是什麼東西。有一天，驢子叫了一聲，老虎大吃一驚，逃得遠遠的，以爲牠要來吃自己，非常恐懼。然而又往來觀察了幾次，覺得牠並沒有別的本領；更加聽慣了牠的聲音，便又走出來靠近牠的前後，終究不敢捕捉牠。然後又稍微靠近牠，進一步戲弄牠，故意碰撞挨擠衝擊冒犯牠，這樣一來，驢子忍不住生氣了，便用蹄子猛踢老虎。老虎因而大喜，心裡想：「牠的本領不過如此罷了。」於是跳上前去，狠狠地咬牠，咬斷了牠的咽喉，吃盡了牠的肉，揚長而去。唉！形體龐大，看去像是有德行的；聲音宏亮，聽來像是有才能的。如果早先不顯露牠的拙劣的本領，老虎雖然兇猛，因為懷疑、畏懼，到頭來仍然不敢捉取牠的。如今卻落到這樣的下場，真是可悲啊！

永某氏之鼠

永有某氏者，畏日①，拘忌異甚。以為己生歲值子。鼠，子神也②。因愛鼠，不畜貓犬，禁僮勿擊鼠。倉廩庖廚，悉以恣鼠，不問。

注釋

①畏日　怕觸犯日子的禁忌。

②鼠，子神也　古人以鼠、牛、虎、兔、龍、蛇、馬、羊、猴、雞、狗、豬十二生肖配十二地支（子、丑、寅、卯、辰、巳、午、未、申、酉、戌、亥）。

翻譯

永州有一個人，非常迷信，忌諱得特別厲害。他以為自己出生的那一年正當子年。而老鼠是子年的神，因此偏愛老鼠，家裡不養貓狗，又禁止僕人不許打鼠。倉庫的米穀、廚房的食品，全都任憑老鼠吃，從不過問。

由是，鼠相告，皆來某氏，飽食而無禍。某氏室無完器，椸（ㄧˊ）①無完衣，飲食大率鼠之餘也。晝累累與人兼行，夜則竊齧（ㄋㄧㄝˋ）鬥暴②，其聲萬狀，不可以寢。終不厭。

注釋

①椸　衣架。

②鬥暴　劇烈地打架。

翻譯

由於這樣，老鼠互相走告，都到他家裡來，既可吃得飽又不會有危險。因此，他的家裡竟沒有一件完好的器具，衣架上沒有一件完好的衣服，他自己喝的、吃的也大都是老鼠吃剩的東西。老鼠白天成羣結隊跟人一同行走，夜裡就偷呀、咬呀、打架呀，種種的聲音，吵得人不能睡覺，可是他始終不覺得討厭。

數歲，某氏徙居他州。後人來居，鼠爲態如故。其人曰：「是陰類惡物也，盜暴尤甚，且何以至是乎哉？」假五六貓，闔門撤瓦灌穴，購僮①羅捕之。殺鼠如丘，棄之隱處，臭數月乃已。

注釋

①購僮　在此解釋爲「僱用人」，較爲恰當

翻譯

過了幾年，這個人搬到別州去住。搬進另一家人，那些老鼠仍然像從前一樣猖獗。這個新的屋主說：「這些見不得陽光的討厭東西，在這兒尤其偷吃、打架得特別厲害，怎麼會弄到這樣的地步呢？」就借來五、六隻貓，關了門，撤了屋瓦，用水灌進洞穴，並且僱用僮僕四面圍捕，被殺死的老鼠，堆得像土山一般高，屍體丟在偏僻隱蔽的地方，臭氣過了幾個月後才消失。

嗚呼！彼以其飽食無禍爲可恆也哉！

翻譯

唉！那些老鼠以爲牠們吃得飽又太平的日子，是可以長久這樣保持下去的呢！

賞析

「戒」是古代的一種文體，通常是藉歷史上的史例、或者現實生活中的某些事例來闡明道理，以啓發人們的深思，並進一步引以爲戒。

自從永貞革新失敗後，改革派都遭到貶斥流放，而那些宦官、藩鎭守舊勢力更加囂張，但遭到嚴重打壓的柳宗元並未屈服在這些惡勢力下，仍舊繼續以犀利的文筆作爲反攻的武器，寫出一篇又一篇的文章來揭露那些小人的醜陋面貌。其中尤其是寓言類的文章，短小警策，不但具有豐富的現實內容，更有銳利的批判鋒芒。〈三戒〉正是其中代表之作。

〈三戒〉是柳宗元作於永州司馬任上，由三則動物故事所組成，前面有序說明寫作主旨：乃是藉三種動物爲喻，諷刺那些恃寵而驕、外强中乾以及趁時肆虐的三種小人。三則故事中指出他們雖能一時得勢，但因爲不能認淸現實，最後共同下場就是自取滅亡。

柳宗元的寓言有一個特質，文字灑脫淸新，描寫逼眞傳神，簡直就是一篇有趣的童話故事。以這三篇寓言故事爲例，臨江之麋特別著重於麋的神態，寫活了一隻笨麋的可悲傻態；黔之驢題目雖是以驢爲主角，但內容卻側重於刻畫老虎的心理轉變，由「蔽林間窺之」、到「稍出近之」、再「蕩倚衝冒」、「跳踉大㘚」，充滿主動冒險的精神，而外强中乾的驢子卻只能被動的受試探，最後因爲一時逞强而自暴其短，死於非命；永某氏之鼠則以前後兩屋主處事爲對比，前一個縱容鼠輩橫行，後一個則痛下殺手，足以讓那些一時得意囂張的小人悚然而驚。而柳宗元的三戒正是要達到這種諷刺警戒的作用。

引導寫作

三戒的這種寫作法稱爲學例論證法，簡單地說就是學例法。先提出自己的看法，再學例印證。序的部分先提出論點，而後面三個故事就是例證，我們初看到作者的論點，未必能認同他的意見，但看過三個學例後，我們就會認同他的說法。所以學例可以增强文章的說服力，這是論說文常用的寫作方式。

但因同學平常少去觀察注意，往往學不出好例子，要不國父十一次革命，否則就是愛迪生發明電燈。其實只要平時多觀察收集，並且紀錄整理，寫作時就不會腹笥甚窘，學不出好例來。而我們可從哪些方面著手收集呢？一般學例可分爲以下幾種：言例（引用別人的話或詩詞文章）、物例（學用宇宙自然萬物的例子）、史例（學歷史人物或歷史事件爲例）、事例（以現在所經歷的事實爲例）、設例（並不是眞實的例子，而是以假設爲例），同學可以在身邊準備一本活頁小本子，遇到好句子、好例子就隨時加以分類紀錄，時間一久自然材料就豐富了。

現在請試試看由中外各找出三個史例，說明「憂患足以興國，逸豫足以亡身」的道理。

（林聆慈）

蝜蝂傳

柳宗元

蝜蝂①者，善負小蟲也。行遇物，輒持取，昂其首負之。背愈重，雖困劇不止也。其背甚澀，物積因不散，卒躓仆不能起。人或憐之，爲去其負；苟能行，又持取如故。又好上高，極其力不已，至墜地死。

注釋

①蝜蝂　是一種擅長背負東西的黑色小蟲。

翻譯

蝜蝂是一種擅長背負東西的小蟲。它在爬行時遇到東西，就抓取，抬起頭，負在背上。背上的東西越來越重，雖然累得不得了，但還是不肯停止。它的背很粗糙，所以東西堆在上面不容易散落，結果往往被壓得跌倒爬不起來。人們有時可憐它，幫它除掉背上的東西，但它如果仍能爬動，卻又見物就背，依然如故。它還喜歡往高處爬，用盡了力氣也不停，一直到掉下地摔死爲止。

今世之嗜取者，遇貨不避①，以厚其室，不知爲己累也，唯恐其不積。及其怠而躓（ㄓˋ）也，黜（ㄔㄨˋ）棄②之，遠徙之，亦已病矣。苟能起，又不艾③。日思高其位，大其祿，而貪取滋甚，以近於危墜，觀前之死亡，曾不知戒。雖其形魁然大者也，其名人也，而智則小蟲也。亦足哀夫！

注釋

①避　讓。
②黜棄　貶斥、罷官。
③艾　停止。

翻譯

而今世上那些貪得無厭的人，一見到財物就拚命撈取，用來增添自己的家產，不知這樣會成爲自己的累贅，反而唯恐財產積得不夠多。等到他一時疏忽而栽觔斗，被撤職罷官，貶逐流放，也算已經吃到苦頭。可是如果一天又能東山再起，他又會不停地斂聚。天天想爬得高些，俸祿拿得多點，貪財好貨的慾望也越來越厲害，以至於一步步接近危險摔死的邊緣，看到那些以前因貪財喪身的例子，就是不知道引以爲戒。雖然他的身材很高大，名義上稱爲人，而他的智慧卻是和小蟲一樣，也眞是可悲啊！

賞析

柳宗元擅長寫寓言，這篇文章表面上是一篇傳記，但爲小蟲子寫傳，其實仍是藉蟲寓人的寓言，爲柳宗元被流放永州的時候所寫，可與〈三戒並序〉一文相互參看。文章結構很簡單：一半寫蟲，一半寫人；蟲是寓依，人是寓體。寫蟲的部分，處處影射人的貪性；寫人的部分，則處處呼應蟲的習性，前後呼應。文章最後以「其名人也，其智則小蟲也。亦足哀夫！」感嘆作結。全文乃藉著喜歡爬高且貪多務得、至死不改的愚蠢小蟲，辛辣地諷刺官場中巧取豪奪、貪求無厭的醜惡現象。

引導寫作

從表面上看蟲與人之間似乎沒什麼共通點，但作者卻慧眼獨具，看到兩者之間有相同的行爲模式。這種異中求同，表現了作者敏銳的觀察力和聯想力，而這兩種能力的培養，必須靠平時多觀察、多思考、多做腦力激盪。例如以「傘」爲例，詩人蓉子想到了「鳥翅初撲幅幅相連　連成一個無懈可擊的圓」、「一把綠色小傘是一頂荷蓋」、「各種顏色的傘是戴花的樹」、「闔則爲竿爲杖」、「開則爲花爲亭」，多美的聯想！你能不能再多加補充？再試試，看以蝜蝂傳的手法，寫一篇和「鼠」有關的寓言。

（林聆慈）

種樹郭橐駝傳

柳宗元

郭橐（ㄊㄨㄛˊ）駝，不知始何名。病僂（ㄌㄡˊ）①，隆然伏行②，有類橐駝者，故鄉人號之「駝」。駝聞之，曰：「甚善！名我固當。」因捨其名，亦自謂橐駝云。

注釋

①病僂　脊背彎曲，即俗名駝子。

②隆然伏行　隆然，脊背高起。伏行，俯下身體走路。

翻譯

郭橐駝，不知道原名叫什麼。他患有駝背的毛病，走路的時候，背部凸起，臉向著地，就像駱駝的樣子。所以鄉裡的人，爲他取了一個外號，叫他「駱駝」。他聽了說：「很好啊！這樣叫我很恰當。」因此就不用原來的名字，也叫自己「駱駝」了。

其鄉曰豐樂鄉，在長安西。駝業種樹，凡長安豪富人爲觀游及賣果者，皆爭迎取養。視駝所種樹，或移徙(ㄒㄧˇ)，無不活；且碩茂，蚤實以蕃①。他植者雖窺伺傚慕，莫能如也。

注釋

①蚤實以蕃　蚤，同早。蕃，繁多。結實早而多也。

翻譯

他的家鄉叫豐樂鄉，在長安的西邊。以種樹爲業。在長安這一帶，凡是有錢有勢的人家，爲了修建遊玩觀賞的場所，或是賣水果的人，都爭著接他到家裡去雇用。看他所種的樹，或移植的樹，沒有不活的，並且都長得很高大很茂盛，果子結得又早又多。許多種樹的人，即使在暗地裡觀察，想倣效他的方法，可是沒有一個人能夠比得上。

有問之，對曰：「橐駝非能使木壽且孳(ㄗ)也。以能順木之天(ㄗ)，以致其性焉爾。凡植木之性，其本欲舒①，其培欲平，其土欲故，其築欲密。既然已，勿動勿慮，去不復顧。其蒔（ㄕ）②也若子，其置也若棄，則其天者全，而其性得矣。故吾不害其長而已，非有能碩而茂之也。不抑耗其實而已，非有能蚤而蕃之也。他植者則不然：根拳③而土易④，其培之也，若不過焉，則不及。苟有能反是者，則又愛又太恩，憂之太勤。旦視而暮撫，已去而復顧。甚者爪其膚以驗其生枯，搖其本以觀其疏密。而木之性日以離矣。雖曰愛之，其實害之。雖曰憂之，其實讎（ㄔㄡˊ）之。故不我若⑤也，吾又何能爲哉？」

注釋

①本欲舒　本，根也。是說樹根要得以舒展。

②蒔　種也。

③根拳　拳，曲也，是說根拳曲無法舒展。

④土易　指更換新土。

⑤不我若　不若我也。

翻譯

有人問他原因，他回答說：「我並沒有什麼祕訣能夠使樹木活得特別久，長得格外茂盛，只不過是順著樹木的天性，讓它盡量發展罷了。凡是種樹要注意它的本性，根要舒暢，培土要均勻，根上要多帶舊土，種好之後，土要踩得緊緊的。一切都弄好了以後，就不要再去動它，憂慮它，放心地走開，不再回頭去看它。種的時候，要很小心，好像照顧自己的孩子似的。種好了，把它擺在一邊，就好像把它拋棄了似的。那麼它的天性就可以保全，而且可以獲得發展了。所以我不過是不妨害它的生長罷了，並不是有什麼祕訣能夠使它長得又高大又茂盛。不過是不去壓制損害它的果子罷了，並不是有什麼祕訣能夠使果子結得早，結得多。別的種樹的人就不是這樣：樹根弄得彎曲著，根上的舊土也換了新的。培土的時候，不是土太多，就是土太少。如果不是粗心亂種往往就是愛得太殷勤，擔憂得太過分。早晨去看，晚上去摸。離開後又不放心地回頭去看，甚至還抓破樹皮，查驗它的死活。搖搖樹根，看看泥土的鬆緊。這樣一來，樹木的本性就一天天地消散了。雖說是愛它，其實是害它。雖說是惦記它，其實是仇視它。所以他們比不上我，其實我哪裡有什麼特別的能力呢？

問者曰：「以子之道，移之官理，可乎？」駝曰：「我知種樹而已，理，非吾業也。然吾居鄉，見長人者①，好煩其令。若甚憐焉，而卒以禍。旦暮，吏來而呼曰：『官命促爾耕，勗（ㄒㄩˋ）②爾植，督爾穫，蚤繅（ㄙㄠ）③而緒，蚤織而縷④，字⑤而幼孩，遂⑥而雞豚！』鳴鼓而聚之，擊木而召之。吾小人輟飧饔（ㄙㄨㄣ ㄩㄥ）⑦以勞吏者，且不得暇，又何以蕃吾生而安吾性耶？

故病且怠。若是，則與吾業者，其亦有類乎？」

注釋

①長人者　爲人之長者，指當官的人。
②勗　勉勵。
③繰　煮蠶抽絲。
④縷　指用線織布。
⑤字　撫養。
⑥遂　長成。
⑦飧饔　飧，早餐。饔，晚餐。

翻譯

問的人說：「把您種樹的辦法，應用到政治上去，可以嗎？」橐駝說：「我只懂得種樹罷了，政治，不是我的事情。但我住在鄉裡，看見那些做官的，老是喜歡經常發佈命令。表面上好像很憐惜老百姓，可是結果帶給老百姓的是災禍。早晚都有指導人員來叫著說：『政府的命令，教我來催促你們耕田，鼓勵你們種植，督促你們收穫。要你們早些繅絲，早些織布。要好好地撫育小孩，要把雞、豬都飼養好。』一會兒敲鼓聚集，一會兒又打梆子召見。

這樣一來我們這些做老百姓的，就是停了早餐晚飯，來慰勞接待這些官員，都還忙不過來，又怎麼能夠增加我們的生產，過自在安樂的日子呢？所以疲於奔命，痛苦得不得了。像這種情形，和我所從事的種樹工作，不是有些相像嗎？」

問者曰：「嘻！不亦善夫！吾問養樹，得養人術。」傳其事以爲官戒也。

翻譯

問的人笑著說：「說得眞好！，我問的是養樹，結果卻知道了養人的方法。」所以替他作了傳，作爲那些當官者的戒條。

賞析

本文雖題爲「傳」，但並非一般的人物傳記，而是一篇寓言。藉郭橐駝說明種樹的道理，規諷爲政者不可擾民。文中充滿老莊「無爲而治」、「順應自然」的思想。唐代在經過安史之亂後，元氣大傷，民生疲弊。因此柳宗元認爲讓百姓休養生息，反而才是惠民之道。

全篇文章可分三部分來看：

前二段介紹主角的姓名、特徵，以及籍貫、職業和技術特長。在這個虛擬人物的形象設計上，有些地方值得留意，郭橐駝是個身有殘疾又精於種樹之人。其實當人們喚他駱駝時，原帶有輕視嘲諷的意味，但他不以爲忤，甚至欣然接受。一個人能坦然接納自己先天不完美的事實，不怨天尤人，自卑自憐，生命就能挺立起來，進而積極去開拓內在的潛能。法國小說家雨果在鐘樓怪人中塑造了一個外型醜陋內心善良的敲鐘人，柳宗元筆下的郭橐駝亦有類似的特質。尤其還能身懷絕活，自食其力，當然值得欽佩。這不正是莊子「順應自然」的人生智慧嗎？

第二部份重點在郭橐駝說明植樹之理。當鄉人請教他其中祕訣時，他毫不藏私，公諸大衆，樹要種得好就要把握幾個要領：「其本欲舒，其培欲平，其土欲故，其築欲密」，簡單的說就是順著樹木的本性讓它充分發展罷了。他在移植紮根時是非常小心謹愼的。「其蒔若子」仔細的程度好像呵護小孩一般。種好之後就要「無動無慮」、「其置若棄」，許多人未能明白此理，不是粗心大意放任不管，就是關心太過，愛之適所以害之，反而扼殺了樹木的生機。在這裡作者已暗示了「無爲而治」的理念。道家主張「無爲」，「無爲」並非什麼都不做，而是順應自然而爲，不要妄做，更不可做作。

第三段的內容上爲了强調種植的當與不當，刻意採用對比的寫法。但在造句方面，寫橐駝種樹，用的是整齊的排比句，寫他植者種樹之不當，則用散句來表示，文章因此顯得錯落有致。

第三部份正面揭出主旨，通過對話把種樹之理引伸到吏治方面。描寫官吏擾民之狀，連用一長串短促的排比句，把他們那種神氣活現，大聲吆喝，驅民勞動，弄得雞犬不寧的景象刻劃得淋漓盡致，入木三分。當官者「好煩其令」，與不善種植者「旦視而暮撫，已去而復顧」何其相似！百姓周旋應酬都來不及，哪還能夠安居樂業？

柳宗元除擅寫遊記之外，寓言也是他所拿手的。敍事精嚴，筆致雋潔，勸導警戒的意旨明顯的編織於其中，耐人尋味。讀完此文，關於為政管理之道，同學是否已得到一些啓示呢？

引導寫作

寓言文學，通常以虛構的故事情節來達到寄託諷喻的目的。寫法大致有兩種：㈠先鋪敍一段故事，然後安排人物把其中寓意揭露開來。㈡作者不點破意旨，完全藉故事情節來「暗示」，讓讀者自行去體會。

同學何不試著發揮你的機智和幽默，藉人或是植物、動物，也來杜撰一則譏評時政的寓言。

（邢靜芬）

五、祭文

祭十二郎文

韓愈

年月日，季父①愈，聞汝喪之七日，乃能銜哀②致誠，使建中遠具時羞之奠（ㄉㄧㄢˋ）③，告汝十二郎之靈：

注釋

①季父　最小的叔父。古時兄弟以伯仲叔季排行，韓愈上有三兄，故稱季父。

②銜哀　銜，以口含物。銜哀，含悲傷也。

③遠具時羞之奠　遠，當時韓愈在長安為監察御史故曰遠。時羞，應時的食物。羞，同「饈」。奠，祭品。

翻譯

某年某月某日，你的叔父愈，聽到你的死訊的後第七天，才能夠忍著悲傷，表達心意，派建中遠道送來應時佳餚的祭品，祭告在你十二郎的靈前說：

嗚呼！吾少孤，及長，不省所怙（ㄏㄨˋ）①，惟兄嫂是依。中年，兄歿南方②，吾與汝俱幼，從嫂歸葬河陽③；既又與汝就食江南④。零丁孤苦，未嘗一日相離也。吾上有三兄，皆不幸早世。承先人後者，在孫惟汝，在子惟吾；兩世一身，形單影隻。嫂嘗撫汝指吾而言曰：「韓氏兩世，惟此而已！」汝時尤小，當不復記憶；吾時雖能記憶，亦未知其言之悲也。

注釋

①不省所怙　省，認識。怙，依賴也。後人稱父死為失怙，母亡為失恃。
②兄歿南方　大曆十二年，韓會以起居舍人，貶韶州刺史，後卒于任所。
③河陽　韓愈為鄧州南陽人。河陽即南陽，故城在今河南孟縣，韓氏祖墳所在。
④就食江南　就食，謀生、至江南謀生。

翻譯

唉！我在小的時候就死了父親，所以長大以後，已不知道父親是什麼樣子，只有依靠哥哥嫂嫂過日子。不幸哥哥在中年時死在南方，那時我和你都很小。跟著嫂嫂將哥哥的靈柩送回河陽安葬。後來，又同你到江南去謀生。雖然孤單困苦，卻從來沒有一天分開過。我上面有三個哥哥，可是不幸很早都去世。繼承先人的後代，在孫子一輩中只有你，在兒子一輩中只剩我。兩代單傳，眞是孤單極了，嫂嫂曾經一邊撫摸著你，一邊指著我說：「韓家兩代，就只剩下你們兩個人了！」你當時的年紀比我更小，當然不會有什麼印象；我當時雖然已經能夠記憶，但也還不能體會到她話裡的悲哀！

吾年十九，始來京城①。其後四年，而歸視汝；又四年，吾往河陽省(ㄒㄧㄥˇ)墳墓，遇汝從嫂喪來葬。又二年，吾佐董丞相於汴(ㄅㄧㄢˋ)州②，汝來省吾；止一歲，請歸取其孥(ㄋㄨˊ)③。明年，丞相薨(ㄏㄨㄥ)④，吾去汴州，汝不果來。是年，吾佐戎徐州⑤，使取汝者始行，吾又罷去，汝又不果來。吾念汝從於東⑥，東亦客也，不可以久；圖久遠者，莫如西歸，將成家而致汝。嗚呼！孰謂汝遽(ㄐㄩˋ)去吾而歿乎？吾與汝俱少年，以爲雖暫相別，終當久相與處，故捨汝而旅食京師，以求斗斛(ㄏㄨˊ)之祿；誠知其如此，雖萬乘之公相，吾不以一日輟(ㄔㄨㄛˋ)⑦汝而就也。

注釋

①京城　指長安(今陝西西安市)。貞元二年，韓愈十九歲自宣州遊京師，自此始與十二郎

相離。

②佐董丞相於汴州　董丞相，即董晉，唐德宗時做過御史中丞，御史大夫，並任汴州刺史。貞元十二年，董晉出任宣武節度使，汴州刺史，擧韓愈爲觀察推官，在汴佐軍。

③孥　妻子兒女。

④薨　古時公侯死曰薨。

⑤佐戎徐州　佐戎，佐理軍務後。韓愈離開汴州後，往徐州依武甯軍節度使張建封，建奏爲節度推官。

⑥從於東　徐州在韓愈故鄉河陽之東。

⑦輟　止，這裡引申爲離開。

翻譯

我十九歲時，才來到京城。過了四年，曾回家去看你。又過了四年，我到河陽掃墓，遇到你正護送嫂嫂的靈柩來安葬。又過了兩年，我在汴州輔佐董丞相，你來探望我；只住了一年，你說要回去接你的妻小。第二年，董丞相去世，我離開汴州，結果你就不能來。這一年，我在徐州協理軍務，派去接你的人剛走，沒有想到我又離職，結果你又不能來。我想，就是接你到東邊來跟我一起，東邊也是作客，不能長久住在那裡。如果作長久的打算，不如回到西邊去，把家安頓好後，再接你來團聚。唉！誰想到你竟突然去世？我和你都年輕，我以爲雖然彼此暫時分開，最後總會長久住在一起的；所以我才離開你，旅居在京城，當一名小官，以求微薄的薪俸。早知如此，即使擔任的是最高的官職，最好的待遇，我也不願離開你一天而去就任的！

去年，孟東野①往，吾書與汝曰：「吾年未四十，而視茫茫，而髮蒼蒼，而齒牙動搖。念諸父與諸兄，皆康彊(ㄑㄧㄤˊ)而早世；如吾之衰者，其能久存乎？吾不可去，汝不肯來，恐旦暮死，而汝抱無涯之戚也！」孰謂少者歿而長者存，彊者夭(ㄧㄠˇ)②而病者全乎！嗚呼！其信然邪？其夢邪？其傳之非其真邪？信也，吾兄之盛德而夭其嗣乎？汝之純明而不克蒙其澤乎？少者彊者而夭歿，長者衰者而存全乎？未可以爲信也；夢也，傳之非其真也，東野之書，耿蘭③之報，何爲而在吾側也？嗚呼！其信然矣！吾兄之盛德而夭其嗣矣！汝之純明宜業其家者，不克蒙其澤矣！所謂天者誠難測，而神者誠難明矣！所謂理者不可推，而壽者不可知矣！雖然，吾自今年來，蒼蒼者或化而爲白矣，動搖者或脫而落矣。毛血日益衰，志氣日益微，幾何不從汝而死也。死而有知，其幾何離④；其無知，悲不幾時，而不悲者無窮期矣⑤！汝之子⑥始十歲，吾之子始五歲；少而彊者不可保，如此孩提者，又可冀其成立邪？嗚呼哀哉！嗚呼哀哉！

注釋

①孟東野　即孟郊，中唐著名詩人，與韓愈友好，時往江南爲溧陽尉。溧陽離宣城不遠，故韓愈託他帶信。

②夭　短命早死。

③耿蘭　人名，疑爲韓氏在宣城的管家。

④其幾何離　即「其離幾何」的倒裝。

⑤其無知三句　在生知悲，死不知悲的前提下，死後若無知，則我悲傷的日子不多；而不悲傷的日子，則無盡期。

⑥汝之子　十二郎有二子，長子名湘，次子名滂；這裡指韓湘。

翻譯

去年，孟東野到你那邊去時，我曾經託他帶信給你說：「我的年紀雖然還不滿四十歲，但視力已模糊，頭髮也灰白，牙齒也動搖了。想到叔父和哥哥們都是在身體健康强壯的中年就過世；像我這樣衰弱的人，那裡能活得長久呢？我無法離開職守，你又不願到我這裡來，說不定突然有一天我死了，你就要抱著無窮的悲哀了。」誰知道年輕的你會先死，而年長的我反而活著；健康的你會早死，老病的我反而生存呢？唉！難道這是眞的嗎？還是一場夢呢？或是傳來的消息不確實呢？如果這是眞的，難道以我哥哥那麼好的德行，他的子嗣卻要早死嗎？像你這樣的純厚聰明，竟不能承受他的福澤嗎？或者是年輕的、強壯的卻早死，而年長的、衰弱的卻生存嗎？怎能令人相信這是眞實的。也許是做夢，也許是傳來的消息不確實，那麼，孟東野的來信，耿蘭的報告，爲什麼都在我的身邊呢？唉！這是千眞萬確的了。我哥哥有很好的德行卻使他的兒子早死了；像你那樣忠厚聰明的人，應該繼承家業的，如今卻不能承受他的福澤了！一般人所說的天命，實在很難猜測；神意實在很難明白！所謂的道理，是不容易推究的；人的壽命，也無法預料啊！雖然如此，我從今年以來，灰白的頭髮，有的變成全白了；動搖的牙齒有的已經脫落了。體力一天比一天衰弱，精神一天比一天委靡。沒有多久就要跟著你死去。人死了如果還有知覺，那麼我們分離的日子也不會有多少時候了？如果人死了有知覺，那麼我爲你悲傷的日子也不多了；倒是不悲傷的日子卻沒有窮盡啊。你的兒子才十歲；我的兒子也才五歲。年壯力強的人不能保全，像這麼年幼的孩子，又怎能期望他們長大成人呢？唉！眞是傷心啊！眞是傷心啊！

汝去年書云：「比（ㄅㄧˋ）①得軟腳病往往而劇。」吾曰：「是疾也，江南之人，常常有之。」未始以爲憂也。嗚呼！其竟以此而殞（ㄩㄣˇ）②其生乎？抑別有疾而至斯乎？汝之書，六月十七日也。東野云，汝歿以六月二日；耿蘭之報無月日。蓋東野之使者，不知問家人以月日；如耿蘭之報，不知當言月日。東野與吾書，乃問使者，使者妄稱以應之耳。其然乎？其不然乎？

注釋

①比　近來。

②殞　喪失。

翻譯

你去年來信說：「最近患了軟腳病，常常發作得很厲害。」我說：「這種毛病，江南的人，常常有的。」我不曾認爲它是値得憂慮的事。唉！難道你竟因這種病而喪生的嗎？或者是因爲別的病才弄到這樣呢？你的信，是六月十七日寫的；但是孟東野說，你死於六月二日。耿蘭的報告，沒有說明日期。可能這是因爲東野所派遣的人，不知道應該向家人問清楚日期；至於耿蘭來的消息不知道說明你死亡的日期。東野寫信給我，一定是問他所派遣的人，那人亂說一個日子來回答他罷了。大概是這樣的吧？還是不是這樣呢？

今吾使建中祭汝，弔汝之孤與汝之乳母。彼有食可守以待終喪，則待終喪而取以來；如不能守以終喪，則遂取以來。其餘奴婢，並令守汝喪。吾力能改葬，終葬汝於先人之兆①，然後惟其所願。

注釋

①兆　墓地。

翻譯

如今，我派建中來祭奠你，慰問你的孩子和你的乳母。他們如果還有糧食，能夠守到喪期結束，就等喪期結束以後，再接他們過來；如果他們不能守到喪期結束，就馬上接他們過來。其餘的婢僕，都叫他們守你的喪。只要我有能力負擔改葬，最後一定會將你葬在祖先的墓地上，這樣才算了卻我的心願。

嗚呼！汝病吾不知時，汝歿吾不知日；生不能相養以共居，歿不得撫汝以盡哀；斂不憑其棺，窆(ㄅㄧㄢˇ)①不臨其穴。吾行負神明，而使汝夭；不孝不慈，而不得與汝相養以生，相守以死。一在天之涯，一在地之角：生而影不與吾形相依，死而魂不與吾夢相接。吾實爲之，其又何尤？彼蒼者天，曷(ㄏㄜˊ)其有極②！自今已往，吾其無意於人世矣！當求數頃之田，於伊潁之上，以待餘年，教吾子與汝子，幸其成；長吾女與汝女，待其嫁，如此而已。嗚呼！言有窮而情不可終，汝其知也邪？其不知也邪？嗚呼哀哉！尚饗(ㄒㄧㄤˇ)！③

注釋

①窆　下葬，將棺木放入墓穴。

②彼蒼者天曷其有極　爲哀痛呼天之詞。意謂仰首蒼天，我的哀痛何時才能結束。

③尚饗　舊時祭文中多用此作結語，謂希望死者來享用祭品。尚，表示希望的語氣。饗，通「享」。

翻譯

唉！你在什麼時候生病，我不知道；你在什麼時候去世，我也不知道。你活著的時候，不能互相照顧，不能和你共同生活；你死了以後，我又不能夠撫屍痛哭，表達我的哀痛。在你入殮時，我不能站在棺木旁邊；在你下葬時，我又不能到你的墓穴旁。大概是我的行爲違背了神明，才使你短命早死。我的不孝不慈，不能和你一起生活，相守一直到老死。我們一個在天涯，一個在地角。你活著的時候，身影不能和我的形體相依；死了以後，靈魂也不到夢中來相會。這都是我自己造成的，又要怨恨誰呢？老天呀！我的哀痛是永無盡頭的！從今以後，我對人世已沒有什麼留戀了！我還是回到故鄉，在伊水和穎水的附近買下幾頃田地，度過我的餘年，一方面教導我的兒子和你的兒子，希望他們能長大成人；撫養我的女兒和你的女兒，等待她們出嫁，就是這樣罷了。唉！話有說完的時候，哀痛之情卻永遠沒有結束！你究竟知道呢？還是不知道呢？唉！眞是傷心極了！希望你的靈魂來享用這些祭品吧！

賞析

本文中的十二郎，是韓愈的侄子，名老成，爲韓愈二哥韓介的次子，自幼過繼給韓會爲子，「十二」是他在同輩中的排行，故稱爲十二郎。韓愈三歲喪父，由大哥韓會夫婦撫養。韓愈的兄長又先後早逝，嫂嫂鄭氏帶著他們四處顛沛求生。因此韓愈與十二郎從小生活在一起，叔侄的感情非常深厚。韓愈仕途多舛，十幾年四處奔波漂泊，與十二郎很少在一起。貞元十九年（西元八〇三）他三十六歲時升爲監察御史，正當他官運初起，叔侄有可能相聚之時，卻在同年五月接獲十二郎病死的噩耗，此一衝擊，使他悲痛欲絕，在祭文中將滿腔淒楚化爲文字，形成此千古至文。

祭文多半用於祭奠親友，有固定形式，也有用於祭神祭物的，一般都用句式整齊的韻文。雖有哀傷之意，但多爲稱頌死者之辭，往往以固定的語言型式，換個人名，變動一些內容，誰都可套用，十分僵化。

本文打破傳統祭文常規，全用散文。文中追憶自己和十二郎兩人幼年孤苦相依的生活，長大後東奔西走，各自謀生；及得到凶訊後極度悲傷的心情。將與十二郎有關的日常瑣事細致曲折地充分表達，用語樸實，不事雕琢，將作者的思想感情宛轉地抒發，是千百年來祭文中的千古絕調。

全文共分七段，文中首段從「年月日」至「告汝十二郎之靈」幾句，說明祭奠時間，所祭奠者是誰，是祭文開頭的固定形式；末段最後兩句「嗚呼哀哉！尚饗！」是祭文結尾的固定形式。其他，則是正文了。正文依文情的發展，可分爲三大部分，「嗚呼！吾少孤」到「吾不以一日輟汝而就也」爲第一部分，主要寫作者與老成少年時期的深厚情誼和作者離家後的生離死別。從身世、家世的不幸，寫自幼「兩世一身，形單影隻」孤苦相依的情景；再敍二人成年後的三別三會，寫離合不定，終至永別的無奈與憾恨。從「去年，孟東野往」至「其然乎？其不然乎」爲第二部分，由自身的衰病，預期自己不久於人世，寫對十二郎驟逝的悲痛；推疑十二郎的死期和死因，既補明開頭聞喪七日始來祭奠，是因爲不得確實死期，又爲下文「汝病吾不知時，汝歿吾不知日」伏筆。從「今吾使建中祭汝」以下爲最後一部分，寫對十二郎及其遺孤的弔慰，交代遷葬及教養遺孤等事，要死者放心。接著又轉爲自己感情的抒發，抒寫自己與老成不能相養以生、相守以死的愧疚與憾恨，最後以「言有窮而情不可終」表明祭文雖已寫完，但作者內心的悲痛和思念之情，卻永無盡期。

這篇祭文全篇以一個「情」字貫穿，充滿「生離」與「死別」的哀戚。韓愈和十二郎，雖爲叔侄，實同兄弟。十二郎的死，使他悲痛欲絕：身世的不幸，家世的淒涼，父母的早逝，兄嫂的撫養，從前同十二郎一起生活的種種情景，都一齊湧上心頭；自己的衰病，子孫輩的幼小，又是眼前必須面對的情況。回憶與現實的交織，歉疚、悔恨、哀痛之情，在樸實的用語中，皆是骨肉至情的眞實流露。

韓愈的散文歷來被認爲結構謹嚴而又富有變化，本文也表現此一特色。全篇段落、語句的層次之間，互有聯繫，通過迴環轉折，使其思想一層層地深化。如寫得知十二郎死訊，從信說到疑，又從疑說到信，再把十二郎之死歸於天理、神明、壽數。用「雖然」二字上承「而髮蒼蒼」一段，更進一層强化自己的病衰，寫不久將跟在老成之後死去，寫痛極之後反而視死爲幸，寫自己死後二人的幼子難以避免的遭遇，層層轉折，變化無窮，文意淸楚自然，字句情眞意摯，淒楚哀婉。是作者情之所至，筆亦隨之，不刻意渲染而文章自臻其妙。

使用對話形式，以吾汝相稱也是本文的一個重要特點。「告汝十二郎之靈」之「告」字使通篇文字就像是作者向十二郎傾訴一般。文中提及與十二郎生前的種種瑣事，彷彿老成未死，正坐在他面前和他一起回憶往事，聽他傾訴心事；他甚至向老成直接提問：「其竟以此殞其生乎？抑別有疾而至斯乎？」「其然乎？其不然乎？」詢問其病因、死期。此種對話方式顯得情眞意切，不同於一般祭文的歌功頌德，具有濃厚的感情，也增强了文章的感染力。

韓愈的祭十二郎文，突破傳統，大膽地採用散文筆法，一任情感的宣洩，這在古代祭文中並不多見，在作者所寫的祭文中亦屬少有。這種獨特的寫法，提供作者傾訴無限悲痛的空間，也造就了本文以情取勝的藝術特色。

引導寫作

在本文中，韓愈表達了生離死別的傷痛，並寄以無限的追悔，「吾與汝俱少年，以爲雖暫相別，終當久相與處，故捨汝而旅食京師，以求斗斛之祿，誠知其如此，雖萬乘之公相，吾不以一日輟汝而就也」，句中所言，又何嘗不是一般人的通病？『誠知其如此』道盡了早知如此，何必當初的懊悔。

人往往在失去之後，才知道要好好珍惜，但與其悔恨，不如及時把握。請以「把握××」爲題，寫一篇文章，表達自己對此的看法。

（李鈴慧）

祭歐陽文忠公文

王安石

夫事有人力之可致，猶不可期，況乎天理之溟漠①，又安可得而推？惟公生有聞於當時，死有傳於後世，苟能如此足矣，而亦又何悲？

注釋

①溟漠　即深奧難知之意。

翻譯

有些事情人力可以做到，但不能預期它必然成功，更何況這麼深奧難知的生死問題，又怎能推知呢？您在世時聲名顯赫，死後流芳萬古，人生能夠如此已是完美，即使死了又有什麼可悲傷？

如公器質①之深厚，智識之高遠，而輔學術之精微，故充於文章，見於議論，豪健俊偉，怪巧瑰琦②。其積於中者，浩如江河之停蓄；其發於外者，爛如日星之光輝。其清音幽韻，淒如飄風急雨之驟至；其雄辭閎辯，快如輕車駿馬之奔馳。世之學者，無問乎識與不識，而讀其文，則其人可知。

注釋

①器質　器量、品質。

②瑰琦　奇特美好。

翻譯

像您才能器量如此的深厚，智慧見識如此的高遠，再加上做學問的精微，所以表現在文章議論上，雄健卓越，奇特精美。內在積聚的道德學問，浩瀚如江河匯集；流露在外的文采，燦爛像日星的光輝。清朗激揚的聲音、幽雅的韻致，淒切似突來的暴風急雨；滔滔雄辯，快捷如奔馳的輕車駿馬。世上的學者，不論認識與否，只要讀過您的文章就可以想見您的爲人。

嗚呼！自公仕宦四十年，上下往復①，感世路之崎嶇；雖屯邅②困躓③，竄斥④流離，而終不可掩者，以其公議之是非。既壓復起，遂顯於世。果敢之氣，剛正之節，至晚而不衰。

注釋

①上下往復　指官職的升降，屢有變化。

②屯邅　處境困難。

③困躓　遭受挫折。躓，跌倒。

④竄斥　貶謫。

翻譯

唉！您做官四十年來，經歷了多次的升遷降調，常感慨世路坎坷，雖然處境艱難遭受挫折，飽受遷謫流離之苦，但是終究不會被埋沒，這是因爲是非自有公論。經歷排擠打壓又重新被起用，後來終於顯達於世，您果敢的勇氣，剛正不阿的節操，到晚年也毫不衰減。

方仁宗皇帝臨朝之末年，顧念後事①，謂如公者，可寄以社稷之安危。及夫發謀決策，從容指顧②，立定大計，謂千載而一時③。功名成就，不居而去，其出處進退，又庶乎英魄靈氣，不隨異物而腐散，而長在乎箕山之側，與潁水之湄④。

注釋

①顧念後事　考慮身後皇位繼承的事。仁宗年老無子，歐陽修與韓琦請立濮王之子宗實為皇子。

②從容指顧　指揮若定，應付裕如。指顧，手指目視，即指揮。

③千載而一時　千百年才遇到一次，形容人才之難得。

④長在乎箕山之側二句　指歐陽修的英魄靈氣，當與古隱士許由長在箕山之側、潁水之濱。許由，堯時賢人。堯嘗讓天下於許由，不受。隱遁耕於潁水之陽、箕山之下。

翻譯

當仁宗皇帝在位的末年，考慮到皇位繼承的事，曾說像文忠公這樣的人可以將國家的重任託付給他；後來仁宗突然駕崩，您協助皇后迅速發佈決策，從容指揮大局，立定計畫，可說是千載難逢的人才。在功成名就時，卻不居功地退隱，這種進退風範，又似乎使您的英魂氣魄，不會隨著萬物腐朽，將與箕山邊、潁水旁的許由長存不泯。

然天下之無賢不肖，且猶為涕泣而歔欷①，而況朝士大夫，平昔游從，又予心之所嚮慕而瞻依？

注釋

①歔欷　哀嘆悲泣。

翻譯

但是天下無論賢或不肖的人，聽到這個噩耗，都會爲您嘆氣流淚，何況是朝廷中的士大夫，平時常和您一起交遊往來。尤其又是我平生最崇敬仰慕的人啊！

嗚呼！盛衰興廢之理，自古如此，而臨風想望不能忘情者，念公之不可復見，而其誰與歸①？

注釋

①其誰與歸　將歸向誰呢？

翻譯

唉！盛衰興廢的道理自古以來就是如此，然而我臨風懷想依舊不能忘情，想到今後再也不能見到您了，不知還能以誰爲榜樣呢？

賞析

宋神宗熙寧五年（公元一〇七二年）八月，以文章風節負天下衆望的歐陽修卒於潁州，噩耗傳來，朝野無不震驚。一時之間哀祭憑弔的文章蜂起，其中尤以王安石此篇最受推崇。因其語出肺腑，情眞意摯。不像一般的祭文，一味堆砌詞藻歌功頌德，表面哀傷實則內容空洞。

全文採用「凡、目、凡」的結構，以「生有聞於當時，死有傳於後世」二句總括歐陽修的一生，可視爲「凡」的部分。其後緊扣綱領分別從文章（目一）、道德（目二）、功業（目三）、氣節（目四）各方面具體盛讚他的成就。最後二段抒發自己敬愛懷念之情。（凡）

王安石早年曾受歐陽公提攜栽培之恩，聽到歐陽公逝世的消息，自是悲痛萬分，但他卻强抑內心之悲，說生死原是天意，何況「生有聞於當時，死有傳於後世」！

第二段說歐陽公所以能居北宋文壇的領導地位，根源於他「器質深厚」「智識高遠」「學術精微」。因此文章展現出「豪健俊偉，怪巧瑰琦」的氣質風貌。這八個字的評價用詞極爲精確，褒揚恰當。而後連用四個譬喻，就歐文的氣勢、文采、情韻、語詞逐一形容。浩瀚江河、燦爛日星、疾風驟雨、輕車快馬這些具體而生動的形象使得這篇祭文神采鑒人！「世之學者無問乎識與不識」，都能「讀其文則其人可知」。此句既是本段「其文」的概括，又引發出下文「其人」的讚揚，文意轉折自然。

歐陽公四十年的仕途屢屢受挫，幾度被黜斥，但他始終保持著「剛正之氣，果敢之節」。是非自有公議，高尚的道德情操，使其「既壓復起」、「終不可掩」。眞正的人才是不會長久被埋沒的！

嘉祐八年三月仁宗皇帝突然病逝，當時趙曙只有皇子之名，尚未立爲太子，如按制度並不能繼位。在國家安危的緊急關頭，他與韓琦等人毅然入宮協助皇后做出決斷，宣召皇子即帝位。「發謀決策，從容指顧，立定大計」簡短的十二個字便描述了歐陽修臨危不亂、果敢沈著的性格。

更難得的是，他又能「功名成就，不居而去」，高風亮節媲美上古隱士許由，永遠不朽。此二段也是緊扣綱領「生有聞於當時，死有傳於後世」。

儘管歐陽修可以無憾無悲，但天下人都爲之涕泣嘆惋，更何況王安石從此失去一位最景仰的楷模，悲傷自是甚於他人！此段用「然」字巧妙地將文勢轉回，以「且……」、「而況……」、「又……」等層層關係突顯自己的哀痛之情。末段「臨風想望，不能忘情」蘊藉含蓄，於味無窮。

本篇雖是駢體結構，但雜以散文的句法。因此行文語詞精鍊，規律中不失靈活。首段

「期、推、悲」；二段「微、琦、輝、馳、知」；三段的「離、非、衰」；四五段的「危、時、湄」；六七段的「欷、依、歸」都是韻腳字。由於押韻間隔較大，所以讀來琅琅上口，和諧自然。

引導寫作

不必仰賴華麗的詞藻，或是借助形式套語，眞情流露，據實道來，祭文往往就能感人。

（邢靜芬）

六、史書

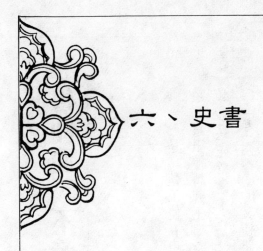

魯仲連義不帝秦①

資治通鑑

於是，楚王使春申君將(ㄐㄧㄤ)②兵救趙，魏王亦使將軍晉鄙將兵十萬救趙。秦王使謂魏王曰：「吾攻趙，旦暮③且下，諸侯敢救之者，吾已拔趙，必移兵先擊之！」魏王恐，遣人止晉鄙，留兵壁④鄴，名爲救趙，實挾(ㄒㄧㄝˊ)兩端⑤。又使將軍新垣(ㄏㄨㄢˊ)衍間(ㄐㄧㄢˋ)入⑥邯(ㄏㄢˊ)鄲，因平原君說趙王，欲共尊秦爲帝，以卻其兵。

注釋

①義不帝秦　認爲不尊秦王爲帝才是正義當行之事。義，當動詞用。

②將　率領軍隊。名詞轉爲動詞。

③旦暮　早晚，不久之意。

④壁　駐紮軍隊。名詞當動詞用。

⑤挾兩端　持觀望的態度，不採實際行動。

⑥間入　從小徑潛入，怕引人注意。

翻譯

（周赧王五十七年，秦兵圍趙，平原君因毛遂之力，說服楚王訂立盟約）於是，楚王便派春申君黃歇率軍救趙，魏王也命令大將晉鄙，率軍十萬援助趙國。秦昭襄王派人警告魏安釐王說：「我攻打趙國，拿下它將是遲早的事，如果哪個諸侯敢來救趙國，我滅趙之後，一定調動大軍先打他！」魏王畏懼秦的報復，找人去叫晉鄙停止前進，在鄴城駐紮軍隊，名義上是救趙，實際上兩方都不得罪，採觀望態度。魏王又派將軍新垣衍，從小徑潛入趙都城邯鄲，透過平原君趙勝，遊說趙孝成王，想要魏、趙聯合，尊奉秦王爲帝，好讓秦國退兵。

齊人魯仲連在邯鄲，聞之，往見新垣衍曰：「彼秦者，棄禮義而上首功①之國也。彼即肆然而爲帝於天下，則連有蹈東海而死耳，不願爲之民也！且梁未睹秦稱帝之害故耳，吾將使秦王烹醢（ㄏㄞˇ）②梁王③。」新垣衍快（ㄧㄤˋ）然不悅曰：「先生惡（ㄨ）能使秦王烹醢梁王？」魯仲連曰：「固也，吾將言之。昔者九侯、鄂侯、文王，紂之三公也。九侯有子而好，獻之於紂，紂以爲惡（ㄜˋ），醢九侯；鄂侯爭之強，辯之疾，故脯（ㄈㄨˇ）鄂侯；文王聞之，喟（ㄎㄨㄟˋ）然而嘆，故拘之牖（ㄧㄡˇ）里之庫百日，欲令之死。今秦，萬乘（ㄕㄥˋ）之國也，梁，亦萬乘之國也，俱據萬乘之國，各有稱王之名，奈何睹其一戰而勝，欲從而帝之，卒就脯醢之地乎！且秦無已④而帝，則將行其天子之禮以號令於天下，則且變易諸侯之大臣，彼將奪其所不肖而與其所賢，奪其所憎而與其所愛，彼又將使其子女讒妾為諸侯妃姬，處梁之宮，梁王安得晏然而已乎！而將軍又何以得故寵乎！」

注釋

①上首功　崇尚殺敵立功，意即好戰。上，通「尚」。

②烹醢　古時以烹煮、剁成肉醬為懲戒犯人的刑罰。在文中當動詞用。

③梁王　指魏安釐王魏圉。魏的首都在大梁，故代稱國名。

④無已　未被制止。

翻譯

齊國百姓魯仲連當時正在邯鄲，聽說此事，便來見新垣衍說：「那個秦國，是個背棄禮義而鼓勵殺人立功的野蠻國家。它如果能放肆無忌憚，稱帝於天下，受各國尊奉為天子，仲連我寧可跳東海而死，也絕不肯當它的百姓。更何況魏國還沒有真正看清秦王稱帝的害處

——我將讓秦王把魏王剁成肉醬!」新垣衍老大不高興地說:「先生有什麼本事能教秦王把魏王剁成肉醬?」魯仲連說:「當然能!我馬上告訴你理由。從前,商朝的九侯、鄂侯、文王,號稱是紂王的三公,位高而望重。九侯有個女兒,長得很漂亮,就好意把它獻給了紂王,紂王認爲她不討人喜歡,叫人把九侯給剁成肉醬;鄂侯竭力爭辯、大聲爲九侯喊冤,所以紂王把鄂侯殺了曬成肉乾;文王聽說此事,長嘆了一口氣,所以紂王把他扣留在牖里的倉房裡一百天,想辦法讓他沒命。如今秦是擁有萬輛兵車的大國,魏也號稱是擁有萬輛兵車的大國;都擁有「萬乘之國」的實力,各有身稱爲王的名位,爲何看到人家打贏了一仗,就想尊他爲天子,弄到最後,屈就自己成爲任人剁成肉醬、曬成肉乾的卑微角色!更何況秦王要是不被制止而當上天子,他就可以行使天子的職權,號令天下諸侯,並且將調動諸侯身邊的大臣:他將把他認爲不好的換掉,而任命他所認爲賢能的;撤除他討厭的,將官位給予他所喜愛的人。他又會派遣秦國美女和善於讒言的侍妾來當諸侯的后妃姬妾。這些秦王的耳目充斥在魏王宮中,試想魏王哪能安心過好日子啊!而將軍你,又有什麼辦法保住魏王過去對你的寵信呢?」

新垣衍起,再拜曰:「吾乃今知先生天下之士也!吾請出,不敢復言帝秦矣!」

翻譯

新垣衍聽完，趕忙起身離座，一再拜謝說：「我竟然到今天才知道先生是天下少見的高士！我這就離開趙國，不敢再提尊秦爲帝的建議了。」

賞析

「魯仲連義不帝秦」一事首見於戰國策，通鑑略有刪減而共分三段。首段寫魏王出兵欲救趙，懾於秦王威嚇，而欲聯趙帝秦。次段魯仲連深入剖析帝秦之害。末段魏王說客拜服仲連之說，不敢復言帝秦。

春秋戰國之士，如豫讓、荊軻者，雖有「士爲知己者死」的動人節操，而其眼中顧及的只有豢養他們的主人，維護的無非主人的私利，至於國家安危、百姓福祉，全不在計算內。唯有魯仲連以公義著眼：秦攻打趙國，與身爲齊人的他何干？只不過秦「棄禮義而上首功」爲天下人、爲文化絕續著想，他絕不願中國落入這樣倒退的、野蠻的政權之手。「計利當計天下利」，作者藉新垣衍之口，稱讚魯仲連爲「天下之士」，正是基於這樣的角度。

文章開頭，魏王被侵略者秦國的霸道所威嚇，使他想聯趙而帝秦。相形之下，局外人魯仲連就顯出「千萬人吾往矣」的氣概，馬上拜見魏使者新垣衍（戰國策中魯藉平原君才得會面，似乎較合理，因新是「間入邯鄲」行蹤保密，不該見外人的）。見面後，魯一反一般縱橫家的察言觀色，開門見山地反對帝秦一事，畢竟趙的危急已刻不容緩了；但魯仲連也並非魯莽之徒，他深知「短線圖利」者唯有以利才能說服，於是他先「危言聳聽」要使秦王「烹醢魏王」刺激新垣衍的護主之心（別忘了他也是魏王之「士」），繼而拿紂王三公的下場，暗示「棄禮義」的秦王和紂王一樣不可理喻，「烹醢魏王」絕非不可能（新的腦中一定閃過秦王對魏王的威嚇，那樣的理不直而氣壯山河！）然後又鼓勵魏王別因對方稍有勝績，就忘忽自身也名列戰國七雄，號稱萬乘之國（激將的意味濃厚，不是嗎？）更何況，「帝秦」眞的解決一切問題嗎？不，不僅國君身陷「脯醢之地」，一舉一動受秦王賞賜的姬妾監視，連「諸侯之大臣」也將任其變易或因姬妾的讒言而慘遭「出局」！而新將軍還要促成帝秦？如此執迷不悟。

新垣衍的起身再拜，顯示魯的一席話震動其內心，「請出」、「不敢復言」也率直不諱地承寡認其眼光短淺，連一介平民都不如。（國策的結尾尚有秦退兵、平原君重金酬謝，魯辭卻，「終身不復見」平原君的尾聲。爲正義排難解紛，功成後，連一片雲彩都不帶走，縱觀古今，幾人能夠？）

綜觀全文，依循戰國策常見的「危機——對辯——解危」模式，讓魯仲連充分發揮辯才，起先以實例證明抽象之理、其次以魏秦平等，連捧帶激、最後以設想之岐模擬帝秦之種種禍害，無不在誘使新垣衍勇敢正視問題。通鑑刪除國策中辭金遠去的浪漫結尾，想必意在保持其一貫的平實風格，避免過度美化人物。

引導寫作

魯仲連的遊說成功，正好印證溝通術的重要觀念：站在對方的角度立場去看問題，才容易得到共識，圓滿達到溝通的效果。假設家中的兄弟姊妹正因調整零用錢問題而和父母鬧得很不愉快，「今之魯仲連」的你如何排難解紛，化解家庭危機，平熄親子戰火？當然你更可以擴大範圍：比如美方對我軍售案遭外力阻撓，美國處於猶豫不決中，身爲外交特使的你如何圓滿達成使命？請以小說筆法描述經過，但切記保持客觀立場，絕不醜化任一方。

（吳邱銘）

赤壁之戰

資治通鑑

初，魯肅聞劉表卒，言於孫權曰：「荊州①與國鄰接，江山險固，沃野萬里，士民殷富，若據而有之，此帝王之資也。今劉表新亡，二子不協②，軍中諸將，各有彼此③。劉備天下梟（ㄒㄧㄠ）雄④，與操有隙，寄寓於表⑤，表惡（ㄨˋ）其能而不能用也。若備與彼協心，上下齊同，則宜撫安，與結盟好；如有離違，宜別圖之，以濟（ㄐㄧˋ）大事⑥。肅請得奉命弔表二子，並慰勞（ㄌㄠˋ）其軍中用事者，及說（ㄕㄨㄟˋ）備使撫表衆，同心一意，共治曹操，備必喜而從命。如其克諧⑦，天下可定也。今不速往，恐爲操所先⑧。」權即遣肅行。

注釋

①荊州　共有八郡，分布在今湖南湖北一帶。故與東吳相鄰。

②劉表新亡，二子不協　建安十三年七月，劉表卒，衆人奉次子劉琮繼任荊州太守。長子劉琦怒，藉奔喪名義，發動軍事攻擊，因此兄弟不合。

③軍中諸將，各有彼此　諸將中有擁護劉琦的，也有擁戴劉琮的。

④梟雄　以梟鳥形容勇猛傑出的人。

⑤與操有隙，寄寓於表　劉備奉獻帝密詔欲殺曹操，不成，備自許昌奔往徐州。操起兵伐之，備又逃亡至荊州，尋求劉表的庇護。

⑥如有離違，宜別圖之，以濟大事　若劉備跟劉表的繼承人不能合作，吳應另外想辦法，才能完成大業（發動攻擊，拿下荊州）。

⑦如其克諧　如能達到合作的目的。

⑧恐爲操所先　指荊州先被曹操所吞併。

到夏口，聞操已向荊州，晨夜兼道①，比（ㄅㄧˋ）至南郡，而琮已降，備南走。肅徑迎之，與備會於當陽長坂。肅宣權旨，論天下事勢，致殷勤之意②。且問備曰：「豫州③今欲何至？」備曰：「與蒼梧太守吳巨有舊，欲往投之。」肅曰：「孫討虜④聰明仁惠，敬賢禮士，江表⑤英豪，咸歸附之，已據有六郡，兵精糧多，足以立事。今爲君計，莫若遣腹心自結於東⑥，以共濟世業。而欲投吳巨，巨是凡人，偏在遠郡，行將爲（ㄨㄟˋ）人所併，豈足託乎！」備甚悅。肅又謂諸葛亮曰：「我，子瑜友也。」即共定交。子瑜者，亮兄瑾也，避亂江東，爲孫權長史。備用肅計，進住鄂縣之樊口。

注釋

①晨夜兼道　晝夜不停，兼程趕路。
②致殷勤之意　對劉備表達很懇切的關懷。
③豫州　以劉備的官銜稱呼，表示尊敬。
④孫討虜　建安五年，曹操曾有文書予孫權「討虜將軍」之位，因以之稱孫權。
⑤江表　長江以南，即江東，今江蘇南部太湖流域。
⑥遣腹心自結於東　派遣心腹之士到江東結盟。

曹操自江陵將順江東下。諸葛亮謂劉備曰：「事急矣，請奉命求救於孫將軍。」遂與魯肅俱詣（ㄧˋ）①孫權。亮見權於柴桑，說權曰：「海內大亂，將軍起兵江東，劉豫州收衆漢南，與曹操共爭天下。今操芟（ㄕㄢ）夷大難，略已平矣②，遂破荊州，威震四海。英雄無用武之地，故豫州遁逃至此。願（ㄩㄢˋ）將軍量（ㄌㄧㄤˊ）力而處之③。若能以吳、越之衆與中國抗衡④，不如早與之絕；若不能，何不按兵束甲，北面而事之⑤？今將軍外托服從之名，而內懷猶豫之計⑥，事急而不斷，禍至無日矣⑦！」權曰：「苟如君言，劉豫州何不遂事之乎？」亮曰：「田橫⑧，齊之壯士耳，猶守義不辱；況劉豫州王室之冑⑨，英才蓋世，衆士慕仰，若水之歸海。若事之不濟，此乃天也，安能復爲之下乎！」權勃然⑩曰：「吾不能舉全吳之地，十萬之衆，受制於人！吾計決矣！非劉豫州莫可以當曹操者。然豫州新敗之後，安能抗此難乎？」亮曰：「豫州軍雖敗於長坂，今戰士還者及關羽水軍精甲萬人，劉琦合江夏戰士亦不下萬人。曹操之衆，遠來疲敝，聞追豫州，輕騎（ㄐㄧˋ）一日一夜行三百餘里，此所謂『強弩之末，勢不能穿魯縞（ㄍㄠˇ）⑪』者也。故兵法忌之，曰，『必蹶（ㄐㄩㄝˊ）上將軍⑫。』且北方之人不習水戰，又，荊州之民附操者，偪（ㄅㄧ）兵勢耳⑬，非心服也。今將軍誠能命猛將⑭統兵數萬，與豫州協規同力⑮，破操軍必矣。操軍破，必北還；如此，則荊、吳之勢強，鼎足之形成矣⑯。成敗之機，在於今日！」權大悅，與其羣下謀之。

注釋

①詣　拜見。

②芟夷大難，略已平矣　北方主要的強敵大致都已剷平了。

③量力而處之　量力收納劉備。

④與中國抗衡　和中原勢力對抗爭衡。

⑤按兵束甲，北面而事之　收藏武器、脫下鎧甲，臣服於北方的曹操。

⑥外託服從之名，而內懷猶豫之計　表面上服從朝廷，內心卻猶豫不決。

⑦禍至無日矣　大禍馬上臨頭了。

⑧田橫　楚漢相爭，齊王田榮敗死，其弟田橫代領其衆。漢滅楚，橫即率其衆五百餘人亡入海島。漢高祖招降，田橫不甘北面稱臣，於前往洛陽途中自盡。島上聞說此事，亦皆殉之。

⑨王室之胄　漢朝宗室的後裔（景帝子中山靖王劉勝之後）。

⑩勃然　表情變得極憤怒的樣子。

⑪强弩之末，勢不能穿魯縞　語出漢書韓安國傳。魯國曲阜所織之縞，旣細又薄；强弩射出的箭連魯縞都不能射穿，可見力量殆盡了。

⑫必蹶上將軍　語出史記孫子傳。用兵過度，連大將都會累垮，何況手下士兵。蹶，本爲跌倒，又比喻受挫。

⑬偪兵勢耳　受曹兵强大威勢所逼罷了。

⑭猛將　後來孫權派水軍都督周瑜去領軍。

⑮協規同力　協同規劃，一起努力。

⑯荊吳之勢強，鼎足之形成矣　劉備有荊州，孫權有東吳，勢力強大，和曹操鼎足而立的態勢就可以形成了。

是時，曹操遺（ㄨㄟˋ）權書①曰：「近者奉辭伐罪②，旌麾（ㄐㄧㄥ ㄏㄨㄟ）南指，劉琮（ㄘㄨㄥˊ）束手③。今治水軍八十萬衆，方與將軍會獵④於吳。」權以示羣下，莫不響震失色。長史張昭⑤等曰：「曹公，豺虎也，挾（ㄒㄧㄝˊ）天子以征四方，動以朝廷爲辭；今日拒之，事更不順⑥。且將軍大勢可以拒曹操者，長江也；今操得荊州，奄（ㄧㄢˇ）有⑦其地，劉表治水軍，蒙衝鬥艦⑧乃以千數，操悉浮以沿江，兼有步兵，水陸俱下，此爲長江之險已與我共之矣。而勢力衆寡又不可論。愚謂大計不如迎之。」魯肅獨不言。權起更衣⑨，肅追於宇下⑩。權知其意，執肅手曰：「卿欲何言？」肅曰：「向察衆人之議，專欲誤將軍，不足與圖大事。今肅可迎操耳，如將軍不可也。何以言之？今肅迎操，操當以肅還付鄉黨，品其名位⑪，猶不失下曹從事⑫，乘犢車，從吏卒，交游士林⑬，累（ㄌㄟˇ）官故不失州郡⑭也。將軍迎操，欲安所歸乎？願早定大計，莫用衆人之議也！」權嘆息曰：「諸人持議，甚失孤⑮望。今卿廓開大計⑯，正與孤同。」

注釋

①遺權書　寫信給孫權。

②奉辭伐罪　奉天子之命，討伐叛徒。

③旌麾南指，劉琮束手　軍隊往南開拔，劉琮不戰而降。旌麾，借代軍隊。

④會獵　有威脅孫權之意，另說以爲暗喻兩方合作，共擒獵物——劉備。

⑤張昭　孫權謀臣中資歷名望最高的一位。

⑥事更不順　更顯得名不正、言不順，指不順從曹操控制的朝廷，即獲叛亂之罪名。

⑦奄有　佔有。

⑧蒙衝鬥艦　古代一種小型戰艦，速度快，以生牛皮蒙覆，又有弩矛射擊之窗穴，敵人不易接近，矢石亦不能破壞之。

⑨更衣　起身上廁所之代詞。

⑩宇下　房簷下。

⑪還付鄉黨，品其名位　打發回鄉，依才德授予官位。

⑫猶不失下曹從事　還是可以在官署中得到職位。官署中分科治事謂之曹。

⑬乘犢車、從吏卒，交游士林　享有一般士大夫該有的生活。犢車，牛車也。士林，士大夫們。

⑭不失州郡　至少能當上州牧、郡守。

⑮孤　王侯（孫權）自稱之謙詞。

⑯廓開大計　闡明你睿智的計策。

時周瑜受使至番陽，肅勸權召瑜還。瑜至，謂權曰：「操雖托名漢相，其實漢賊也。將軍以神武雄才，兼仗父兄之烈①，割據江東，地方數千里，兵精足用，英雄樂業，當橫行天下，爲漢家除殘去穢②。況操自送死，而可迎之邪（ㄧㄝˊ）！請爲將軍籌之：今北土未平，馬超、韓遂尚在關西，爲操後患；而操舍（ㄕㄜˇ）鞍馬、仗舟楫③，與吳、越爭衡；今又盛寒，馬無槀（ㄍㄠˇ）草；驅中國士衆遠涉江湖之間，不習水土，必生疾病：此數者用兵之患也，而操皆冒行之。將軍禽操，宜在今日。瑜請得精兵數萬人，進住夏口，保爲將軍破之！」權曰：「老賊欲廢漢自立久矣，徒忌二袁④、呂布、劉表與孤耳。今數雄已滅，惟孤尚存。孤與老賊勢不兩立。君言當擊，甚與孤合，此天以君授孤也。」因拔刀斫（ㄓㄨㄛˊ）前奏案⑤，曰：「諸將吏敢復有言當迎操者，與此案同！」乃罷會。

注釋

①父兄之烈　孫權繼承父兄（孫堅孫策）功業，才有江東之地。烈，功業。

②除殘去穢　除去殘暴且出身不良的曹操。操之父乃宦官曹騰之養子曹嵩。
③舍鞍馬，仗舟楫　指曹操捨其軍隊所長（陸戰）而就其所短（水戰）。
④二袁　指袁紹、袁術。
⑤斫前奏案　用刀砍面前觀看奏章用的長桌，以警告主降派不得再言，否則誅殺勿論。

是夜，瑜復見權曰：「諸人徒見操書言水步八十萬而各恐懾（ㄓㄜˊ），不復料其虛實，便開此議，甚無謂也。今以實校（ㄐㄧㄠˋ）之，彼所將（ㄐㄧㄤˋ）中國人不過十五六萬，且已久疲；所謂表衆亦極七八萬耳，尚懷狐疑①。夫以疲病之卒御狐疑之衆，衆數雖多，甚未足畏。瑜得精兵五萬，自足制之。願將軍勿慮！」權撫其背曰：「公瑾，卿言至此，甚合孤心。子布、元表②諸人各顧妻子，挾（ㄒㄧㄝˊ）持私慮，深失所望；獨卿與子敬與孤同耳，此天以卿二人贊孤也！五萬兵難卒（ㄘㄨˋ）合③，已選三萬人，船、糧、戰具俱辦。卿與子敬、程公④便在前發⑤；孤當續發人衆，多載資糧，爲卿後援。卿能辦之者誠決；邂逅（ㄒㄧㄝˋ ㄏㄡˋ）不如意，便還就孤，孤當與孟德決之⑥。」遂以周瑜、程普爲左右督，將兵與備並力逆⑦操，以魯肅爲贊軍校尉，助畫方略。

注釋

①狐疑　語出漢書文帝紀：「狐渡冰河，且聽且行。」故喻人多疑慮。

②子布、元表　張昭、秦松之字，皆孫權謀臣。

③難卒合　一時難以集結起來。卒，通「猝」。

④程公　程普，為東吳最具資望之將領，故尊稱之。

⑤前發　先行出發。

⑥卿能辦之者誠決……孤當與孟德決之　你能戰勝曹軍，就一切由你全權決定；如戰事不利，退回來跟我會合，我當親自和曹操一決勝負。

⑦逆　迎擊。

劉備在樊口，日遣邏吏於水次候望權軍①。吏望見瑜船，馳往白備②，備遣人慰勞之。瑜曰：「有軍任，不可得委署③；儻（ㄊㄤˇ）能屈威④，誠副其所望。」備乃乘單舸（ㄍㄜˇ）⑤往見瑜曰：「此自足用，豫州但觀瑜破之。」備欲呼魯肅等共會語，瑜曰：「受命不得妄委署；若欲見子敬，可別過之⑥。」備深愧喜⑦。

注釋

①於水次候望權軍　在江邊向東眺望孫權軍隊。
②馳往白備　立即快馬回營報告劉備。
③不可得委署　不能擅離職守（離開船隊）。
④儻能屈威，誠副其所望　如果劉備能屈駕前來會面，正符合我的期望。儻，同「倘」。
⑤單舸　一艘船。表示劉備有誠意無戒心。
⑥可別過之　請您去他的坐艦找他談。意謂魯肅也一樣不能擅離。
⑦備深愧喜　劉備很慚愧叫魯肅來會談的魯莽，又驚喜周瑜治軍嚴整不苟。

進，與操遇於赤壁。

時操軍衆已有疾疫。初一交戰，操軍不利，引次①江北。瑜等在南岸。瑜部將黃蓋②曰：「今寇衆我寡，難與持久。操軍方連船艦，首尾相接，可燒而走也。」乃取蒙衝鬥艦十艘，載燥荻、枯柴，灌油其中，裹以帷幕，上建旌旗，豫備走舸，繫於其尾③。先以書遺（ㄨㄟˋ）操，詐云欲降。時東南風急，蓋以十艦最著前，中江舉帆④，餘船以次俱進。操軍吏士皆出營立觀，指言蓋降。去北軍二里餘，同時發火。火烈風猛，船往如箭，燒盡北船，延及岸上營落⑤。頃（ㄑㄧㄥˇ）之，煙炎（ㄧㄢˋ）⑥張天，人馬燒溺死者甚衆。瑜等率輕銳繼其後，雷（ㄌㄟˊ）⑦鼓大震，北軍大壞。操引軍衆華容道步走，遇泥濘，道不通，天又大風，悉使羸（ㄌㄟˇ）兵負草填之⑧，騎（ㄐㄧˋ）乃得過。羸兵為人馬所蹈藉（ㄐㄧㄝˋ）⑨，陷泥中，死者甚衆。劉備、周瑜水陸並進，追操至南郡。時操軍兼以饑疫，死者太半。操乃留征南將軍曹仁，橫野將軍徐晃守江陵，折衝將軍樂進守襄陽，引軍北還。

注釋

①次　軍隊住宿兩天以上叫「次」，有紮營之意。
②黃蓋　東吳老將，火攻時中箭入水，幾乎喪命。
③豫備走舸，繫於其尾　放火後，方便船上人脫身之用。
④中江舉帆　船到江心時升起船帆，好乘風加速。
⑤營落　兵營聚集之所。
⑥炎　通「燄」。
⑦靁　通「擂」，擊打。
⑧使羸兵負草填之　命老弱殘兵身負野草鋪在泥地，供騎兵部隊通行。
⑨蹈藉　踐踏。

賞析

本文選自北宋司馬光主編的「資治通鑑」。「通鑑」是部從戰國寫到五代的通史，採左傳編年體，將十六代、一千三百六十二年的史事涵括在內，文體簡而不贅，博而能約。據聞現在的二百九十四卷是從數千卷草稿刪定成的，草稿之多可放滿兩幢房屋，但全用工筆寫就，未有一字潦草。由此可知，認眞、嚴謹不僅是司馬光的人格也是文格，所以「赤壁之戰」中找不到神異怪誕的「借東風」，也看不到史記那種雄健的采筆，連戰爭場面也止於平舖直敍。不過，含蓄內斂本來就是宋代文化的風格，正如同宋瓷的純色，不重色彩的刺激，反而讓觀者把重點放在事物的本質。因知，沒有辭采、不重氣勢，司馬光恰可全副力氣拿來逼進歷史的原貌，進而贏得知者的敬重，而非情緒煽惑下如雷的掌聲。

衆所周知，赤壁之戰決定了三國鼎立的局面，一般的史家會把焦點集中在戰爭的慘烈，强調那個歷史上最關鍵的時刻。然而司馬光卻把大部分篇幅花在交戰前，孫劉的外交運作、降戰的辯論過程，意圖挖掘出戰後三國之所以鼎立的「本錢」所在：孫有周魯，劉有孔明，孫劉又俱爲英雄人物。因此赤壁一役是實力的印證，非考驗也。舉魯肅爲例：一聽到劉表死訊，他洞燭機先，力促孫權「西向」取荊州，還主動提議自己和劉備接觸，觀察力敏銳，劍及履及搶先機。再看他面對弱勢的劉備，絲毫不見驕矜，先是「致殷勤之意」，又好心好意

「為君謀」，一番話說得劉備愁下眉頭，喜上心頭；他又藉跟孔明之兄的同事關係，與孔明攀交成功，恂恂儒雅的他，外交手腕之高眞可謂春風薰人，誰能拒他於千里之外？孔明、周瑜也寫得極有特色，各有其神韻。不需舌戰羣儒（三國演義），孔明的表現依然搶眼，甚至超越魯肅，因他乃有求於孫權，說服難度較高；但見他巧妙激發孫權的爭强好勝，再佐以曾與曹操交鋒的第一手資料，引得孫權龍心大悅，召羣臣商議聯合之事。但如果說孔明皎傲如九秋之冷月，那雄姿英發的周瑜就該是赫赫夏陽了。魯肅主戰僅能就「降曹無利可圖」說孫權，周卻出之以更精詳的評估，算出曹兵不可畏（這點瑜亮所見一致）。孫權的迷霧銷溶了，馬上主戰，當晚全權委任，再無猶豫。周瑜在極度受君寵後，卻又兩度拒絕劉備之請，亦顯示他有為有守。雖曰孫劉連合，但事先劃清界線，互不相干，既示忠誠，也杜絕不必要的流言；且大戰在即，任何行動須防孫劉之事外洩（別忘了後面所行的詐降之策）。劉備碰了兩次釘子，非但不以為忤，反而又愧又喜，反省力特强，度量恢弘，莫怪魯肅和孫權談到他時，贈以「梟雄」之名。孫權知人善任，有氣魄，偏處江東的孫吳才能登上歷史的檯面。

司馬光雖不以文采見稱，但文中人物性格心理語氣，無不聞聲如見其人，對白即使用文言也一逕保持著口語般的流暢。動作設計頗見巧思，如孫權愛才時會用「執手」「撫其背」表達兄弟般的情誼；嫉惡時以刀斫案，簡潔有力地展現決心。曹營之所以中黃蓋之計，無他，驕心重而輕敵，以為東吳人人自危如沈船中的溺鼠。因此當黃蓋降船將近，「操軍吏士，皆出營立觀，指言蓋降」，「皆」、「指」二字寫實也寓有貶意，相對於周瑜的不擅離職守，軍心一弛一張，勝負已見分曉。

相較於前七段較靜態的描述，第八段動作戰況的迭現，產生很特殊的緊湊效果。而即使平鋪直敍，「（黃蓋）船往如箭，燒盡北船」如箭二字，兼含疾速、強勁二義，多精鍊的譬喻！「煙炎（燄）張天」既是誇飾也是寫實，將火攻的力道推到極致，而如此自然而然，不見勉強。

曹操兵敗，羸兵、饑疫等弱點完全暴露，恰印證了瑜亮觀察之精準。大戰在「引軍北還」四字中落幕，「鼎足之形」卻正要上場，孔明魯肅所言全然不虛啊！只是就操軍「死者太半」一語，我們細推究：若依曹操自稱八十萬衆，那是死了四十萬以上；依周瑜估計廿三萬，則十二萬一定逃不掉。赤壁之役決定三國鼎立，付出慘痛代價的卻是人民，正是：三國功成萬骨枯。亡，百姓苦。興，百姓也苦。

引導寫作

同樣寫赤壁之戰，詩詞可以暗示「亂石崩雲，捲起千堆雪」，甚至「談笑間，強擄灰飛煙滅」一筆概括當時的情境；小說可以草船借箭、借東風等奇幻手法來突顯此役之非比尋常；唯獨歷史不能，只可有幾分根據說幾分話，難度其實更高。

然而難度高，方見出一個人的判斷力（史識）、文字造詣（史筆）和綜裁資料的組織力

（史才）如何。各位何妨當一名「太史公」，運用你的歷史知識對人情世故的了解，改寫歷史課本中一些關鍵時刻，比如：李鴻章 V.S. 伊藤博文——春帆樓上割臺澎，岳飛 V.S. 十二道金牌——忠勇的衝突與抉擇……。

這樣的寫作方式也許對你來說滿陌生的，可參考一些歷史小說家如高陽、南宮博的著作。說不定你就是下一個司馬光呢！

（吳邱銘）

七、書信

山中與裴秀才迪書

王維

近臘月①下，景氣和暢，故山②殊可過。足下方溫經，猥（ㄨㄟˇ）③不敢相煩。輒便往山中，憩感配寺④，與山僧飯訖（ㄑㄧˋ）而去。

注釋

①臘月下　夏曆十二月的下旬。古代在夏曆十二月舉行「臘祭」。下，末尾。

②故山　舊居的輞川山，在今陝西省藍田縣南，爲王維藍田別墅所在。

③猥　謙辭，含有冒昧之意。

④憩感配寺　在感配寺裡休息。憩，休息。感配寺：寺名，在今陝西省藍田縣。

翻譯

接近臘月下旬的時候，景色宜人，氣候暖和，從前我們住過的山莊，現在很值得遊覽一下。我經過您的住處，您正在溫習經書，不敢冒昧打擾您，就獨自到山中遊玩，在感配寺休息，和山裡的和尚們一起吃過飯便離去。

北涉玄灞①，清月映郭②。夜登華子岡，輞（ㄨㄤˇ）水淪漣③，與月上下；寒山遠火，明滅林外。深巷寒犬，吠聲如豹；村墟夜舂（ㄔㄨㄥ）④，復與疏鐘相間（ㄐㄧㄢˋ）。此時獨坐，僮僕靜默，多思曩（ㄋㄤˇ）昔，攜手賦詩，步仄逕（ㄗㄜˋ ㄐㄧㄥˋ）⑤，臨清流也。

注釋

①玄灞　水色深青。灞，灞水。源出陝西省藍田縣東，匯入輞水，流入渭水。

②郭　外城，此指城牆。

③淪漣　水上的波紋。

④舂　用杵臼擣去穀物的皮殼，即搗米。

⑤仄逕　狹窄的小路。仄，狹窄。逕同「徑」。

翻譯

向北渡過黑色的灞水，皎潔的月光正映照著城牆。夜裡登上華子岡，看到輞水上面的漣漪，和水中的月影上下盪漾。寒山上遠處的燈火，在樹林外忽明忽滅。寒夜裡傳來深巷的犬吠聲有如豹吼一般。村落裡傳來夜間擣米的聲音，又和那稀疏的鐘聲互相間雜。這時候，我獨自閒坐，僕人們靜默無聲，想起許多從前的事：我們曾一起攜手共遊，賞景賦詩，漫步在狹窄的小路上，欣賞著清澈的溪流。

當待春中，草木蔓發①，春山可望，輕鯈（ㄔㄡˊ）②出水，白鷗矯翼；露濕青皋（ㄍㄠ），麥隴朝雊（ㄍㄡˋ）③。斯之不遠，儻（ㄊㄤˇ）④能從我遊乎？非子天機清妙者，豈能以此不急之務相邀？然是中有深趣矣。無忽！因馱黃蘗（ㄅㄛˋ）人往⑤，不一。山中人王維白。

注釋

①蔓發　滋蔓生長。

②輕鯈　鯈，魚名，白色，體狹長，游動輕快敏捷，故曰輕鯈。

③雊　野雉叫。

④儻　同「倘」。或許，含有商量之意。

⑤因馱黃蘗人往　順便託馱運黃蘗的人帶去。因，順便。馱，用牲口運載。黃蘗，俗稱黃柏，藥用植物，又用作黃色染料。

翻譯

我們應當等到春天來臨的時候，草木蔓生吐芽，春天的山景值得觀賞。輕盈的鯈魚浮出水面，白色的鷗鳥振翅高飛。露水沾溼了水澤旁邊的青草地。早晨雄雉在麥田裡啼叫著。這離現在的時刻不遠了，到時候您或許能陪我一起去遊覽吧！若非您天性清遠超妙，我那裡會拿這些不急的事情來邀請您呢？但是這山水間，是有深厚的樂趣，請不要忽略啊！這封信順便託馱運黃蘗的人帶去，不一一細說。山中人王維上。

賞析

本文是王維從長安回到輞川別墅後，寫寒夜山中見聞，追念昔日同遊之樂，邀請裴迪明春同來山中一遊的信。他是位多才多藝的名士，能詩善畫，尤工於山水詩。蘇東軾曾讚美他「詩中有畫，畫中有詩。」這封信雖簡短，卻也是充滿詩情畫意的美文。

信的開頭，寫此次獨遊的情形，首先寫出遊的背景：即時令、氣候、地方。次點出未邀裴迪的原因。無知己相伴之下，「便往山中，憩感配寺，與山僧飯訖而去」這三句，既承前寫，又啓開第二段。

第二段描述冬令夜景，是實寫。作者渡過灞水，站在「華子岡」上，居高臨下「輞水淪漣，與月上下；寒山遠火，明滅林外。」，是鮮明的視覺形象。「深巷寒犬，吠聲如豹；村墟夜春，復與疏鐘相間」是鮮明的聽覺形象。水、月、山村、燈火是靜景，深巷犬吠聲、山村夜春聲與稀疏的鐘聲是動景，這種「動」更映襯出山村冬夜的靜寂。不只是聽覺與視覺的融合、動與靜的相襯，「此時獨坐，僮僕靜默，多思曩昔，攜手賦詩，步仄逕，臨清流也。」更由眼前景物而引起對往昔的聯想，時間由現在跳到往昔，也托出了空間。王、裴過去在輞川曾經一起「浮舟往來，彈琴賦詩，嘯詠終日」。這裡所說「攜手賦詩」，當指此事。因此這種寫法，自然會勾引起裴迪昔日同遊的情思。也為下段提出春遊之約鋪路。

第三段虛寫春景。從「當待春中」到「麥隴朝雊」作者以六個短小的排比句極寫山村春日的美景。寫的是當春天來到的時候，輞川山莊將出現的景致。短短的二十四字中，描摹出一幅「山村春日圖」表現出春光的明媚與朝氣。同時「草木蔓發，春山可望」是靜態美，「輕鯈出水，白鷗矯翼；露濕青皋，麥隴朝雊」是動態美，使得這幅春日圖更熱鬧了。但首句「當待春中」卻點出這些景物是根據以往經驗預想的，不像前面寫冬景那樣是「夜登華子岡」時所看到的。描寫春來臨之後的景色，是希望能再次同老友共遊。這正是王維寫這封信的主要目的。

王維邀請裴迪同遊，可謂字斟句酌，寫來看似不動聲色，而殷盼之情卻洋溢字裡行間。一寫「斯之不遠，倘能從我遊乎」？是採用商量的口吻邀請好友，委婉懇切。二寫「非子天機清妙者，豈能以此不急之務相邀」？這是對朋友的推崇。三寫「然是中有深趣矣」，更加强了邀約之情，讀來十分眞摯親切。最後說明信是託什麼人帶去的，就是信中所說的借運藥村黃蘗的人前去之便帶上的。其他，就屬於寫信的套式了。

這封信內容雖短，但作者用準確、鮮明、生動的辭語充分發揮他「描聲繪色，動靜相生」的文學特色，筆法清新，使全文如詩如畫，別具一格，值得再三玩味。

引導寫作

本文寫景的特色，頗值得學習。說冬令夜景，則以水、月、山村、燈火描繪出寂靜的冬夜，又以犬吠、夜舂，疏鐘的動態，襯出山村冬夜的岑寂。說春日則用蔓、輕、矯等字修飾草木魚鳥等，呈現春光的明媚與活力。「準確地以鮮明生動的用語，描繪出清新的景物」，是本文值得效法的地方。

（李鈴慧）

與韓荊州書

李白

白聞天下談士①相聚而言曰：「生不用封萬戶侯②，但願一識韓荊州。」何令人之景慕，一至於此耶！豈不以有周公之風，躬③吐握④之事，使海內豪俊，奔走而歸之。一登龍門⑤，則聲譽十倍。所以龍盤鳳逸⑥之士，皆欲收名定價⑦於君侯⑧。願君侯不以富貴而驕之，寒賤而忽之，則三千賓中有毛遂⑨，使白得脫穎而出⑩，即其人也。

注釋

①談士　評論時事的士人。

②萬戶侯　食邑有一萬戶的侯爵，此處意指高官。

③躬　躬行，親自實踐。

④吐握　吐哺握髮的省稱。史記記周公「一沐（洗頭）三握髮，一飯三吐哺（吐出口中的食

物），起外待士，猶恐失天下之賢人。」意謂禮賢下士，或為招徠人才而盡心。

⑤登龍門　傳說鯉魚躍黃河龍門就能變化為龍，此處借以表示得到德高望重者的引薦，則可提升聲譽。

⑥龍盤鳳逸　比喻有才能的人等待時機而動，就如龍一樣盤旋，如鳳一樣起飛。

⑦收名定價　獲得名聲，確定身價。

⑧君侯　此為對韓朝宗的敬稱。

⑨毛遂　戰國時趙國平原君的門客，三年不受重視，後秦圍趙都邯鄲，趙派平原君出使到楚國討救兵。毛遂推薦自己，請求同往，平原君與楚王談合縱之益，從日出至日中仍無結果。毛遂按劍挾楚王，曉以利害，楚王終於答應訂立了合縱的盟約。

⑩脫穎而出　比喻有才能的人，得到機會，就能顯示出才華。

翻譯

我聽說天下喜歡評論世事的讀書人，聚在一起時常說：「一生不一定要被封為萬戶侯的高官，只希望有幸能認識韓荊州。」為什麼能使人對您仰慕到這種狀況呢？正因為您有周公的風範，親身踐履如周公般為禮賢下士而吐哺、握髮的美行，於是使天下豪傑都爭先恐後地投奔您。一旦被您賞識，就有如登了龍門似的，名聲立刻提高了十倍。所以那些深具才華，待時而動的人，都希望從您那兒得到好的聲譽和評價。但願您能不因自己富貴而驕視他人，也不會因他人貧賤而予以輕視，那麼衆多的門下客中就會有像毛遂那樣自薦的人。假使我李白能夠有機會顯露才華，我便是像毛遂那樣的人才啊！

白，隴（ㄌㄨㄥˇ）西布衣，流落楚、漢。十五好（ㄏㄠˋ）劍術，遍干①諸侯②；三十成文章，歷抵卿相③。雖長不滿七尺，而心雄萬夫④。王公大人，許與⑤氣義。此疇曩（ㄔㄡˊ ㄋㄤˇ）⑥心迹（ㄐㄧ），安敢不盡於君侯哉！

注釋

①干　犯，這裡是求見的意思。

②諸侯　這裡指州郡的地方長官。

③卿相　此指朝廷中有權勢的高官。

④心雄萬夫　雄心壯志勝過萬人，形容志向壯闊。

⑤與　讚許。

⑥疇曩　往日，從前。

翻譯

我是隴西平民，流落在楚漢地方。十五歲喜好劍術，到處求見地方長官；三十歲能寫文章，多次求教當朝大官。我雖然身高不滿七尺，但是雄心壯志勝過萬人。王公大人們十分讚許我的文氣和道義。這些以前的心路歷程和事蹟，我怎敢不完完全全地向您報告呢？

君侯制作①侔（ㄇㄡˊ）②神明，德行動天地，筆參③造化④，學究⑤天人⑥。幸願開張心顏，不以長揖（ㄧ）⑦見拒。必若接之以高宴，縱之以清談，請日試萬言，倚馬可待⑧。今天下以君侯爲文章之司命⑨，人物之權衡，一經品題⑩，便作佳士。而君侯何惜階前盈尺之地，不使白揚眉吐氣，激昂青雲⑪耶？

注釋

①制作　這裏用以指政績。
②侔　相等。
③參　參與，參讚。
④造化　創造化育萬物的天地，亦即大自然。
⑤究　深入地研究。
⑥天人　指大自然和人事的關係。
⑦長揖　拱手高舉自上而下。古代賓主以平等身分相見時行的禮。

⑧倚馬可待　比喻才思敏捷。昔桓溫北征，袁宏倚於馬前草擬文告，很快便完成了七張紙，故以之喻。

⑨司命　神話中主宰功名祿位的神，又叫文曲星。

⑩品題　品評定高下。

⑪青雲　本指天上，此表示因受到薦舉而得志。

翻譯

您的功績可與神明齊等，您的德行驚天動地，您的文章能參讚天地萬物、自然的規律，您的學問能窮究大自然和人事的關聯。希望您能放開心胸，舒展容顏，不因我以平輩身分向您行長揖之禮而拒絕我。假若您能以盛宴接待我，並讓我暢所欲言，您可以當場要求以萬字的文章考驗我的才能，我的才思敏捷，您只須等一會兒，我就能揮筆而成。如今，天下人都視您爲評定文章的權威，衡量人物的標準。一被您品評題名，立刻成爲揚名天下的佳士。如今您爲何吝惜臺階前小小一尺見方的地方不肯接見我，讓我得以也揚眉吐氣，直上青雲呢？

昔王子師爲豫(ㄩˋ)州，未下車，即辟(ㄅㄧˋ)①荀(ㄒㄩㄣˊ)慈明；既下車②，又辟孔文舉。山濤作冀(ㄐㄧˋ)州，甄拔三十餘人，或爲侍中、尚書，先代所美。而君侯亦薦一嚴協律③，入爲祕書郎；中間崔宗之、房習祖、黎昕

(ㄒㄧㄣ)、許瑩之徒，或以才名見知，或以清白見賞。白每觀其銜恩④撫躬，忠義奮發，以此感激，知君侯推赤心於諸賢腹中，所以不歸他人，而願委身國士。倘急難有用，敢效微軀⑤。且人非堯、舜，誰能盡善？白謨猷(ㄧㄡˊ)⑥籌畫，安能自矜⑦？至於製作，積成卷軸⑧，則欲塵穢視聽⑨；恐雕蟲小技⑩，不合大人。若賜觀芻蕘(ㄔㄨˊ ㄖㄠˊ)⑪，請給紙墨，兼之書人⑫。然後退接閑軒⑬，繕寫呈上。庶青萍、結綠⑭，長價於薛、卞(ㄅㄧㄢˋ)⑮之門。幸推下流⑯，大開獎飾⑰，唯君侯圖⑱之。

注釋

①辟　徵聘。
②下車　以前稱官吏初到任爲下車。
③嚴協律　協律乃掌管音樂的官。嚴協律，據說就是嚴武。
④銜恩　感懷恩惠。
⑤微軀　微賤的身軀，此謙稱自己的生命。
⑥謨猷　謀略。
⑦自矜　自我誇耀。
⑧積成卷軸　表累積下來的文稿很多。

⑨塵穢視聽　玷汚您的耳目。此乃謙稱自己作品不夠好之辭。塵穢，這裡作動詞，表玷汚之意。

⑩雕蟲小技　謙指自己的詩文。蟲，本是秦代八種字體之一，筆畫如蟲形。

⑪芻蕘　割草打柴的人，後來指一般草野之民。但這裡是李白謙指自己的詩文。

⑫書人　抄寫的人。

⑬軒　小房子。

⑭青萍、結綠　青萍，寶劍名。結綠，美玉名。此爲李白自負地用以比喻自己的文章。

⑮薛、卞　指春秋時善於鑑別劍的薛燭，和長於辨別玉的卞和。作者用以比擬善於賞識他人長才的人。

⑯下流　地位卑下的人，此爲作者謙稱自己。

⑰獎飾　獎勵讚揚。

⑱圖　考慮。

翻譯

當初，東漢王允出任豫州刺史，還未走馬上任，就聘請了荀慈明；一上任，又聘用了孔融。西晉山濤任冀州刺史時，選拔了三十多人，有的做侍中，有的做尚書。這些都是前代人所讚美的。而您也曾推薦嚴協律，使他入朝做了祕書郎；還有崔宗之、房習祖、黎昕、許瑩等人，有的是因爲才華名氣被您知曉，有的是因爲操守淸白被您賞識。每當我看到他們感懷您的恩德，自身行事莫不盡忠且積極奮發，便爲此而深深感動，由此可知您是以眞心對待賢人的，所以我不願歸服他人，而願把自己託付給您。倘若急難中有要用到我的時刻，我願意以微賤之軀爲您效力。況且人非堯、舜，誰能盡善盡美呢？談到我的計策謀略，我李白那敢自誇！至於我的詩文創作，已經累積成書，想請您過目，又怕這些雕蟲小技，不合您的胃口。如果承蒙您願意看我的拙作，請您賜我紙筆，並派擅長書寫的人。然後我立刻回去打掃好空閒安靜的房間，將文章抄寫好呈給您看。也許這些詩文會像寶劍、美玉，落在薛燭、卞和手中受到賞識一樣而提昇了價值。但願有幸能讓您推舉地位卑下的我，多多給我獎勵和讚揚，希望您能考慮我的意見吧！

賞析

唐玄宗時，韓朝宗爲荊州刺史，喜好提拔後進，士人對其多所景仰，而彼時又是一人才濟濟，各欲展翅的時代。在此時代背景下，詩人李白亦欲一展其鴻鵠之志，於是搦筆爲文，而成此篇。

一開始即顯露詩仙豪邁不羈之詩情，兩句韻語：「生不用封萬戶侯，但願一識韓荊州」，聞者受用，言者更見氣魄干雲。以周公喻彼；以毛遂喻己。胸中丘壑，不言而諭。繼而簡介自身文武學養與交遊經歷，「心雄萬夫」四字，尤其表現出作者非凡的氣概與企圖心。第三段盛讚對方，排比連出，雖或不免溢美過度，卻讓我儕藉此奔肆放浪之文字，推衍出何者才是眞正的「筆參造化，學究天人」！文華若是，終究註定李白必然「揚眉吐氣，激昂青雲」於來日。第四段例舉古時美傳，借以讚揚韓朝宗，兼以表明求用之心迹。最末持平而具體地分析己之長處，自謙之餘，不乏自信！落落大方，不卑不亢。將己之才情比擬如青萍、結綠，更大有「待價而沽」的味道。千里馬旣已在此，若韓朝宗未能賞識，則不為伯樂矣！

全文一往一復，將對象韓朝宗與李白自身做了適度的交揉錯合，其中縱橫今古，尤見滿腹之經綸，而文中豪邁眞率的豪俠義氣，與鏗鏘有致的俐落節奏感，鮮活地表現出李白千古不羈的瀟灑和落拓，如此大開大合的作品，不難想見這樣一位有個性的天才，即使是有求於人，仍是如何可愛地「忠於原味」的表達自己的眞性情與人格呢！

引導寫作

這是一個著重自我推銷的時代，人情酬酢與應徵求職皆須做適度的自我推銷。如果你打算參加推薦甄試，申請就學某大學的某科系；或假想自己是位社會新鮮人，打算向自己心儀的公司投遞求職函，你該如何撰寫這份恰如其分的自薦書或自傳、履歷呢？再欣賞一下：李白是如何將人、我兩者之間牽繫起來的?可別只顧著促銷自己而漠視對方的存在價值喔!記住:要寫得「知己知彼」,才能「百戰百勝」啊!

（易理玉）

與元微之書

白居易

四月十日夜，樂天白：

翻譯

四月十日夜晚，樂天敬啓：

微之，微之，不見足下面已三年矣；不得足下書欲二年矣。人生幾何？離闊如此！況以膠漆之心①，置於胡越之身②；進不得相合，退不能相忘，牽攣（ㄌㄩㄢˊ）乖隔③，各欲白首④。微之，微之，如何！如何！天實爲之，謂之奈何！

注釋

①膠漆之心　比喻緊密契合的情誼。

②胡越之身　胡在北，越在南。比喻兩人距離極遠。

③牽攣乖隔　兩心牽繫，卻兩身遠隔。攣，牽繫。乖，背離。

④各欲白首　彼此頭髮都快白了。欲，即將。此時白居易四十六歲。元稹三十八歲，並非眞老，此處極寫思念的深切。

翻譯

微之啊微之！三年沒看見你了，沒收到你的信也將近兩年了。人生能有多少歲月呢？你我竟離別的如此久遠！何況你我情誼如膠漆般相合，卻置身於南北兩地；如今進一步無法和你會面，退一步又無法將你忘懷，你我心裡雖繫念著對方卻身隔兩地，彼此頭髮都快白了。微之啊微之，這該如何是好呢？這實在是老天爺的安排啊！我們又能說些什麼呢？

僕①初到潯陽時，有熊孺（ㄖㄨˊ）登來，得足下前年病甚時一札（ㄓㄚˊ），上報疾狀，次敍病心，終論平生交分。且云：「危惙（ㄔㄨㄛˋ）之際②，不暇（ㄒㄧㄚˊ）及他，惟收數帙（ㄓˋ）文章，封題其上，曰：『他日送達白二十二郎③，便請以代書。』」悲哉！微之於我也，其若是乎！又睹所寄聞僕左降④詩，云：「殘燈無燄影幢（ㄔㄨㄤˊ）幢⑤，此夕聞君謫（ㄓㄜˊ）九江。垂死病中驚坐起，闇(ㄢˋ)風吹雨入寒窗。」

注釋

①僕　謙稱自己。

②危惙之際　病危時。惙，呼吸急促的樣子。

③白二十二郎　唐人習慣以堂兄弟間的排行稱呼，白居易排行第二十二，故稱之。

④左降　貶官。漢尊右卑左，故貶官稱左降或稱左遷。

⑤幢幢　光影搖曳不定的樣子。

翻譯

我剛到潯陽時，有位熊孺登先生來訪，帶來您前年重病時所寫的一封信。信中先是報告病況，接著述說病中的心情，最後談及生平的交情。並說：病危時已無暇顧及其他的事，只能收集幾卷文章，加封後並在上面題字，說：「改天送交白二十二郎時，就請用這些來代替書信吧！」眞令人悲傷啊！微之對我的情誼竟是如此啊！我又看了當您聽到我被貶官的消息後所做的詩，寫著：「燈燭將滅燭影搖曳，今晚我聽說你被貶到九江去了。我雖病重得即將死了仍驚訝得坐了起來，暗夜中只見陣陣風雨吹入寒窗內。」

此句他人尚不可聞，況僕心哉！至今每吟，猶惻（ㄘㄜˋ）惻耳。且置是事，略敘近懷。

翻譯

這首詩一般人都還不忍心聽，更何況是我的感受呢！直到現在每當我吟詠此詩，都還覺得十分悲傷呢！姑且先放下此事不談，大略談談我最近的心情吧！

僕自到九江，已涉三載（ㄗㄞˇ），形骸（ㄏㄞˊ）且健，方寸甚安。下至家人，幸皆無恙（ㄧㄤˋ）。長兄去夏自徐州至，又有諸院孤小弟妹六、七人，提挈（ㄑㄧㄝˋ）同來。昔所牽念者，今悉置在目前，得同寒煖（ㄋㄨㄢˇ）飢飽：此一泰也。

翻譯

我自從來到九江，已經過了三年了，身體還算健康，內心也很安適，家人幸好都健康無病。大哥去年夏天從徐州來，還有同族各房孤苦伶仃，幼小的堂弟、堂妹六七個人相攜同來。從前所牽掛的人，現在全在眼前，能夠寒暖飢飽地生活在一起：這是第一件讓我覺得舒泰的事。

江州風候稍涼，地少瘴癘（ㄓㄤˋ ㄌㄧˋ）①，乃至蛇虺（ㄕㄜˊ ㄏㄨㄟˇ）蚊蚋（ㄖㄨㄟˋ）②，雖有甚稀。湓魚頗肥，江酒極美，其餘食物，多類北地。僕門內之口雖不少，司馬之俸雖不多，量（ㄌㄧㄤˋ）入儉用，亦可自給（ㄐㄧˇ），身衣口食，且免求人：此二泰也。

注釋

①瘴癘　南方山林間因林木覆蓋，濕氣熱氣交融卻難以蒸散之氣，此氣不利人的健康。

②蛇虺蚊蚋　指各種害蟲。蛇，即「蛇」。虺，一種土色無花紋卻有劇毒的蛇。蚋，一種小型的蚊子。

翻譯

江州氣候頗涼，此地很少瘴癘之氣，至於蛇虺蚊蟲，雖然有卻很少。湓水的魚很肥美，江州本地產的酒也很醇美，其他食物，大多和北方類似。我家中的人口雖多，擔任司馬工作的薪俸雖少，衡量收入節儉支出，也可以自給自足，吃的穿的都還不必有求於人：這是第二件舒泰的事。

僕去年秋始遊廬山，到東、西二林間香鑪峯下，見雲水泉石，勝絕第一，愛不能捨，因置草堂。前有喬松①十數株，修竹千餘竿；青蘿爲牆垣（ㄩㄢˊ），白石爲橋道；流水周於舍下，飛泉落於簷間；紅榴白蓮，羅生池砌（ㄑㄧˋ）②；大抵若是，不能殫（ㄉㄢ）記。每一獨往，動彌旬日③，平生所好（ㄏㄠˋ）者，盡在其中，不惟忘歸，可以終老：此三泰也。

注釋

①喬松　高大的松樹。

②紅榴白蓮，羅生池砌　此爲錯綜句型。意味紅色石榴花廣布於臺階旁，白蓮花遍生於池塘中。砌，臺階。

③動彌旬日　往往一住便是十幾天。動，每每；往往。旬，十天。

翻譯

我直到去年秋天才去遊覽廬山，到東林寺、西林寺之間的香鑪峯下，眼看遊雲流水清泉奇石，絕勝美景堪稱天下第一，我喜愛得捨不得離去，於是蓋了一間草堂。堂前有十幾棵高大的松樹，幾千株修長的竹子；我以青蘿作爲圍牆，用白石舖設橋道；流水環繞著我的草堂，瀑布瀉落在屋簷之間；紅石榴花羅列地生長在臺階旁，白色蓮花遍生於池塘之中；景物大致如此，無法一一詳記。每一次我隻身前往，往往便停留十幾天，生平所愛的，全都在這兒了。這兒不但讓我樂而忘返，甚至還可在此養老：這是第三件讓我舒泰的事。

計足下久不得僕書，必加憂望；今故錄三泰，以先奉報。其餘事況，條寫如後云云。

翻譯

我想您長久沒收到我的信，必然更加擔憂期望；所以現在特別記下三件舒泰的事，先向您報告。其他事情，逐一記在後頭。

微之，微之，作此書夜，正在草堂中，山窗下，信手把筆，隨意亂書，封題之時，不覺欲曙（ㄕㄨˋ）。舉頭但見山僧（ㄙㄥ）一、兩人，或坐或睡；又聞山猿谷鳥，哀鳴啾啾。平生故人，去我萬里。瞥（ㄆㄧㄝ）然塵念①，此際蹔（ㄓㄢˋ）生。餘習②所牽，便成三韻云：

注釋

①瞥然塵念　忽然產生的世俗之念。

②餘習　指作者平日做詩的習慣。

翻譯

微之啊微之！寫這封信的晚上，我正在草堂中，靠山的窗戶旁，隨手提筆寫信，封上信封題上你的名字時，不知不覺天都快亮了。抬頭只見山裡的和尚一兩位，有的坐著有的睡著；又聽見山谷中猿猴的悲鳴聲和鳥兒的啁啾聲，平生老友，離我萬里。忽然所有紅塵的牽念，在此時油然而生。我被平日好做詩的習性所牽引，就寫成了一首三韻詩：

「憶昔封書與君夜，金鑾(ㄌㄨㄢˊ)殿①後欲明天②。今夜封書在何處？廬山庵(ㄢ)裡曉燈前。籠鳥檻(ㄐㄧㄢˋ)猿③俱未死，人間相見是何年？」

注釋

①金鑾殿　唐朝大明宮旁的一個偏殿。
②欲明天　天將要亮了，指破曉之前。明，天亮。
③籠鳥檻猿　比喻作者和元稹如籠中之鳥、檻中之猿，不復自由。

翻譯

「想起以前寫信給你封上信箋的時候，是在金鑾殿裏天快亮的時候。今夜寫信封信的地方在那兒呢？竟是在廬山草堂裡破曉時分的燈前。你我有如籠中之鳥和檻中之猿，彼此雖還活在人世，但要到那一年才能再相見呢？」

微之，微之，此夕此心，君知之乎？

樂天頓首。①

注釋

①頓首　以頭觸地跪拜，以表敬意。書信中常用於署名後的末啓詞。

翻譯

微之啊微之！今晚我的這番心情，您可知道嗎？

樂天敬上

賞析

白居易、元稹二人於中唐詩壇齊名並稱。憲宗元和十年，白貶爲江州司馬；元遠謫爲通州司馬。此信寫於元和十二年，當時彼此境遇困頓，依然相互關懷，文中引錄的兩首詩，尤其具有畫龍點睛之效，令人感染於其藝術張力之下。

白居易的詩文一向以「平易」之風格著稱，「平易」二字看似無奇，卻最能表現「繁華落盡見眞淳」的眞情至性。元稹與白居易非但志同道合，且常以詩文互相酬和，即便宦海浮沈，同是天涯淪落人而各貶異鄉，關懷之情，益發突顯患難見眞情的可貴來。

這封書信的內容，大體分做三個部分：第一部份「懷思述往」，一開始即呼喚連連，從「微之，微之，不見足下面已三年矣」，以身、心；時、空的差距，綿延成一條思念的長河。思君而君不在眼前，其「人在江湖，身不由己」的無奈感，尤其令人讀之悽楚。接著追述得信之起源，故人千里，抱病猶且關切自己，一句「垂死病中驚坐起」的詩句，是多少深情厚誼的力量蓄積而起！另一句「闇風吹雨入寒窗」，那吹入寒窗的，豈只是疏雨驟風？那如風雨般翻翻滾滾的思緒，與茫茫前途的陰風暗雨，才是詩人心中最難抹去的灰暗地帶呢！相知相契，何待多言！於是，「且置是事，略敍近懷。」筆鋒一轉，開展出充滿愉悅色彩的第二部份，以寬慰友人。

第二部分記「江州三泰」，「心泰身寧是歸處，故鄉何獨在長安」，與其消極陷溺於情緒的泥淖中，不如以順處逆，去經營出生活與精神的喜樂與豐盈！

第一泰記親人相聚，共享天倫之樂。親疏關係，由近而遠；由長而少；層次井然有序。

第二泰記天時地利，自給自足之樂。記江州的生活環境、生活物資以及生活花費。簡略幾筆，盡皆詩人恬淡自適的生活態度！

第三泰記建置草堂，流連自然之樂。點明時、地及建設草堂的因緣後，疏落有致的筆法，以青、白、紅等豐麗的視覺色彩，及隱隱然響於耳畔的流水飛泉聲，寫照著詩人「無論天涯與海角，大抵心安即是家」的快意自得。

說完自己近況後，筆鋒再轉，又以接連的呼告聲：「微之、微之」，拉近彼此距離，開展出全文的第三個部分：懷想友人。此部份一切皆觸景傷情，從散文進入韻文，再度以時間、空間的今昔之比，回應首段的「謂之奈何」。展望未來，四度呼喚「微之、微之」，終究徒呼負負！而一句「人間相見是何年」，正是從首段「人生幾何？離闊如此！」的一個「離」字，一路蔓延鋪展的生命遺憾！

引導寫作

一、有人認為「境由心造」，所以白居易可在貶謫的江州仍樂享三泰；也有人認為「樂天之『泰』，終是哀象」。你若是居易知己，又做何解讀呢？嘗試看看：跨越時空，請你寫封信和白居易聊聊，做個千古知交吧！

二、梁啓超在《中國韻文中所表現的情感》一文中認為抒發情感的方式有三：一為奔迸的表情法、一為迴盪的表情法、一為含蓄的表情法。與元微之書可謂融攝三者，且渾然天成。當科技發達，我們常常是以電話傳情，事後卻少了一份涵泳咀嚼之美！何妨讓我們做個善於馭物的聰明現代人，巧用上述三法，發封E-mail，讓你的好朋友得以藉由快捷卻又雋永的文字，一再咀嚼你的深情厚誼吧！

（易理玉）

答司馬諫議書

王安石

某啓①：昨日蒙教，竊以爲與君實②遊處相好之日久，而議事每不合，所操之術多異故也。雖欲强聒，終必不蒙見察，故略上報，不復一一自辨。重念蒙君實視遇厚，於反復不宜鹵莽，故今具道所以，冀君實或見恕也。

注釋

①某啓　某，此代寫信人的姓名。

②君實　司馬光的字。不直稱姓名，以字相稱，是一種禮貌。

翻譯

安石向您陳述：前幾日承蒙賜教，我私下裡認爲和君實您早年即同官共事，友好交往的日子已非一朝一夕了。但是議論朝廷政事時，意見卻常常不合，是因爲所採取的治國方法不同的緣故。雖然，我想勉强在您耳邊多囉嗦，最終必定不被您諒解，所以簡略的回覆您一封信，不再一一地替自我辯白、說明。又想到一向承蒙君實您看得起我、厚待我，在書信往來時不應該如此草率不禮貌，所以現在詳詳細細地說明我這樣做的原因和理由，希望君實看完信後，或許能夠原諒、寬恕我。

蓋儒者所爭，尤在於名實，名實已明，而天下之理得矣。今君實所以見教者，以爲侵官①、生事、徵利②、拒諫，以致天下怨謗也。某則以謂受命於人主，議法度而修之於朝廷，以授之於有司，不爲侵官，舉先王之政，以興利除弊，不爲生事；爲天下理財，不爲徵利；辟邪說，難壬（ㄖㄣˋ）人③，不爲拒諫。至於怨誹之多，則固前知其如此也。人習於苟且非一日，士大夫多以不恤④國事、同俗自媚於衆爲善，上乃欲變此，而某不量敵之衆寡，欲出力助上以抗之，則衆何爲而不洶洶然⑤？盤庚之遷⑥，胥（ㄒㄩ）⑦怨者民也，非特朝廷士大夫而已。盤庚不爲怨者故改其度（ㄉㄨˋ）⑧。度（ㄉㄨㄛˋ）義而後動⑨，是而不見可悔故也。如君實責我以在位久，未能助上大有爲，以膏澤⑩斯民，則某知罪矣；如曰今日當一切不事事，守前所爲而已，則非某之所敢知。

注釋

①侵官　侵犯原官吏的職權。王安石新設「三司條例例司」主持新政，侵犯了原官的職權。

②徵利　指實行青苗、均輸等新法，是搜刮錢財、與民爭利。

③壬人　壬人，指奸邪的小人。

④恤　擔憂，掛心。

⑤洶洶然　大吵大鬧的樣子。

⑥盤庚之遷　盤庚，是商朝的中興之君。為避免水患和革除人民奢侈的惡習，將首都從「奄」遷往「殷」。

⑦胥　皆、都也。

⑧度　此處為名詞，指遷都的計劃。

⑨度義而後動　度，此處為動詞，指衡量、考慮。義，指正確的行為。

⑩膏澤　施恩惠於民。

翻譯

讀書人一向所爭論的，特別是在名稱（名分）和實際是否相符這一點上。名稱和實際如果能相符，治國的道理也就明確了。今天君實在信中教導我的，是認為我侵犯官員的職權、惹事擾民、聚斂錢財與民爭利、拒絕接受批評這四件事，因此招致天下百姓的怨恨、批評。

安石卻認爲我是受命於皇上，而且是在朝廷公開討論、修改這些法令制度，然後把它們交給主管的官員，這不能說成是侵犯官員的職責。推行前代明君的政策，用來發展有好處的事並除去有害的弊病，不能說成是惹事擾民。爲天下整頓財政，不能說成是聚斂錢財與民爭利。排除邪佞錯誤的言論，斥責奸佞小人，不能說成是拒絕批評。至於怨恨、說壞話的情況如此多，那是意料中的事。人們習慣於得過且過早已不是一天了，士大夫大多認爲不關心、顧念國家大事，苟同於世俗不正確之見，甚且嘩衆取寵向衆人取媚討好，是好的、對的。皇上卻想改變這種狀況，而我不衡量敵對力量的多、少，只想要奉獻己力協助皇上抵抗這股勢力，那麼這些人怎會不對我大吵大嚷憤怒不已呢？商王盤庚的遷都時，連老百姓們都抱怨不已，絕不僅僅是士大夫而已。盤庚並不因爲有許多人怨恨而改變他遷都的大計。他認爲遷都是正確的，是經過深思熟慮到遷徙的正確合理，然後堅決行動，看不出有什麼可以後悔的地方。如果君實責備我執掌朝政時間很久，還沒能協助皇上有一番大作爲，並且施恩惠於天下百姓，那麼，安石我知道自己的過錯了；如果說今天應當一切事都不做，只要墨守過去的一切陳規陋習就算了，那麼，這不是安石我敢領教、接受的。

注釋

無由會晤，不任區區①向往之至。

①區區　誠懇的心意。

翻譯

沒有機會見面，對您不勝敬仰嚮往到極點了。

賞析

本文雖是一封書信，卻實爲出色的駁論性論說短文。神宗熙寧二年，王安石任參知政事後，積極推行改革，但此變法卻遭到許多保守勢力的反對，當時擔任右諫議大夫的司馬光反對尤爲强烈，他連續三次寫信給王安石，極力勸阻王安石推行新法，《答司馬諫議書》是王安石收到司馬光第二封信後的復信。

王安石從儒家「必也正名乎」這一正「名實」的根本觀念入手，給自己的反駁站穩立論的基礎，然後才對司馬光書信中提出的侵官、生事、徵利、拒諫四條罪狀逐一給以簡潔、明確、有力的駁斥。正如前人所言：「半山文筆力簡而健」《藝概、文概》，也正因只論取要點，不在細微枝節處糾纏，更顯的主幹突出，論點鮮明，王安石此高度的概括法運用的十分成功，也更凸顯其成功的文字藝術的特色。

對政敵的「怨誹」、「怨謗」，他胸有成竹地指出「固前知其如此也」「衆何爲而不洶洶然？」表現了極度地輕蔑和從容無所懼的坦蕩胸懷。一句「人習於苟且非一日」堅定的表達出守舊、不思改革乃人既有的惡習；「士大夫多以不恤國事，同俗自媚於衆爲善」，尖銳的直指事情的核心。最後用商代中興之主盤庚遷殷民「胥怨」的史實，表達了對神宗革新必成的堅定信念，也表現了他剛毅、果敢、堅定不移的政治家的風度。

駁論能抓住關鍵。逐條批駁，邏輯性强，結構嚴謹。用詞嚴正峭刻、斬釘截鐵、明確有力。文筆雄健、謹嚴、義正詞嚴，精練簡潔。是一篇極爲出色的短文。

讀此文應與司馬光《與王介甫書》互相參照，才能得出一個公允而全面的結論。

引導寫作

如果你被全班推選爲風紀股長，必須要規範班上吵鬧、散漫的班風，如此方不負同學對你的肯定，也對老師的重託負責，因此你經過班會的公開討論，訂定班上生活公約，並嚴格執行，幾週下來，許多同學因違反公約，受到處罰，也因此班上的風氣愈來愈上軌道，但同學的批評聲也愈來愈大聲，身爲風紀股長的你，在此關鍵時刻你如何對同學曉以大義，如何讓同學體認到你如此作的用意，試寫一篇「告全班同學書」來表白自己。

（周寤竹）

上樞密韓太尉書

蘇轍

太尉執事①：轍生好爲文，思之至深。以爲文者，氣之所形②，然文不可以學而能，氣可以養而致。孟子曰：「我善養吾浩然之氣③。」今觀其文章，寬厚宏博，充乎天地之間，稱其氣之小大。太史公行天下，周覽四海名山大川，與燕、趙間豪俊交游，故其文疏蕩④，頗有奇氣。此二子者，豈嘗執筆學爲如此之文哉？其氣充乎其中，而溢乎其貌，動乎其言⑤，而見（ㄒㄧㄢˋ）乎其文，而不自知也。

注釋

①執事　表示尊敬對方的說法。意思是不敢直接送致對方，而通過對方的執事者（辦事人員）轉致。與「左右」同爲借代法。

②氣之所形　是由氣表現的。氣：此指人的胸襟氣度、才識等。

③我善養吾浩然之氣　見《孟子・公孫丑上》。浩然之氣：博大剛正的精神氣質，即最高的正氣。

④疏蕩　疏放而跌蕩，形容其文洋洋灑灑而不拘束。

⑤動乎其言　發於言。動：發的意思。

翻譯

太尉執事：蘇轍生性喜歡寫文章，曾深入地想過，認爲寫文章是才氣的表現，然而文章不是單靠學習就可以做好，才氣卻是由修養而獲得的。孟子說：「我善於培養我浩然的正氣。」現在讀他的文章，寬廣、醇厚、宏偉、淵博的氣概，充滿在天地之間，跟他的才氣大小完全相稱。太史公走遍天下，看遍海內的名山大川，跟燕、趙間的才俊之士交往，所以他的文章灑脫豪邁，頗有奇特的氣概。這兩位先生，難道曾經拿著筆學作這樣的文章嗎？他們的氣質充滿在胸中，自然流露在形貌上，發表爲言論，自然顯現在文章裡，自己還沒有察覺到呢！

轍生十有九年矣。其居家所與游者，不過其鄰里鄉黨①之人，所見不過數百里之間，無高山大野，可登覽以自廣。百氏之書，雖無所不讀，然皆古人之陳迹，不足以激發其志氣。恐遂汩（ㄍㄨˇ）沒②，故決然③捨去，求天下奇聞壯觀，以知天地之廣大。過秦、漢之故都④，恣(ㄗˋ)觀終南、嵩、華之高⑤，北顧黃河之奔流，慨然想見古之豪傑。至京師，仰觀天子宮闕(ㄑㄩㄝˋ)⑥之壯，與倉廩(ㄌㄧㄣˇ)、府庫、城池、苑囿(ㄧㄡˋ)⑦之富且大也，而後知天下之巨麗。見翰林歐陽公⑧，聽其議論之宏辯，觀其容貌之秀偉，與其門人賢士大夫⑨遊，而後知天下之文章⑩聚乎此也。

注釋

①鄰里鄉黨　統稱鄉里。古制：五家爲鄰，五鄰爲里，五百家爲黨，一萬二千五百家爲鄉。

②汩沒　沈淪，滅沒。

③決然　決斷的樣子。

④秦、漢之故都　秦都咸陽，西漢都城長安，東漢都城洛陽。

⑤恣觀終南嵩華之高　恣觀，縱情觀覽。終南，終南山，在陝西省西安市南。嵩，中嶽嵩山，在河南省登封縣北。華：西岳華山，在陝西省華陰縣南。

⑥宮闕　指宮殿。闕：宮門外的望樓。帝王所居也叫闕。

⑦苑囿　設有林池以囿養鳥獸的地方，皇家園林。苑：動植物園。囿：動物園。

⑧翰林歐陽公　歐陽修曾任翰林學士。蘇轍中進士時，主考官就是歐陽修。

⑨門人賢士大夫　指曾鞏、梅堯臣、蘇舜欽等。

⑩文章　這裡指有文才的人。

翻譯

轍已經十九歲了。平時在家所交往的，不過是鄰里同鄉的人。所看到的，不過附近幾百里大的地方，沒有高山曠野，可以登臨眺望，開擴胸襟。諸子百家的書，雖然無所不讀，但畢竟都是古人的遺聞往事，不能激發我的志氣。恐怕就這樣滅沒了自己的志氣，所以斷然離開家鄉，探訪天下間離奇的故事，雄壯的景觀，以了解天地的廣大。我經過秦、漢的故都，盡情地觀賞終南山、嵩山、華山的高峻，向北眺望黃河的奔流，慨嘆古代的英雄豪傑。到達京城，抬頭看到天子宮殿的壯麗，穀倉米廩財府兵庫、城垣溝池園林苑囿的富足和高大，然後才知道天下是如此的廣闊壯麗。我也拜見了翰林學士歐陽公，聽到他宏大博辯的議論，看到他清秀奇偉的容貌，和他那些身爲賢士、大夫的門人交遊，然後才知道天下能寫好文章的人才都聚集在此。

太尉以才略冠天下，天下之所恃以無憂，四夷之所憚（ㄉㄢˋ）以不敢發，入則周公、召（ㄕㄠˋ）公，出則方叔、召虎①。而轍也未之見焉。且夫人之學也，不志其大，雖多而何爲？轍之來也，於山見終南、嵩、華之高，於水見黃河之大且深，於人見歐陽公，而猶以爲未見太尉也。故願得觀賢人之光耀，聞一言以自壯，然後可以盡天下之大觀，而無憾者矣。

注釋

①入則周公召公出則方叔召虎　此借周代四位賢臣以稱頌韓琦之出將入相。周公旦、召公奭，都是周武王的名臣。周公曾助武王滅商。武王死後，成王年幼，由他攝政。召公曾佐武王滅商，成王時任太保，與周公旦分陝而治，陝以西由他治理。方叔、召虎，都是周宣王時大夫。方叔征玁狁(ㄒㄧㄢˇ ㄩㄣˇ)有功，召虎討淮夷有功。玁狁即秦漢時之匈奴。淮夷古時居於淮水沿岸東到黃海邊。

翻譯

太尉的才智謀略是天下第一，天下依靠您而沒有憂患，四方的夷狄因爲怕您而不敢發動戰爭。在朝廷中，您就像周公旦、召公奭輔佐武王定天下；出外用兵，您就像方叔、召虎爲周宣王平寇亂，但是我還沒有拜見過您。況且一個人的修養學問，如果不知取法最偉大的人，學得再多又有什麼用呢？我這次來京城，在山方面，看到終南山、嵩山、華山的高峻；在水方面，看到黃河的深廣；在人方面，拜見過歐陽公。但還覺得未能拜見太尉是美中不足的憾事！所以希望能瞻仰到賢人的光采，聽您幾句教訓來壯大自己的心志，然後才算是歷盡天下山川人物的大觀而沒有遺憾了。

轍年少，未能通習吏事。向之來，非有取於斗升之祿。偶然得之，非其所樂。然幸得賜歸待選①，使得優遊數年之間，將歸益治其文，且學爲政。太尉苟以爲可教而辱教之②，又幸矣。

注釋

①賜歸待選　被准許回家，等待選拔。蘇轍在考中進士之後，又應制科，直言當時政治得失，被列下等，授商州軍推官，不就。賜歸待選，是委婉的措辭。

②辱教之　這是一種謙遜的說法，意思是不以教導我爲恥辱而教導我。

翻譯

我年紀輕，還未熟通政事。先前到京師來，並不是想求得一官半職。偶然得到了，也不覺得快樂。幸而得到賜准，回家等候銓選任職，使我能優閒自在地讀幾年書。我要回去再努力研究文章，而且學習作官爲政的道理。如果太尉認爲我還可以教誨而願意教導我的話，那是我最慶幸的事了！

賞析

〈上樞密韓太尉書〉是蘇轍於十九歲（宋仁宗嘉祐二年）時寫給樞密使韓琦的信。宋代樞密使掌管全國軍事大權，相當於秦漢時的太尉，所以此處又尊稱爲太尉。韓琦當時身居要津，名聲風節爲海內所矚望。蘇轍上書時剛考取進士，涉世未深，這篇文章以論文述志的姿態出現，與當時阿諛奉承之辭迥異，顯得高雅拔俗。全文繞著「文者，氣之所形，然文不可以學而能，氣可以養而致。」的論點，論證嚴謹，措辭委婉，表達他要求拜見韓太尉的心願。

全文由大處起筆，層層深入，井然有序。可分四段：首段闡述自己的文學見解，提出「文者，氣之所形」的論點，以孟子的文章與其「浩然之氣」相稱，強調內在修養問題；而太史公的文章「頗有奇氣」是因爲遊遍天下，見多識廣，强調外在閱歷的重要，這兩者說明文與氣的關係。二段就自身的經驗，闡發前段「文不可以學而能，氣可以養而致」的說法。此段分兩層次：先說自己以往居家的經歷，透過「不過」、「不足」等否定句描繪本身所處的困境。進一層說來京所見，言自己遊覽天下名山大川，廣交文人學士以尋求自我突破的歷程。第三段導向主旨，由上文歐陽公引出韓琦，申述欲見韓琦的强烈心願。作者用「於山」、「於水」、「於人」三個並列的句式述說己見，而用「猶以爲未見太尉也」一句述說自己之未見，從而把韓琦置於名山、大川及文壇盟主之上，表達了作者內心極端的崇敬和仰慕，說自己未能一見韓琦，是最大的遺憾，使下段求見的願望顯得合情合理。末段自明本志，重申求見之意。爲避免此次求見，發生誤解，故意把自己不久前考中進士，說是「偶然得之，非其所樂」，表明自己確實志在爲文，而非夤緣取祿，並以求教之語作結，寫來辭情懇切，十分得體。

在寫作此文時，蘇轍正當脫穎而出、春風得意之時，不似後來那樣歷盡坎坷，飽經憂患，因此與中後期那種「沈靜簡潔，汪洋淡泊」的文風相比，這篇文章的特點是處處透露出朝氣和銳氣，洋溢著强烈的自信，顯現出一種「初生之犢不畏虎」的氣概。全文結構嚴謹細密，從立論，舉例證明到提出求見的願望，使本文建立在「爲文」而非「爲官」上，讓求見的理由更正當，達到「理直氣壯」的效果。

對氣的主張，曹丕在《典論．論文》中說：「文以氣爲主，氣之清濁有體，不可力强而致。」主張氣是與生俱來，每人不同，所以文章風格也就各異其趣。而在蘇轍看來，「文者氣之所形」「氣可以養而致」，氣決不是與生俱來，一成不變的。應注重後天的學習和修養，只要學者努力學習，悉心涵養，均能有所表現，其見解十分精到。

引導寫作

本文爲一干謁文章，卻能稱頌百代，必有超越常人之處。一般人在下筆時，爲要博得對方歡心，必大肆吹捧，但在局外人看來，則失之諂媚阿諛。本文爲了求見太尉，希望博得賞識提拔，但作者在下筆時，以如何養氣益文爲中心，展開議論，卻把求見的旨趣深藏起來，直到將收筆時才和盤托出，大有喧賓奪主之嫌，但就因「喧」得妙，「奪」得好，賓實主虛，使得求見目的堂堂皇皇，雅而不俗。此種巧妙的構思，頗值得寫作者借鏡。

（李鈴慧）

八、賦

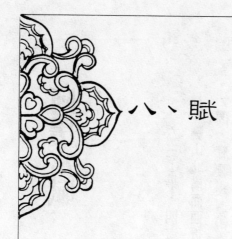

阿房宮賦

杜牧

六王①畢，四海一，蜀山兀(ㄨˋ)②，阿房出。覆壓三百餘里，隔離天日。驪山北構而西折，直走咸陽。二川溶溶③，流入宮牆。五步一樓，十步一閣，廊腰縵迴④，簷牙高啄⑤，各抱地勢，鉤心鬥角⑥。盤盤⑦焉，囷(ㄐㄩㄣ)囷⑧焉，蜂房水渦⑨，矗(ㄔㄨˋ)不知乎幾千萬落⑩。長橋臥波，未雲何龍⑪？複道⑫行空，不霽(ㄐㄧˋ)何虹⑬？高低冥迷⑭，不知西東。歌臺暖響，春光融融；舞殿冷袖，風雨淒淒。一日之內，一宮之間，而氣候不齊。

注釋

①六王　指戰國時代秦以外之齊、楚、燕、韓、趙、魏六國國君。此言六國滅亡了。

②兀　既高且平。這指樹木被砍光，以至於山禿了。

③二川溶溶　渭水和樊川水勢很盛大。溶溶，河水盛大的樣子。

④廊腰縵迴　迴廊曲折，好像人的腰能曲折一樣。縵，迴環的樣子。

⑤簷牙高啄　屋簷像小鳥從高處俯啄而下一樣。簷牙，屋簷排列的滴水瓦遠看就像一排牙齒似的，所以叫「簷牙」

⑥鈎心鬥角　心，指宮室的中心。角，指屋角。此指建築結構極對稱且配合緊密。

⑦盤盤焉　曲折的樣子。

⑧囷囷焉　回旋的樣子。

⑨蜂房水渦　這兒比喻建築物多且密。水渦，水的漩渦，比喻建築物的曲折。

⑩落　院落，院子。

⑪未雲何龍　這兒沒有雲，怎麼會有龍呢？這是故設疑辭，將長橋比擬如龍。

⑫複道　在空中架設的通道，類似現在的天橋。

⑬不霽何虹　這也是故設疑辭，將複道比擬爲虹。霽，雨過天晴。

⑭冥迷　模糊不清。

翻譯

六國全被滅亡了，天下已統一，蜀山頂上被夷爲平地，阿房宮就這麼出現了。這宮廣大得佔地三百里，高得幾乎可以遮住天日。從驪山向北開始建築，曲曲折折地向西綿延，一直築到咸陽城。渭水和樊川兩條河水，滾滾地流進了宮牆。五步一座樓，十步一座閣，迴廊像絲縵般地環繞著，屋簷像飛鳥俯啄的姿態似的，各自抱守著地勢，結構卻極對稱且配合緊密。建築物彎彎曲曲的，像蜂房般多，又像水渦般環旋，宮樓聳立著，不知有幾千萬個院落。長橋橫跨水面——咦！這兒沒有雲，怎麼會出現龍呢？天橋淩空而過——咦！並不見雨後放晴，為什麼卻出現了一道彩虹呢？在這一片高高低低，幽深曲折的環境裡，令人分不出方向來。聽！台上歌聲一片，歌聲暖暖，一如春光那樣融和；看！舞殿裡舞袖飄風，彷彿可招來淒濛的風雨一般。在阿房宮內，即使只待一天，或者只在其中一個宮殿內，氣候都大不相同。

妃嬪媵嬙（ㄆㄧㄣˊ ㄧㄥˋ ㄑㄧㄤˊ）①，王子皇孫②，辭樓下殿，輦（ㄋㄧㄢˇ）來於秦。朝（ㄓㄠ）歌夜絃，為秦宮人。明星熒（ㄧㄥˊ）熒③，開妝（ㄓㄨㄤ）鏡也；綠雲擾擾④，梳曉鬟（ㄏㄨㄢˊ）也；渭流漲膩，棄脂水也；煙斜霧橫，焚椒（ㄐㄧㄠ）蘭也；雷霆乍（ㄓㄚˋ）驚，宮車過也；轆轆⑤遠聽，杳（ㄧㄠˇ）不知其所之也。一肌一容，盡態極妍，縵立⑥遠視，而望幸焉。有不得見者三十六年⑦。燕趙之收藏，韓魏之經營，齊楚之精英，幾世幾年，剽（ㄆㄧㄠˋ）掠其人，倚疊如山。一旦不能有，輸來其間。鼎鐺玉石，金塊珠礫（ㄌㄧˋ）⑧，棄擲邐迤（ㄌㄧˊ ㄧˊ）⑨。秦人視之，亦不甚惜。

注釋

①妃嬪媵嬙　指宮中來自六國的妃子。封建時帝王的配偶各有等級，所以用字亦有異。

②王子皇孫　指六國的公族、後代。

③熒熒　星光明亮的樣子。

④綠雲擾擾　綠雲，比喻女子烏黑的頭髮。擾擾，衆多紛亂的樣子。

⑤轆轆　車聲。

⑥縵立　迴環立侍著。

⑦三十六年　指秦始皇在位年間，但他實際在位三十七年。

⑧鼎鐺玉石，金塊珠礫　把鼎當作鐺，把玉當作石，把金當作土塊，把珍珠當作碎石。此言極不愛惜這些寶物。鐺，鍋子一類的東西。塊，土塊。礫，小石子。

⑨邐迤　連接不斷的樣子

翻譯

來自六國的嬪妃，和王子皇孫，都辭別了自己的樓殿，乘車來到秦國。日夜歌樂不斷，就此做了秦國的宮人。看：明亮的星光正在閃耀——不！原來是宮女們掀開妝鏡的光影啊；綠色的雲正紛擾聚集著呢！——不！那是宮女們晨起正在梳理頭髮啊；渭河浮起了陣陣香膩，那是宮裡傾倒的脂粉所致；煙霧橫斜升騰，那是宮裡正在焚燒椒蘭薰香啊！聽：雷霆般巨響陡然令人吃驚，原來是宮裡的車馬走過的聲音，車走遠了，馬車聲仍轆轆做響呢！是這樣的渺遠，卻不知它究竟到那兒去了。所有宮女們的肌膚、容貌都美極了，她們迴環地立侍在側，只盼望能得到皇上的臨幸。可是有很多人在三十六年中，一次也沒見過皇上的面。六國所收藏、經營的珍品，原本也是經過幾世幾代，從人民手裡掠奪來的，堆積得像山一樣多。一旦不能保有，便得運送到秦國來。秦國把鼎當鐵鍋用、視玉如石頭、視金如土塊、視珠如瓦礫，隨便丟棄連連，秦國的統治者看待這些東西竟毫不珍惜。

嗟(ㄐㄧㄝ)乎！一人之心，千萬人之心也。秦愛紛奢，人亦念其家。奈何取之盡錙銖(ㄗ ㄓㄨ)，用之如泥沙！使負棟之柱，多於南畝之農夫；架梁之椽(ㄔㄨㄢˊ)，多於機上之工女；釘頭磷(ㄌㄧㄣˊ)磷①，多於在庾②之粟(ㄙㄨˋ)粒；瓦縫參差(ㄘㄣ ㄘ)，多於周身之帛縷；直欄橫檻，多於九土之城郭；管絃嘔啞(ㄡ ㄧㄚ)③，多於市人之言語。使天下之人，不敢言而敢怒。獨夫④之心，日益驕固。戍(ㄕㄨˋ)卒叫⑤，函谷舉⑥，楚人一炬⑦，可憐焦土。

注釋

①磷磷　這裡是形容建築物梁柱上的釘頭光彩耀目。磷磷，本是玉石色彩斑斕的樣子。

②庾　穀倉。
③嘔啞　聲音紛雜，這裡形容紛雜的樂器聲。
④獨夫　獨裁的暴君。此指秦始皇。
⑤戍卒叫　指陳涉、吳廣起義之事。戍，戍守、防守。
⑥函谷舉　指劉邦打進關中，函谷關也守不住了。
⑦楚人一炬　指項羽火燒阿房宮之事。炬，火把，這裡作動詞用。

翻譯

唉！秦王一人的心，和百姓千萬人的心其實是相同的！秦始皇喜歡奢華，一般老百姓也都愛護自己的家園啊！爲什麼在搾取時絲毫不留，使用時又視如泥沙般毫不珍惜呢？爲什麼在建築阿房宮時，用來支撐宮殿的柱子，比田裡的農夫還多呢？用來支撐屋樑的椽木，比紡織的女工還多？樑柱上光彩耀目的釘頭，比穀倉裡的粟米還多；阿房宮參差的瓦縫，比百姓身上穿的絲縷還密；縱橫交錯的欄杆，比天下的城郭還多；繁雜的音樂聲，比市人的言語還多。天下蒼生都敢怒而不敢言：秦始皇這位獨裁者的心，就一天一天益發驕橫起來。等到陳涉、吳廣登高一呼，劉備將函谷關攻陷，西楚霸王項羽放一把火燒了咸陽城之後，一切就化爲可憐的焦土了。

嗚呼！滅六國者，六國也，非秦也。族①秦者，秦也，非天下也。嗟夫！使六國各愛其人，則足以拒秦，秦復愛六國之人，則遞三世可至萬世而爲君，誰得而族滅也？秦人不暇自哀，而後人哀之；後人哀之而不鑑（ㄐㄧㄢˋ）②之，亦使後人而復哀後人也。

注釋

①族　被滅族。

②鑑　戒鏡。

翻譯

唉！滅亡了六國的，是六國自己，而不是秦國啊！滅了秦國的是秦國自己，也不是天下的人民啊！可嘆呀！假使六國都能各自愛護他們的人民，便足以抵抗秦國；假使秦國也能愛護六國的人民，那麼就可將帝位由二世傳到三世，甚至到千秋萬世，誰又滅得了他呢？秦人還來不及爲自己悲哀，卻讓後人爲他們悲嘆了；後人只知爲秦悲嘆卻不知引以爲鑑，這又讓更後世的人爲他們的不智而接著悲嘆了。

賞析

阿房宮故址在今陝西省長安縣西北，始建於秦惠文王時代，當秦始皇一統天下後，復驅令七十萬民工築設，秦二世繼續修建，至秦亡國，仍未竣工。史記秦始皇本紀載曰：「前殿阿房，東西五百步，南北五十丈。上可以坐萬人，下可以建五丈旗。」項羽北伐，火燒咸陽，三月不熄，阿房宮可謂是歷史上最大的宮殿，其壯闊可想而見。

杜牧寫阿房宮賦以象徵封建時的獨裁，也見證著秦始皇的驕奢。先以粗筆大致交代時代背景，既而以細膩的筆致行文：由宮貌而宮人而宮藏。

寫宮貌則由遠而近、由廣而高，透過遠眺、俯視、微觀等各種不同的角度，寫盡宮外景致的壯闊與宮內景致的玲瓏。

寫宮人則由外貌之妍麗透視至內心之孤寂，由視覺而嗅覺而聽覺，虛問實答之間，彷彿我們也藉杜牧之筆，和嬪妃們進行著一場捉迷藏遊戲。走筆至此，其筆力豐盈處腴若楊貴妃；纖細處柔勝趙飛燕，可謂曲盡文辭之美，小杜流美的詩風，於焉見之。

寫宮藏則連用排比、映襯，突顯秦皇不惜各國珍寶，更遑論天下蒼生。

筆力由此一承一轉，順勢帶出下一段，再度以映襯法及蟬聯而出的排比法，將關懷重心移至宮外的天下蒼生，但覺作者漸言漸怒，向始皇提出最沈痛的控訴。及至秦國咎由自取而遭滅國，一句「可憐焦土」，彷若曠野一聲警策的長嚎，而這聲慨歎卻不見歷史善意、明智的回響。當關懷的激情冷卻下來，是否更該以理性的態度去重新審視歷史的軌迹？於是，分析六國與秦國滅亡之主因，皆在自身！其論點與蘇洵〈六國論〉一文實有異曲同工之妙。篇末揭示全文主旨：一個「鑑」字，旨在呼籲後人切勿重蹈覆轍，而後戛然收筆。

此文表面以鋪述爲血肉，實則以議論爲骨幹。藉阿房宮的興亡，指出暴虐統治者必被推翻之道。其隱藏在文章背後的主旨，實欲借古諷今，以對當時沈湎聲色，大修宮廷的唐敬宗提出勸戒。此賦文字駢麗，氣勢縱橫，其間抑揚頓挫，轉韻連綿，反覆吟哦，更能借助音韻，深切體會此文之美。

引導寫作

本文或平鋪直敘、或巧設比擬、或因事興嘆，出神入化地多方運用賦、比、興的寫法，層層相依，在剪裁佈局上更是環環相扣，把阿房宮淋漓盡致的揮灑無遺。

平日同學於書房中偃仰嘯歌，沈潛涵泳，想亦助力多多。請先爲你的書齋命名，而後，以細膩之筆，替你的書房來上一篇書房寫眞集吧！

（易理玉）

秋聲賦

歐陽修

歐陽子方夜讀書，聞有聲自西南來者，悚（ㄙㄨㄥˇ）然而聽之，曰：「異哉！」初淅瀝以蕭颯①，忽奔騰而砰湃，如波濤夜驚，風雨驟至。其觸於物也，鏦（ㄘㄨㄥ）鏦錚（ㄓㄥ）錚，金鐵皆鳴；又如赴敵之兵，銜枚②疾走，不聞號令，但聞人馬之行聲。余謂童子：「此何聲也？汝出視之。」童子曰：「星月皎潔，明河在天。四無人聲，聲在樹間。」

注釋

①淅瀝以蕭颯　狀聲詞，細雨聲及風聲。以，及；和。

②銜枚　古代行軍時令士兵嘴裡含著像筷子的小木棍，以防喧嘩。

翻譯

歐陽子正在夜讀，聽到有聲音從西南方傳來，驚懼的聽著，說：「奇怪呀！」起初有淅瀝的細雨聲和颯颯的風聲，忽然就奔騰澎湃起來，有如夜裡浪濤洶湧，狂風暴雨突如其來。它碰觸到任何物體，都會發出鏦鏦錚錚的音響，像是金屬鐵器互撞的鳴聲；又像是前去戰場殺敵的士兵，嘴裡含著木箸快步行走，聽不到號令，只聽見人馬的前進聲。我對童子說：「這是什麼聲音啊？你出去看看。」童子回來說：「星月光明潔白，銀河掛在天上，四下悄無人聲，這聲音是從樹林間傳來的。」

余曰：「噫嘻，悲哉！此秋聲也，胡為而來哉？蓋夫秋之為狀也，其色慘淡，煙霏雲斂①；其容清明，天高日晶②；其氣慄冽（ㄌㄧˋ ㄌㄧㄝˋ）③，砭（ㄅㄧㄢ）④人肌骨；其意蕭條，山川寂寥。故其為聲也，淒淒切切，呼號憤發。豐草綠縟（ㄖㄨˋ）⑤而爭茂，佳木蔥蘢而可悅；草拂之而色變，木遭之而葉脫；其所以摧敗零落者，乃其一氣之餘烈。夫秋，刑官也⑥，於時為陰⑦；又兵象也⑧，於行為金⑨。是謂天地之義氣⑩，常以肅殺而為心⑪。天之於物，春生秋實，故其在樂也，商聲主西方之音⑫，夷則為七月之律⑬。商，傷也，物既老而悲傷；夷，戮也，物過盛而當殺。

注釋

①煙霏雲斂　霏，雲霧飛散。斂，收斂、聚集之意。
②日晶　太陽明亮燦爛。
③慄冽　猶凜冽，寒冷的樣子。
④砭　古代用來治病的石針稱爲砭，這裡引申爲刺的意思。
⑤縟　繁盛稠密。
⑥夫秋，刑官也　周禮用天、地、春、夏、秋、冬來命官職，秋官掌刑法，亦名司寇。
⑦於時爲陰　古人把一年四季分爲陰陽二氣，春夏爲陽，主生育，秋冬爲陰，主肅殺。
⑧兵象　用兵的象徵。因兵象主肅殺，秋令亦主肅殺，所以古代征伐多在秋天。
⑨於行爲金　古人以金木水火土爲宇宙間五種元素，秋屬金。
⑩天地之義氣　古人認爲秋主肅殺，是行刑懲罰不義之人、用兵討伐敵人的季節，也就是伸張正義的時節，所以肅殺之氣又叫義氣。
⑪常以肅殺而爲心　以嚴厲摧殘萬物爲目的。
⑫商聲主西方之音　古代以五音（宮、商、角、徵、羽）及五方（東、西、南、北、中央）配合四時；角聲東方屬春，徵聲南方屬夏，宮聲中央屬夏，商聲西方屬秋，羽聲北方屬冬。
⑬七月之律　律是正音的器具，十二律是十二個高低不同的標準音。古人把十二律和十二月相配合，夷則是指七月。

翻譯

我說：「唉，可悲啊！這是秋聲呀！它爲何而來呢？說到秋所呈現的情狀，它的顏色悽慘黯淡，煙雲盡收；它的容貌清新明亮，天顯得高曠，太陽份外明亮；它的寒氣使人顫抖，刺人肌骨；它的意態蕭條，山川顯得靜極空虛。所以它發出的聲音，悲涼淒切，猶如人在悲憤的哭號呼喊。那豐潤的青草濃綠而互爭繁茂，美好的樹木青翠而令人喜愛，但是一遭秋風吹拂，草色變枯黃了，樹木的葉子也脫落了。它所以能摧殘草木零落的原因，就是因爲秋氣的餘威所致啊！」秋天是刑官執法的時候，在時令上是屬陰；又是用兵的象徵，在五行中是屬金，這就是所謂天地之間的義氣，常以嚴厲摧殘爲主。上天對於萬物，春天生養，秋天結實。所以在音樂上，秋是配以商聲，屬於西方之音，而夷則是七月的音律。商，是傷心的意思，萬物已然衰老時都會悲傷。夷，是殺戮的意思，萬物過盛時自當會走向衰亡。

「嗟乎！草木無情，有時飄零。人爲動物，惟物之靈，百憂感其心，萬事勞其形，有動於中，必搖其精。而況思其力之所不及，憂其智之所不能，宜其渥然丹者爲槁木，黟(ㄧ)然黑者爲星星。奈何以非金石之質，欲與草木而爭榮？念誰爲之戕賊，亦何恨乎秋聲！」童子莫對，垂頭而睡。但聞四壁蟲聲唧唧，如助余之嘆息。

翻譯

唉！草木沒有知覺，時候到了尚且會凋零。人是萬物之中最具靈性的，卻有百種憂慮煩擾他的心，萬種事物勞苦他的形。一旦內心有所觸動刺激，一定會撼搖折損他的精神。何況還要想那些能力無法達到，憂慮那些智力無法解決的事。自然紅潤的容顏會變得枯槁，烏黑發亮的頭髮會變得花白了。爲什麼人並沒有金石那般堅實的體質，卻偏要與草木去爭奇鬥豔呢？應該想想究竟是誰戕害了自己的心神，又何必去怨恨那無關的秋聲呢？童子沒有回答我，低下頭去睡著了。只聽見牆角邊的蟲聲唧唧，好像在陪著我嘆息似的。

賞析

本文選自《歐陽文忠公集》，是歐陽修的代表作之一。體裁與蘇軾的「前、後赤壁賦」同屬散賦，文中體現了韻散結合、雜以駢偶、多設問答的特點。通篇透過對深秋蕭條景象的描繪，抒發了世事多磨，人生易老的感慨。

就藝術價值而言，作者將本爲抽象的聲音用具體的事物加以描繪，把秋聲的「聲」和「勢」具體化、形象化；更以精妙的筆法渲染秋色，把秋的幽美、深邃以及肅殺之氣淋漓盡致的表達出來，這當是本文最出色之處。

文章一開始，「歐陽子方夜讀……『異哉』」，夜讀、聞聲、悚聽、驚嘆四個動作連續而出，筆法緊湊，令讀者精神也爲之一振，欲隨之傾聽。緊接著「初淅瀝……風雨驟至」聲由小而大，由遠而近，猖狂的進逼眼前，確實令人心驚。「其觸於物也……人馬之行聲」作者在此更藉「聲」作用於外物的角度，見出此聲在天地之間引起的震撼，並强調其森嚴肅殺之氣。而後才藉由與童子的對話點題，道出此爲「秋聲」，並開啓了下文的議論。

「蓋夫秋之爲狀也……」總綰下文，扣住秋的特色極力鋪寫。作者先以枯黃慘澹、煙飛雲散來概括秋色，以天高日清來說秋容，並以砭人肌骨來寫秋氣之寒，再就景物蕭索凋零來襯托秋意，最後再用淒切呼號來强化秋聲之威。而後筆勢一轉，描寫草木的原貌是繁盛蒼翠，以此對比出秋風吹拂過後的衰敗景象，目的無非在逼出「秋氣之餘烈」，好繼續作爲下文議論的張本。透過此段多重角度的描寫，秋的蕭森意象更加鮮明。

「夫秋，刑官也……」，本段由上文「一氣之餘烈」開展，專就秋的肅殺之氣而寫。《漢書・律曆志》：「春爲陽中，萬物以生；秋爲陰中，萬物以成」，又《漢書・五行志》：「金，西方，萬物既成，殺氣之始也。」在在說明古人以秋天主肅殺之氣，所以刑官以秋爲名，又說秋如戰爭之象，而決獄訟、征不義、誅暴慢等伸張正義的事也都選在秋天進行，因此作者說「是謂天地之義氣，常以肅殺而爲心」。接著又以音樂之理來形容秋的慘烈，道出「物既老而悲傷，物過盛而當殺」的自然客觀法則，令人無法規避既定的存在事實。

「嗟乎！草木無情，有時飄零……」，作者眼見萬物的蕭條進而引發人世的慨嘆。無情之物尚且循自然規律零落，何況具有靈性的有情之人呢？不待秋聲的催促，人被自己的情感、物慾已折磨得心弛精疲，更有那窮一生思慮也難及的事，豈不更令人氣短？「渥然丹者爲槁木，黟然黑者爲星星」眞是令人傷感、惆悵至極啊！但是文末語氣卻又一轉，改以反詰語氣說道「奈何以……亦何恨乎秋聲！」人非金石之質，怎能與草木爭榮？何況人的蒼老乃因過度思慮所致，這是人的自我抉擇，又何須怨怪秋聲呢？輕輕一撥，彷彿抖落一身的悲秋愁懷，對於人世間的情感、道義擔當還是坦然接受與承擔呀！

本文雖未擺脫傳統以來悲秋的主題，卻能突出於同類作品之上，其特點有二：一是作者藉著敏銳的感知能力以及高超的描寫技巧，把秋的聲形與意態完全藝術化了。其二是作者能從悲秋的主題中跌宕出另一層思考，道出萬物衰老本是自然的現象，何況人被感情、名利以及諸多外物牽絆折磨，這才是加速蒼老的主因，又何關乎秋聲呢？文末並以反詰作收，眞是予人無限深長的思索空間。

引導寫作

秋聲賦一文，在視覺與聽覺的摹寫上給了同學最佳的學習典範。其實天地間一切美好的景物樂音已然存在那兒，但看你是否有敏銳的觀察力與豐富的想像力去捕捉、呈現它們而已。古人說「萬物靜觀皆自得」，只要我們不犯「視而不見、聽而不聞」的毛病，透過我們的眼、耳、鼻、舌、身、意，其實也可以感知如古人一般的情懷。所以同學平常應多磨利自己的感官，並藉由不同感官之間的差異性與細膩處，對日常事物多做摹寫的訓練，則技巧必能提昇。

（吳美錦）

前赤壁賦

蘇軾

壬戌①之秋，七月既望②，蘇子與客泛舟遊於赤壁之下。清風徐來，水波不興。舉酒屬（ㄓㄨˋ）客③，誦〈明月〉之詩，歌〈窈窕（ㄧㄠˇ ㄊㄧㄠˇ）〉之章。少焉，月出於東山之上，徘徊於斗牛④之間。白露橫江，水光接天。縱一葦之所如，凌萬頃之茫然。浩浩乎如馮（ㄆㄧㄥˊ）虛御風，而不知其所止；飄飄乎如遺世獨立，羽化而登仙。

注釋

①壬戌　宋神宗元豐五年（西元一〇八二年），歲次壬戌。
②既望　陰曆每月初一是朔，十五日爲望。既，過了，所以既望是指十六日。
③屬客　有斟酒勸客飲之意。
④斗牛之間　斗牛指北斗星和牽牛星。此處泛指滿天星斗。

翻譯

壬戌年的秋天，七月十六日，我和客人乘船到赤壁之下遊覽。清風慢慢的吹來，水面上沒有波浪。舉起酒杯勸客人飲酒，朗誦著《詩經・月出》的詩，高歌著〈窈窕〉這一章。一會兒，月亮從東邊的山頭出來，在滿天星斗間緩緩的移動。白霧籠罩在整個江面，水光接連著天色。任憑小舟四處漂流，浮盪在廣大無邊的江面上。水勢那麼浩大，我們宛如騰空駕風飛行，卻不知將止於何處；飄飄然的又像是遠離塵世而獨立，身生羽翼而飛昇的神仙。

於是飲酒樂甚，扣舷（ㄒㄧㄢˊ）而歌之。歌曰：「桂棹（ㄓㄠˋ）兮蘭槳，擊空明兮泝（ㄙㄨˋ）流光①。渺渺兮予懷，望美人②兮天一方。」客有吹洞簫者，倚歌而和之，其聲嗚嗚然：如怨如慕，如泣如訴；餘音嫋（ㄋㄧㄠˇ）嫋，不絕如縷。舞幽壑（ㄏㄨㄛˋ）之潛蛟，泣孤舟之嫠（ㄌㄧˊ）婦。

注釋

①擊空明兮泝流光　空明，指月光下江水澄澈透明。泝，音ㄙㄨˋ，逆水而上。流光，水面上波動的月光。

②美人　內心思慕的人，此處有隱喻國君之意。

翻譯

這時大家飲著酒眞是痛快極了，便敲著船邊唱起歌來。歌詞是：「桂木做的棹啊蘭木做的槳，划開清澈澄明的江水，又往上追逐那水面上流動的月光。我的情是那般的悠遠深長，想望的意中人啊卻在遙遠的天邊。」客人中有吹洞簫的，配合著歌聲而吹奏著，它的聲音低沈嗚咽，像幽怨、像愛慕、像飲泣、像傾訴；餘音悠揚繚繞，像絲縷般不絕於耳，可使潛藏在深谷的蛟龍起舞，可使孤舟中的寡婦哀泣。

蘇子愀(ㄑㄧㄠˇ)然①，正襟危坐，而問客曰：「何爲其然也？」客曰：「『月明星稀，烏鵲南飛』此非曹孟德之詩②乎？西望夏口，東望武昌，山川相繆(ㄌㄧㄠˊ)，鬱乎蒼蒼；此非孟德之困於周郎者乎？方其破荊州，下江陵，順流而東也，舳艫(ㄓㄨˊ ㄌㄨˊ)③千里，旌(ㄐㄧㄥ)旗蔽空，釃(ㄙ)酒④臨江，橫槊(ㄕㄨㄛˋ)賦詩，固一世之雄也，而今安在哉？況吾與子，漁樵於江渚(ㄓㄨˇ)之上，侶魚蝦而友麋鹿；駕一葉之扁(ㄆㄧㄢ)舟，舉匏(ㄆㄠˊ)樽以相屬；寄蜉蝣⑤於天地，渺滄海之一粟。哀吾生之須臾，羨長江之無窮；挾(ㄒㄧㄝˊ)飛仙以遨遊，抱明月而長終；知不可乎驟得，託遺響於悲風。」

注釋

①愀然　神色變得嚴肅的樣子，另也有憂愁的意思。

②曹孟德之詩　傳說曹操征東吳，兵屯赤壁，夜觀江景時作〈短歌行〉。

③舳艫　本指船尾和船頭，此處指戰船。

④釃　指斟酒，這裡有飲酒之意。

⑤蜉蝣　生於夏秋之間的小昆蟲，朝生暮死。此處用以比喻人生短促。

翻譯

我神色頓時嚴肅了起來，整整衣冠，端坐著問客人說：「爲什麼簫聲如此悲涼呢？」客人說：「『月明星稀，烏鵲南飛』這不是曹孟德的詩嗎？西望夏口，東望武昌；山川互爲環繞，草木青葱蒼翠。這不是孟德被周瑜所圍困的地方嗎？當他攻破荆州，打下江陵，順著長江東下時，戰船首尾相連有千里之長，軍旗多得遮蔽了整個天空，面臨著江水喝酒，橫擱著長矛作詩，實在是一代的大英雄啊！如今卻在哪裡呢？何況我和你，在這江邊沙洲上捕魚砍柴，跟魚蝦作伴，和麋鹿交友；駕著一葉小舟，拿起葫蘆做的酒杯相互勸酒；短暫地像蜉蝣寄存於天地般，渺小得像大海中的一粒米。感傷我們生命的短暫，羨慕長江流水的無窮；想和飛仙一起作伴遠遊，抱著明月永遠長存；但我知道這是不可能實現的夢想，只好把悲涼愁苦的餘音寄託在秋風中。」

蘇子曰：「客亦知夫水與月乎？逝者如斯，而未嘗往也；盈虛者如彼，而卒莫消長也。蓋將自其變者而觀之，則天地曾不能以一瞬；自其不變而觀之，則物與我皆無盡也。而又何羨乎？且夫天地之間，物各有主。苟非吾之所有，雖一毫而莫取。惟江上之清風，與山間之明月，耳得之而爲聲，目遇之而成色。取之無禁，用之不竭。是造物者之無盡藏也，而吾與子之所共適①。」

注釋

①適　本爲樂之意，此處引申爲享受。

翻譯

我說：「你也知道水和月的道理嗎？江水雖然像這樣不斷的向前流去，但就整個長江來說並沒有流走啊；月亮一直像那樣圓了缺、缺了圓，但它本身始終沒有增減過。若我們從變的角度來看，那麼天地萬物也不能在一眨眼間不變化；若從不變的角度來看，那麼萬物與我們都是無窮盡的呀！我們又有什麼好羨慕它的呢？而且天地之間，萬物都有它的主人。如果不是屬於我們的，即使是一毫也不要取它；唯有這江上的淸風，與山間的明月，耳朵聽到了就成了悅耳的音響，眼睛看到了就成了美麗的景色。取用它沒有人會禁止，享用它也沒有竭盡的時候。這是造物者賜給人類無窮盡的寶藏，也是我和你所共同享有的。」

客喜而笑，洗盞更酌，肴核既盡，杯盤狼藉。相與枕藉乎舟中，不知東方之既白。

翻譯

客人聽了高興地笑了，於是我們洗了杯子再喝起酒來。等到菜肴水果都吃完了，杯盤散亂的擺著。大家橫七豎八的睡在舟船中，不知這時東方天色已經發白了。

賞析

本篇在內容上是屬遊記，體裁則是屬辭賦類。賦是由《詩經》、《楚辭》匯合發展而來的，特點是通過華麗的詞藻，整齊的句法，來鋪陳事物，抒發感懷。賦發展至宋，受到古文運動的影響，變為文賦，也稱散賦，它的句式參差，押韻也比較自由，同時化典重為流利，抒情寫景，極近散文。

本文是蘇軾作於被貶黃州之時，所遊的是黃岡赤壁，而非三國時孫、曹交戰的赤壁，作者在此不過是借題發揮，藉景抒情，絕非誤認其地。文章通過月夜泛舟與主客問答的描寫，表達了作者曠達樂觀的處世情懷。全文依情感的起伏可分爲三部份，首先由月夜泛舟與欣賞江山勝景，引發出歡愉的暢遊之情；接著藉客人悲涼的洞簫聲，引出對歷史人物興亡的憑弔，及人生短促、渺小的感嘆；最後，經由東坡闡發「變」與「不變」的哲理，使客人愁懷盡去。整個情緒的轉換由喜轉悲入樂，形成了文章的波瀾，也扣住了讀者的心弦。

首段「壬戌之秋……遊於赤壁之下」，雖是簡略記述，卻近於序的性質，除了點明時令、地點及人物之外，全文也是由此而展開的：如「秋」引出了秋景，「赤壁」帶出懷古，「蘇子與客」則導出問答主體。

「清風徐來……水光接天」所描寫的是一幅美極了的秋江月夜圖，無論山、風、水、月，無不點染濃濃的秋爽氣息，尤其秋江的浩闊更是使人心胸暢快起來。「縱一葦之所如……羽化而登仙」看出了泛舟的人情緒是多麼高昂激盪，不能自已，甚至想像自己在駕風飛行，如登仙境。

第二段接寫飲酒樂甚，扣舷而歌；而客吹洞簫依歌而和，其聲嗚嗚，極盡怨慕泣訴之能事。此段作者藉著簫聲的渲染，將情感自然的轉入悲意，尤其「舞幽壑之潛蛟，泣孤舟之嫠婦」將聲音具體化描寫，更深化了悲情。

第三段藉蘇子愀然動問，而引發客之弔古傷今。此句在文中實具接榫的功能，文章在此由情入理，由問而答，引出客人一番議論。一般而言，問答成文乃辭賦之通體。作者在此是藉「客」的名義，故意製造出一個議論的對立面，好帶出文章眞正的主旨，所記未必實有其人。進一步探究客人的悲，實由歷史人物與自身的對比、長江無窮與吾生須臾的對比，以及理想與現實之間的存在矛盾相互糾結生發而來。這不僅是「客」的悲，恐怕也是古往今來所有人類的共同悲情了。

第四段作者復藉眼前的水月發端，闡述「變與不變」之理。由水的奔流，月的盈虛，進而發覺從變的角度看事情，「則天地曾不能以一瞬」；用不變的眼光看事物，則「物與我皆無盡也」。穿透物像的表層，其實萬物變的只是「現象」罷了，「本體」又何曾改變呢？了解這個道理之後，就無須羨慕長江的無窮了。深究東坡這種思想的來源，實出自於《莊子》與佛經，人在面對現實上的無可奈何時，似乎唯有以佛道的達觀思想來看待萬物，才能獲得思想上的解脫。由「物我無盡」，東坡更進一層提出擁抱大自然的建議，清風與明月乃是造物者的無盡寶藏，可以盡情享用而無傷；人也只有在面對大自然的無私無偽時，才能平撫內心的委屈與創傷。在這裡我們看到作者以曠達樂觀的思想來回應「客」的悲情，其實又何嘗不是他在政治失意後精神苦悶的自我排遣？

文末「客喜而笑」，感情上復從悲轉樂，由精神上的超脫之樂回應到首段的遊賞之樂，結構佈局可謂圓融之至。

引導寫作

本文是篇散賦，固然充滿了散文的氣息，但其上下文的照應，卻特別值得注意。如首段「清風徐來，水波不興」點出「風」與「水」；「月出於東山……斗牛之間」點出「月」、「山」、「星」；「白露橫江」點出江。於是第二段的「擊空明」、第三段的「月明星稀」、「山川相繆」、「漁樵江渚」、「抱月長終」乃至於第四段的「水月之論」及「清風明月」都有了根據。此外就「泛舟」、「飲酒」、「扣舷而歌」等事也都能前後相互呼應，自成首尾，予人一氣呵成之感。同學在寫作時，這是很好的學習材料。下筆時若能依此線索將自己的題材先構思一番，自然也能寫出一篇精巧的文章來了。

（吳美錦）

九、疏

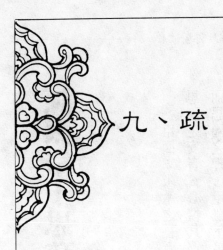

諫太宗十思疏

魏徵

臣聞：求木之長者，必固其根本；欲流之遠者，必浚（ㄐㄩㄣˋ）①其泉源；思國之安者，必積其德義。源不深而望流之遠，根不固而求木之長，德不厚而思國之理，臣雖下愚，知其不可，而況於明哲乎？人君當神器之重②，居域中之大③，將崇極天之峻，永保無疆之休④。不念居安思危，戒奢以儉，德不處其厚，情不勝其欲，斯亦伐根以求木茂，塞源而欲流長者也。

注釋

①浚　通「濬」，疏通水道之意。

②當神器之重　言居帝王的重位。神器，指帝位。

③居域中之大　言領有天下的疆域。域中，指天地間。

④將崇極天之峻永保無疆之休　謂居天子之位，當提升德義，使之與天同高；才能長保無窮

的美善。崇，提高，此處作動詞用。峻，高。無疆，無窮盡。休，美善。

翻譯

臣聽說希望樹木長得高大，必先穩固它的根；想要河川流得長遠，必先疏通它的泉源；想要國家安定，必先累積德義。泉源不疏通卻希望河川流得長遠，根不穩固卻希望樹木長得高大，德義不篤厚卻要國家安定，即使是最笨的人，也知道不可能，何況是明智的人呢？天子居帝王的重位，領有天下的疆域，就該累積如天一般高的德義，才能長保無窮的福祉。不知居安思危，用節儉戒除奢華，德義不篤厚，情感不能克制欲望，這好比砍伐樹根卻希望樹木茂盛，堵塞泉源卻希望河流長遠一樣啊！

凡百元首，承天景命①，莫不殷憂②而道著（ㄓㄨˋ），功成而德衰，有善始者實繁，能克終者蓋寡。豈其取之易而守之難乎？昔取之而有餘，今守之而不足，何也？夫在殷憂，必竭誠以待下；既得志，則縱情以傲物。竭誠，則胡越爲一體③，傲物，則骨肉爲行路④。雖董⑤之以嚴刑，震之以威怒，終苟免⑥而不懷仁，貌恭而不心服。怨不在大⑦，可畏惟人⑧，載舟覆舟⑨，所宜深慎，奔車朽索⑩，其可忽乎！

注釋

①承天景命　承受上天偉大的使命，即受天命爲人君。景，大。
②殷憂　深憂。意謂當艱苦的時候。
③胡越爲一體　胡越之人，有如一體。形容關係雖疏遠而融洽。胡在北，越在南，二字連用喻距離遙遠。爲一體，合爲一身，形容休戚與共。
④骨肉爲行路　骨肉之間有如路人。形容關係雖親近而彼此漠不關心。
⑤董　督責。
⑥苟免　苟且免罪。
⑦怨不在大　人民的怨恨無論是大是小，皆可生禍，爲政者宜謹慎以免怨。
⑧人　民。唐代避太宗李世民的名諱，凡用「民」字的地方都改用「人」字。
⑨載舟覆舟　水可以載舟，也可以覆舟。此以水喻民，以舟喻君，謂人民能擁戴國君，也能推翻國君。
⑩奔車朽索　用腐爛的繩索，駕御飛奔的馬車，比喻事情危險。

翻譯

歷代所有君主，承受上天偉大的使命，沒有不在艱苦時道德顯著，功成之後道德衰落的；能有好開始的人實在很多，能保持到底的人卻很少。難道得天下容易，保有天下反而困難嗎？從前取得天下尚有餘力，如今保有天下卻力量不夠，爲什麼呢？艱苦時，必定竭盡誠心對待屬下；得志後，就放縱情慾倨傲凌人。竭誠待人即使北胡南越也將休戚與共，倨傲凌人那麼骨肉至親也會成爲路人。即使用嚴刑來督正，用威勢來嚇止，結果人民只知苟且免於犯罪卻不存有仁心，表面恭順而內心卻不誠服。可怕的不是民怨的大小，而是民心的向背；就好比水能承載舟船，也能翻覆舟船一樣，應該特別謹慎；又好比用腐朽的繩索來駕馭狂奔的馬車那麼危險，怎能疏忽呢？

君人者，誠能見可欲，則思知足以自戒；將有作，則思知止以安人；念高危，則思謙沖而自牧；懼滿溢，則思江海下百川①；樂盤遊，則思三驅以爲度②；憂懈怠，則思慎始而敬終；慮壅蔽，則思虛心以納下；想讒(ㄔㄢˊ)邪，則思正身以黜(ㄔㄨˋ)惡；恩所加，則思無因喜以謬(ㄇㄧㄡˋ)賞；罰所及，則思無因怒而濫刑。總此十思，弘茲九德③，簡能④而任之，擇善而從之；則智者盡其謀，勇者竭其力，仁者播其惠，信者效其忠。文武爭馳，君臣無事，可以盡豫(ㄩˋ)遊之樂，可以養松喬之壽⑤，鳴琴垂拱⑥，不言而化；何必勞神苦思，代下司職，役聰明之耳目，虧無爲之大道⑦哉？

注釋

①江海而下百川　言人君當謙讓能容，像江海那樣能容納百川。下，動詞，作包容、退讓解。

②樂盤遊則思三驅以爲度　言打獵時，應想到像古代明君以三驅爲節度。盤，通「般」，樂也。度，限度。

③總此十思弘茲九德　意謂綜合此十思工夫，弘揚上述一切德行。茲，此也，指上述種種德行。九，衆的意思。（案：駢文尚偶，此二句意思相同。十思、九德，係指一事，因爲對偶，下句變「十」爲「九」。以「茲」字推之，「茲德」應在本文之中，非另外還有九德。）

④簡能　選拔有才能的人。簡，選擇。

⑤松喬之壽　赤松子、王子喬的高壽，松，指赤松子，相傳爲神農氏的雨師，後與炎帝女兒一起成仙俱去。喬，指王子喬，即周靈王太子晋，後相傳駕鶴升天。

⑥鳴琴垂拱　言無爲而治。相傳宓子賤治單父，在堂上鼓琴，身不下堂，而單父大治。垂拱「垂衣拱手」的省略。言天子垂衣拱手，無爲而天下自治。

⑦無爲之大道　道家主張清靜無爲使民自化的治國要道。

翻譯

做爲國君的人，如果見到喜歡的事物，就該想到知足來警戒自己；打算有所作爲，就應適可而止來安定人民；擔心位高勢危，就該想到謙虛自我修養；懼怕自滿驕傲，就該想到江海居下才能容納百川；喜歡田獵，就該想到以三次驅射為限度；憂懼鬆懈怠慢，就該想到有始有終；顧慮耳目蔽塞，就該想到虛心接納臣民的意見；擔心姦邪進讒，就該想到端正己身斥退惡人；施恩時，就該想到不要因一時高興而胡亂獎賞；行罰時，就該想到不要因一時惱怒而亂用刑戮。綜合這十思的工夫，弘揚上述衆多的德行。選拔有才能的人而重用他，擇取良善的話而聽從它；那麼智者提供他的謀略，勇者竭盡他的力量，仁者傳佈他的恩惠，信者獻出他的忠誠。文武百官爭相效命，君臣之間相安無事，可以享受逸遊的樂趣，可以怡養赤松子、王子喬般的高壽，悠閒彈琴、垂著衣裳拱著雙手，不必多言就能感化百姓，大治天下。何必勞精神，苦苦思慮，代替屬下管理職務，勞碌聰明的耳目，損害清靜無為的至道呢？

賞析

魏徵於唐太宗時拜為諫議大夫，敢於直言諍諫，先後陳諫凡二百餘次，本文是貞觀十一年寫給唐太宗的奏疏。主旨在闡論人君應當居安思危，積其德義。

全文可分三段。首段論述安定邦國必須積德行義的道理，拈出「積德義」三字作為綱領，以統括全文。次段探究自古人君所以「殷憂而道著，功成而德衰」的原因，從反面論證居安思危的必要性，將人君必須「積德義」的意思作深一層的說明。三段提出「十思」做爲「積德義」的具體內容，以建議唐太宗無爲而治作結。

就全文而言，作者在首段先以兩個比喻：「求木之長者，必固其根本；欲流之遠者，必浚其泉源。」引出「思國之安者，必積其德義」的主旨；再用同樣的比喻從反面强調說明，一正一反，對比鮮明。在次段用一「凡」字囊括歷史的教訓，言一般國君在得志後極易縱情傲物，喪失民心，提醒太宗要爭取民心。此段用舟與水比喻君與民的關係，用奔車朽索比喻事情的危險，不但淺顯明白，又有說服力。在設喻說明前兩段「積德義」的抽象道理之後，第三段提出「積德義」的具體辦法「十思」。「十思」緊扣著前段「竭誠以待下」「縱情以傲物」發展下來，可概括爲五戒：戒奢欲、戒驕滿、戒逸樂、戒蒙蔽、戒賞罰不公。每一「思」都是先述說太宗在「居安」情況下遇到的實際問題，再逐一提出解決辦法。若眞能實踐「十思」，便可達到不言而化，無爲而治的功效了！

唐初文風仍沿六朝駢儷之習，魏徵此文，未能免俗地運用大量排比，對句鋪寫而成，但平心而論，本文行文有對偶、有散句，既有整齊之美，又不拘於一格。有排比、有排喻、有譬喻，既具堅强的說服力，又有明晰的形象性。論述或層層遞進，或正反對擧。援引經典中的話，多用暗引，不露痕迹，委婉道出。加以哲理深刻，內蘊豐富，故不覺浮靡，反而氣勢酣暢，具不容辯駁的說服力。這些都是本文特色。

向帝王提出規正的意見，古人稱爲「批逆鱗」，極具危險性，甚至招來殺身或貶謫之禍，因此除須智慧、膽識外，還要講求技巧。《舊唐書》說魏徵「匡過弼違，能近取譬，博約連類」，而《新唐書》也說他「有志膽，每犯顏進諫，雖逢帝甚怒，神色不徙，而天子亦為霽威」，可見魏徵是個善諫者，無怪乎太宗曾說：「人言徵舉動疏慢，我但見其嫵媚耳。」也難怪本文上奏之後，太宗不但不怪罪，反而「手詔嘉美，優納之」（語見《舊唐書》）了。

引導寫作

設喻可以明理，恰當的比喻可使抽象的道理具體化，使深奧的道理通俗化。請自訂主題練習這種修辭法。

提示：先設定主題，再結合以往的經驗作比喻，證明自己的觀點。

例如：嫉妒

嫉妒就像一把雙刃刀，不止只傷害別人也傷害自己。

（李鈴慧）

十、傳奇

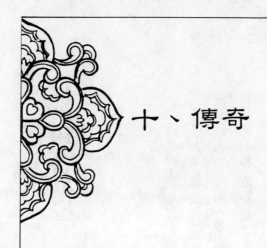

虯髯客傳

杜光庭

隋煬帝之幸江都也。命司空楊素守西京。素驕貴，又以時亂，天下之權重望崇者，莫我若也，奢貴自奉，禮異人臣①。每公卿入言，賓客上謁，未嘗不踞牀②而見，令美人捧出，侍婢羅列，頗僭於上，末年愈甚，無復知所負荷，有扶危持顛之心。

一日，衞公李靖以布衣上謁，獻奇策。素亦踞見。公前揖曰：「天下方亂，英雄競起。公爲帝室重臣，須以收羅豪傑爲心，不宜踞見賓客。」素斂

注釋

①禮異人臣　僭越爲臣子所應遵守的禮法。

②牀　古人坐臥的用具。

容而起，謝公，與語，大悅，收其策而退。

當公之騁辯也，一妓有殊色，執紅拂，立於前，獨目①公。公既去，而執拂者臨軒指吏曰：「問去者處士第幾？住何處？」公具以對。妓誦而去。

注釋

①目　看也。

公歸逆旅。其夜五更初，忽聞叩門而聲低者，公起問焉。乃紫衣帶帽人，杖揭一囊。公問誰？曰：「妾，楊家之紅拂妓也。」公遽延入。脫衣去帽，乃十八九佳麗人也。素面畫衣而拜。公驚答拜。曰：「妾侍楊司空久，閱天下之人多矣，無如公者。絲蘿非獨生，願託喬木①，故來奔耳。」公曰：「楊司空權重京師，如何？」曰：「彼屍居餘氣②，不足畏也。諸妓知其無成，去者衆矣。彼亦不甚逐也。計之詳矣。幸無疑焉。」問其姓，曰：「張。」問其伯仲之次。曰：「最長。」觀其肌膚、儀狀、言詞、氣語，真天人也。公不自意獲之，愈喜愈懼，瞬息萬慮不安。而窺戶者足無停履③。數日，亦聞追討之聲，意亦非峻。乃雄服④乘馬，排闥⑤而去。將歸太原。

注釋

①絲蘿非獨生，願託喬木　絲蘿：菟絲，女蘿。喬木，高大的樹木。比喻女子願託負終生。

②屍居餘氣　只比死人多一口氣。比喻毫無生氣。

③窺戶者足無停屨　此處描寫李靖害怕楊素派人追捕紅拂女，以致不斷在門邊窺探。

④雄服　改換男裝。

⑤闉　指城門。

行次靈石旅舍，既設牀，爐中烹肉且熟，張氏以髮長委地，立梳牀前。公方刷馬，忽有一人，中形，赤髯如虬，乘蹇驢而來。投革囊於爐前，取枕欹臥，看張梳頭。公怒甚，未決，猶親刷馬。張熟視其面，一手握髮，一手映身①搖示公，令勿怒。急急梳頭畢，斂衽前問其姓。臥客答曰：「姓張。」對曰：「妾亦姓張。合是妹。」遽拜之。問第幾，曰：「第三。」問妹第幾，曰：「最長。」遂喜曰：「今夕幸逢一妹。」張氏遙呼：「李郎且來見三兄！」公驟拜之。遂環坐。曰：「煮者何肉？」曰：「羊肉，計已熟矣。」客曰：「飢。」公出市胡餅。客抽腰間匕首，切肉共食。食竟，餘肉亂切送驢前食之，甚速。客曰：「觀李郎之行，貧士也。何以致斯異人？」曰：「靖雖貧，亦有心者焉。他人見問，故不言。兄之問，則不隱耳。」具言其由。曰：「然則將何之？」曰：「將避地太原。」曰：「然吾故非君所致也。」曰：「有酒乎？」曰：「主人西，則酒肆也。」公取酒一斗。既巡，客曰：「吾有少下酒物，李郎能同之乎？」曰：「不敢。」於是開革囊，取一人頭并心肝。卻頭囊中，以匕首切心肝，共食之。曰：「此人天下負心者，銜之十年，今始獲之。吾憾釋矣。」又曰：「觀李郎儀形器宇，真丈夫也。亦聞太原有異人乎？」曰：「嘗試一人，愚謂之真人也。其餘，將帥而已。」曰：「何姓？」曰：「靖之同姓。」曰：「年幾？」曰：「僅二十。」曰：「今何爲？」曰：「州將之愛子②。」曰：「似矣。亦須見之。李郎能致吾一見乎？」曰：「靖之友劉文靜者，與之狎。因文靜見之可也。然兄何爲？」曰：「望氣者言太原有奇氣，使訪之。李郎明發，何日到太原？」靖計之日。曰：「達之明日，日方曙，候我於汾陽橋。」言訖，乘驢而去，其行若飛，迴顧已失。公與張氏且驚且喜，久之，曰：「烈士不欺人。固無畏。」促鞭而行。

注釋

①映身　手放在身體後面。

②州將之愛子　指唐太宗李世民，其父李淵當時任隋太原留守，故稱「州將之愛子」。

及期，入太原。果復相見。大喜，偕詣劉氏。詐謂文靜曰：「有善相者思見郎君，請迎之。」文靜素奇其人，一旦聞有客善相，遽致使迎之。使迴而至，不衫不履①，裼裘而來，神氣揚揚，貌與常異。虬髯默然居末坐，見之心死，飲數杯，招靖曰：「真天子也！」公以告劉，劉益喜，自負。既出，而虬髯曰：「吾得十八九矣。然須道兄見之。李郎宜與一妹復入京。某日午時，訪我於馬行東酒樓，下有此驢及瘦驢，即我與道兄俱在其上矣。到即登焉。」又別而去，公與張氏復應之。及期訪焉，宛見二乘。攬衣登樓，虬髯與一道士方對飲，見公驚喜，召坐。圍飲十數巡，曰：「樓下櫃中有錢十萬。擇一深隱處一妹。某日復會於汾陽橋。」

如期至，即道士與虬髯已到矣。俱謁文靜。時方弈棋，揖而話心焉。文靜飛書迎文皇看棋。道士對弈，虬髯與公傍侍焉。俄而文皇到來，精采驚人，長揖而坐。神氣清朗，滿坐風生，顧盼煒如①也。道士一見慘然，下棋子曰：「此局全輸矣！於此失卻局哉！救無路矣！復奚言！」罷弈而請去。

注釋

①不衫不履　未穿正式的衣服，此處形容李世民灑脫不拘小節。

既出，謂虬髯曰：「此世界非公世界。他方可也。勉之，勿以爲念。」因共入京。虬髯曰：「計李郎之程，某日方到。到之明日，可與一妹同詣某坊曲小宅相訪。李郎相從一妹，懸然如磬②。欲令新婦祗謁，兼議從容③，無前卻也。」言畢，吁嗟而去。

注釋

①顧盼煒如　指視盼之間神采不凡。

②懸然如磬　原指四壁空空，只有屋樑像懸磬一般。喻家中貧困，空無所有。

③從容　商量今後的行動。

公策馬而歸。即到京，遂與張氏同往。一小版門子，扣之，有應者，拜曰：「三郎令候李郎一娘子久矣。」延入重門，門愈壯。婢四十人，羅列廷前。奴二十人，引公入東廳。廳之陳設，窮極珍異，巾箱粧奩冠鏡首飾之盛，非人間之物。巾櫛①粧飾畢，請更衣，衣又珍異。既畢，傳云：「三郎來！」乃虯髯紗帽裼裘而來，亦有龍虎之狀，歡然相見。催其妻出拜，蓋亦天人耳。遂延中堂，陳設盤筵之盛，雖王公家不侔②也。四人對饌訖，陳女樂二十人，列奏於前，若從天降，非人間之曲。食畢，行酒。家人自堂東舁出二十牀，各以錦繡帕覆之。既陳，盡去其帕，乃文簿③鑰匙耳。虬髯曰：「此盡寶貨泉貝之數。吾之所有，悉以充贈。何者？欲以此世界求事，當或龍戰三二十載，建少功業。今既有主，住亦何爲？太原李氏，真英主也。三五年內，即當太平。李郎以奇特之才，輔清平之主，竭心盡善，必極人臣。一妹以天人之姿，蘊不世之藝，從夫之貴，榮極軒裳④。非一妹不能識李郎，非李郎不能榮一妹。起陸之貴，際會如期，虎嘯風生，龍吟雲萃⑤，固非偶然也。持余之贈，以佐真主，贊功業也，勉之哉！此後十年，當東南數千里外有異事，是吾得事之秋也。一妹與李郎可瀝酒東南相賀。」因命家童列拜，曰：「李郎一妹，是汝主也！」言訖，與其妻從一奴，乘馬而去。數步，遂不復見。

注釋

①巾櫛　巾，毛巾，此處用作動詞，指洗臉。櫛，梳子，此也用作動詞，指梳頭。

②侔　及也。

③文簿　指帳册。

④榮極軒裳　坐著華貴的車子，穿著華美的衣裳，比喻享受榮華富貴。

⑤虎嘯風生，龍吟雲萃　虎、龍比喻爲君王。風、雲比喻爲臣子。比喻在帝王開創基業的時

候，就有輔佐他的臣子。

公據其宅，乃爲豪家，得以助文皇締構之資，遂匡天下。貞觀十年，公以左僕射平章事。適南蠻入奏曰：「有海船千艘，甲兵十萬，入扶餘國，殺其主自立。國已定矣。」公心知虬髯得事也。歸告張氏，具衣拜賀，瀝酒東南祝拜之。乃知真人之興也，由英雄所冀。況非英雄者乎？人臣之謬思亂者，乃螳臂之拒走輪①耳。我皇家垂福萬葉②，豈虛然哉。或曰：「衞公之兵法，半乃虬髯所傳耳。」

注釋

①螳臂之拒走輪　指不自量力。

②垂福萬葉　葉，世代。福祇綿遠，永垂萬代。

賞析

「虬髯客傳」是唐朝的一篇傳奇小說，文中「風塵三俠」生動鮮明的人物形象，早已膾炙人口，傳誦不絕。尤其文中人物虛實相生，描寫眞假穿插，不但具有寫實性，給讀者更豐富的想像空間，讓文章更為生動。全文的劇情發展，大概可分為五個段落：

第一層次：是全文的引子，用李靖布衣進策揭開序幕，作者更巧具用心，用驕貴顢頇、尸位素餐的楊素來映襯李靖的雄才大略，識見不凡。再透過李靖，帶出紅拂女，對紅拂的外貌，作者運用簡筆「有殊色」帶過，因為楊素府中「侍婢羅列」，僅強調美豔的外貌，不足凸顯紅拂女特殊的神韻和不凡的識見，此處「獨目靖」一個「獨」字，即點出紅拂之獨具慧眼，更強調出李靖的不凡。

第二層次：寫紅拂夜奔李靖。由行動中作者更強調紅拂女的勇敢堅定的特質。「閱天下之人多矣」而她卻願將終身託付給李靖，正亦凸顯李靖定非泛泛庸俗之人，作者純熟的藝術技巧，寫此寓彼，互為表裡，我們對李靖之英雄氣概有更進一步的認識；對紅拂這一位蘭心蕙質、果敢堅定的巾幗豪傑，更為佩服。作者更藉用說話、神態等描述，讓讀者深刻掌握小說人物的特色，從紅拂女「計之詳矣，幸無疑焉。」呈現出其慮事的周全和眼光的深遠；從李靖的「窺戶者足無停屨」中亦生動傳神的表達其心中的忐忑不安。

第三層次：寫紅拂、李靖在靈石旅舍和虬髯客結識的經過。亦正式的帶出「風塵三俠」，這一部份作者更充分運用成功的藝術手法，將聰慧的紅拂、厚實的李靖、豪邁的虬髯客，運用豐富的肢體語言、和獨具匠心場景的設計，風塵三俠從相識到相知，英雄惺惺相惜的莫逆之情，也是全文最生動、高潮之處。而主角「虬髯客」的出場，作者用蹇驢、匕首切肉、人頭、心肝，強化其豪邁磊落的英雄氣概；但虬髯客卻非一般有勇無謀之輩，從一眼即看出「李郎之行，貧士也，何以致斯異人。」可見其智慮周全；更從其「此人天下負心者，銜之十年，……」可知其絕非草莽粗蠻之徒，爲一件事可以計畫等待十年。栩栩如生的角色，鮮明靈活的形象，人物刻畫的成功，豐富了小說的肌理，使故事內容更加生動、深入。

第四層次：描寫虬髯客兩次會見文皇。作者用「神氣揚揚，貌與常異。」「精采驚人，長揖就坐，神清氣朗，滿坐風生，顧盼煒如」描寫李世民不可一世，眞命天子的過人軒昂器宇，連智勇兼具的虬髯客都「見之心死」，「此局全輸矣，於此失卻局，奇哉！救無路矣！復奚言！」，用棋局來比喻世局，一語雙關，用詞靈活巧妙。也藉著虬髯客之口，傳達本文之主旨——「乃知眞人之興也，非英雄所冀。」

第五層次：虬髯客將資產贈與李靖，佐助文皇千秋大業。從文中我們不難發現作者在寫虬髯客和文皇時，筆力相當，不分軒輊，但是一句「見之心死」，更凸顯出作者意欲告誡「思亂者」，唐王朝的天下非人意所能爭奪。但這並無損於虬髯客豐富的藝術形象，他毫不牽掛世俗人汲汲營營爭取的財富，如此乾坤一擲，更見其眞英雄的氣概，而能識時務之必然，亦見其智勇雙全。

「虬髯客傳」中成功塑造出「風塵三俠」，後來廣爲其它小說、戲曲家所沿用，由此可見其人物形象之生動、鮮明。文章的主旨雖爲穩固唐朝的統治地位，但卻無損於此篇文章成功的藝術技巧。綜觀全文——人物塑造成功、語言的表達嫻熟生動、角色豐富的肢體動作、情節的緊湊相扣等，都讓虬髯客傳成爲唐人傳奇的奇葩，也開啓後人小說寫作的最佳典範，其成功的技巧、完整的布局著實讓人激賞。

引導寫作

繪畫技巧有所謂的「遺貌取神」的說法，亦即描寫外物，無需如實寫眞，筆筆細膩工整，最重要的是掌握其特色、重點，也許幾筆卻以是乾坤天地盡含於中。而我們在寫文章時亦復如是，尤其是在描寫人物時，可藉由動作、說話、神情等，準確深刻的掌握人物的個性和特色，也許著墨不多，但卻令人印象深刻，使文中的人物塑造更加成功。

虬髯客傳一文的成功，其中厚重如李靖、聰慧如紅拂、英雄如虬髯，各具特色，在作者高明的藝術手法中，讓人印象深刻。請同學就本文中各舉出兩處描寫風塵三俠的地方，並說明如此寫的特色何在。亦藉此學習作者描繪人物的技巧。

（周寤竹）

離魂記

陳玄祐

天授①三年，清河張鎰（一ˋ），因官家於衡州②。性簡靜，寡知友，無子，有女二人。其長早亡，幼女倩娘，端妍絕倫。鎰外甥太原王宙，幼聰悟，美容範③。鎰常器重，每曰：「他時當以倩娘妻（ㄑㄧˋ）之。」後各長成，宙與倩娘相愛，常私感想於寤寐④，家人莫知其狀。後有賓寮之選者⑤求之，鎰許焉。女聞而鬱抑，宙亦深恚（ㄏㄨㄟˋ）恨⑥，託以當調（ㄉㄧㄠˋ），請赴京，止之不可，遂厚遣之⑦，宙陰恨悲慟（ㄊㄨㄥˋ），決別上船。

注釋

①天授　唐朝武則天年號（西元六九〇到六九二年）。

②因官家於衡州　因爲在衡州做官，就把家安置在那裡。家，轉品當動詞。

③容範　相貌儀態。

④常私感想於寤寐　兩人常在睡夢中心靈感應，於夢醒後偷偷思念。寤寐連用，有「日夜」之意。

⑤賓寮之選者　幕僚中將赴吏部應選授官之人。

⑥恚恨　憤怒怨恨。

⑦託以當調，請赴京，止之不可，遂厚遣之　王宙不想待在張家，藉口到了銓選之期，希望到京城的吏部等候銓選；張鎰阻止不了，給了他豐厚的旅費，送他上路。

日暮，至山郭①數里。夜方半，宙不寐，忽聞岸上有一人行聲甚速，須臾(ㄩˊ)至船，問之，乃倩娘徒行跣(ㄒㄧㄢˇ)足②而至。宙驚喜發狂，執手問其從來，泣曰：「君厚意如此，寢夢相感，今將奪我此志，又知君深情不易，思將殺身奉報，是以亡(ㄨㄤˊ)命來奔。」宙非意所望③，欣躍特甚，遂匿倩娘於船，連夜遁去。倍道兼行④，數月至蜀。

注釋

①山郭　城外的山中。

②徒行跣足　赤腳步行。

③非意所望　出乎他意料。

④倍道兼行　加倍腳程趕路。

凡五年，生兩子，與鎰絕信。其妻常思父母，涕泣言曰：「吾曩（ㄋㄤˇ）日不能相負，棄大義而來奔君。向今五年，恩慈間（ㄐㄧㄢˋ）阻①，覆載（ㄗㄞˋ）之下，胡顏獨存②也？」宙哀之，曰：「將歸，無苦！」遂俱歸衡州。既至，宙獨身先至鎰家，首謝其事③。鎰曰：「倩娘病在閨中數年，何其詭說也！」宙曰：「見（ㄒㄧㄢˋ）在舟中④。」鎰大驚，遂促人驗之，果見倩娘在船中，顏色怡暢，訊使者曰：「大人安否？」家人異之，疾走報鎰。室中女聞，喜而起，飾粧更衣，笑而不語，出與相迎，翕（ㄒㄧˋ）然⑤而合爲一體，其衣裳皆重（ㄔㄨㄥˊ）⑥。

注釋

①向今五年，恩慈間阻　離家那時至今五年了，和父母遠隔兩地，不能見面。向，先。恩慈，指父母。

②覆載之下，胡顏獨存　天地之間，我有何顏面一個人活下去？因爲天在上如覆、地在下如載，故用「覆載」代稱天地。

③首謝其事　見面後先就私奔的事賠罪。

④見在舟中　倩娘現今人在船上。見，通「現」。

⑤翕然　相合無間的樣子。

⑥其衣裳皆重　衣裳不能（和人一樣）合一，成了裡外兩層。

其家以事不正，祕之。惟親戚間（ㄐㄧㄢˋ）①有潛知之者。後四十年間，夫妻皆喪。兩男並以孝廉擢（ㄓㄨㄛˊ）第②，至丞尉。玄祐少常聞此說，而多異同，或謂其虛。大曆③末，遇萊蕪縣令張仲規（ㄍㄨㄟ），因備述其本末，鎰則仲規堂叔，而說極備悉，故記之。

注釋

①間　偶然。

②孝廉擢第　憑孝廉的身分考取功名。

③大曆　唐代宗年號（西元七六六到七七九年）。

賞析

「離魂記」裡的愛情故事相當離奇，但歷來的戲曲往往青睞有加，如鄭光祖改編自原著的「倩女離魂」、襲取其精神和還魂情節的「牡丹亭」，甚至連「紅樓夢」這部小說也不忘假史湘雲之口吟出了「非關倩女欲離魂」的詩句。究竟「離魂記」的魅力何在呢？

首先，自然是情節的安排相當跌宕有致。從一開頭男女主角的「寤寐感想」，已讓人嗅出這份情感的濃冽；主角王宙、倩娘的先後出走，遠避荒鄙的蜀地，又使我們驚訝兩人情愛的動力如此豐沛；五年後回鄉謝罪，讀者和王宙一樣，赫然發現「船上室中竟有兩位倩娘」；結果倩娘的形魂在衆目睽睽下翕然合爲一體，超現實的場面將小說張力推到最高點，留給讀者恍惚迷離的餘韻。

除此之外，人物性格之深情、敍事之細密也足堪稱道。人物性格方面，男女主角面對現實的阻擋，眞可謂「情」無反顧，直道而行，絕不會像「會眞記」的張生爲德不卒，或「紫釵記」的恩怨糾葛，一死一狂作結。。當倩娘的父親張鎰悔信，王宙憤而孤身遠離，絕不死纏，以行動作最強烈的抗議；無獨有偶，那天晚上，倩娘也立即以「徒行跣足」的形象出現在他面前。倩娘此舉等於宣告官家小姐的身分不要，寧委身一前程未卜的窮小子（恰與父親成一對比，他要女兒嫁給有「賓寮之選」的官）。一個官家小姐放棄車馬代步，甚至沒穿鞋，星夜出奔，不顧危險，作者抒寫倩娘的堅定，形象十分準確而動人。王宙也不遑多讓，爲倩娘他肯棄功名逃到偏遠蜀地，又肯爲心疼妻子而不惜性命，隻身回岳家賠罪。莫怪乎這篇小說又名「王宙」了！沒有他的眞誠，倩娘的私奔極可能淪爲始亂終棄；沒有他的勇毅，「離形」的倩娘不能早一日從病榻解脫。

〈離魂記〉的描述除結尾超現實外，一直謹守寫實的原則，連離魂夜奔那一段，也充分利用王宙的視聽觸覺「誤導」讀者相信倩娘是人，更何況，婚後尚育有二子呢。但仔細一回想，在首段，兩人「私感想於寤寐」，似乎已暗示魂的交往早就相當頻繁了。正因為心靈相知相許，倩娘有把握王宙可以捨形（含門第財富）而仍全心呵護魂，那愛的眞正對象。反觀勢利的父親只能苦苦等候蒼白的形復甦，日復一日而一籌莫展。因此作者在結尾採用超現實的用意，似乎在彰顯眞情足以突破一切限制！沒有眞愛的人生將空無於虛度中。那倩娘再美，也「形」同虛設了。

引導寫作

1.「離魂記」以感官摹寫和可靠的人事物為證，把整件事敍述得信而有徵，回想一下你讀過的哪些作品也曾用過類似技巧？（含眞人眞事）

2.假設「外星人到你家吃晚飯」，你將如何完整對朋友陳述，使他們宛如身歷其境？

（吳邱銘）

國家圖書館出版品預行編目資料

高中國文古典文選／林聆慈等著. --初版.
--臺北市：萬卷樓，民 88
面； 公分
ISBN 957-739-249-0(平裝)

1. 國文-讀本 2. 中國語言-讀本

802.84 88015302

高中國文古典文選

著　　者：林聆慈、吳美錦、邢靜芬、易理玉
李鈴慧、吳邱銘、周寤竹
發 行 人：許錟輝
出 版 者：萬卷樓圖書有限公司
台北市和平東路一段 67 號 14 樓之 1
電話(02)23216565・23952992
FAX(02)23944113
劃撥帳號 15624015
出版登記證：新聞局局版臺業字第 5655 號
網站網址：http://www.wanjuan.com.tw/
E-mail：wanjuan@tpts5.seed.net.tw
經銷代理：紅螞蟻圖書有限公司
台北市內湖區文德路 210 巷 30 弄 25 號
電話(02)27999490
FAX(02)27995284
承印廠商：晟齊實業有限公司
電腦排版：浩瀚電腦排版股份有限公司
定　　價：360 元
出版日期：民國 88 年 11 月初版

ISBN 957-739-249-0